나의 문화유산답사기

일본편 1 규슈

나의 문화유산답사기

일본편 1 규슈

빛은 한반도로부터

유홍준 지음

창비

'답사기 판형'으로 새 장정본을 펴내며

『나의 문화유산답사기』는 1993년 5월에 첫번째 책이 나온 이후 2020년 6월까지 국내편 열 권, 일본편 네 권, 중국편 세 권이 간행되었고, 앞으로 도 국내편과 중국편을 여러 권 더 펴낼 계획이다.

이처럼 사반세기 넘게 시리즈가 계속되면서 책의 형식에도 변화가 있었다. 꼭 유행을 따른 것은 아니었지만, 처음 선보일 때는 흑백도판이었던 것이 지금은 원색도판으로 바뀌었고, 이에 따라 종이도 약간 두꺼워져 책의 볼륨이 커지게 되었다. 좀더 편리하고 효율적인 독서 경험을 독자들에게 제공하기 위한 변화였다.

그런데 독자들은 이런 큰 볼륨이 답사를 위한 실용서로서는 오히려 부담스럽다고 했다. 실제로 여행, 특히 해외여행을 하면서 들고 다니기에는 너무 크고 무거운 감이 없지 않았다. 그래서 처음부터 여행안내서의 성격을 담아 펴낸 산사순례편(2018년) 간행 때부터는 책의 크기를 9할 정도로 축소하고, 책등의 각을 없앤 반양장 장정에 가벼운 코팅으로 마무리해 손에 쥐기 알맞은 체제를 취하게 되었다. 이에 독자들은 크게 호응하며 이를 '답사기 판형'이라고 부르기도 하였다.

이를 계기로 『나의 문화유산답사기』 중국편은 아예 처음부터 '답사기 판형'으로 장정하여 현재(2020년 9월)까지 3권이 간행되었다. 이에 출판사에서는 여행용으로 여전히 유효한 『나의 문화유산답사기』 일본편도 '답사기 판형'으로 체제를 바꾸는 계획안을 생각하게 되었다.

그렇게 하자면 기존의 일본편 네 권을 다섯 권으로 나누어 각권의 볼륨을 줄여야 했다. 이에 일본편 제3권, 제4권의 '교토(京都)'편을 세 권으로 재편집하게 되었다. 그리하여 제3권은 헤이안시대까지, 제4권은 가마쿠라시대까지, 제5권은 무로마치시대 이후 현대까지로 나누었다. 이렇게 재구성하고 보니 오히려 시대 구분이 명확해진 느낌을 준다. 일본편 전체로 보면 제1권은 규슈시대, 제2권은 아스카·나라시대, 제3, 4, 5권은 헤이안(교토)시대로 역사 체계를 갖춘 것이다.

앞으로 『나의 문화유산답사기』 일본편은 이 '답사기 판형'(전5권)으로만 발간하고, 종래의 것은 절판하기로 하였다. 이는 사반세기 넘게 이어지는 동안 바뀌어온 시대의 흐름에 맞춘 불가피한 변화이면서 동시에 보다 좋은 책을 만들려는 노력의 하나이기도 하다. 기존 판형에 익숙한 독자 여러분의 넓은 이해와 더불어 변함없는 관심과 지지를 부탁드린다.

2020년 9월
유홍준

일방적 시각에서 쌍방적 시각으로

일본의 고대사, 한국의 근대사 콤플렉스

『나의 문화유산답사기』가 해를 더해가면서 7권까지 이어지자 해외편도 쓸 것이냐는 주문성 물음이 줄곧 있어왔다. 내심 일본편과 중국편은 염두에 두어와서 오래전부터 현장답사를 했고 국내편을 마무리하고 난 뒤 천천히 펴낼 생각이었다.

그러다 작년에 일본 규슈(九州)에 갔다가 우연히 부산에서 수학여행 온 고등학생들과 만난 다음 기왕 쓸 것이면 빨리 펴내자고 마음먹게 되었다. 학생 중 몇명이 나를 알아보고 달려와 기념사진을 찍고는 "일본의 고대문화는 죄다 우리가 만들어준 것으로 알았는데 와서 보니 그렇지 않네요"라고 말하는 것이었다. 그들의 수학여행 코스를 물어보니 일반 관광과 똑같았다.

보도에 의하면 하루 약 1만명이 한국과 일본을 오간다고 한다. 모르긴 몰라도 일본으로 가는 많은 한국 관광객들은 이런 질문 내지 의문을 갖고 있을 것이라는 생각이 들었다.

　게다가 금년 들어 한일 관계에 바람직하지 않은 일들이 일어난 것도 본격적으로 일본 답사기를 착수하게 된 이유였다. 한일 간의 불편한 관계는 그릇된 역사인식과 역사왜곡에서 비롯된다. 정말로 한일 양국의 역사서들은 곳곳에서 편협된 역사인식을 보여주고 있다. 일본의 고대사 서술은 말할 것도 없고, 국내에서도 비슷한 현상이 일어나고 있다. 김현구의 『백제는 일본의 기원인가』, 박노자의 『거꾸로 보는 고대사』, 김용운의 『한일간의 얽힌 실타래』는 한일 양국에서 보이는 극단적인 역사왜곡을 지적하면서 역사인식에서 이성의 회복을 호소하고 있다. 이를 내 식으로 요약하여 표현하면 이렇게 말할 수 있다.

　　"일본인들은 고대사 콤플렉스 때문에 역사를 왜곡하고, 한국인은 근대사 콤플렉스 때문에 일본문화를 무시한다."

　한일 양국은 모두 이 콤플렉스의 색안경을 벗어던져야 한다. 현재의 대한민국으로 말하자면 아직 분단문제를 해결하지는 못했지만 너도 나도 얘기하듯이 산업화와 민주화를 이루어 남한만으로도 더이상 일본에 꿀릴 것이 없다. 바둑도 피겨스케이팅도 골프도 우리가 더 잘한다.

　과거사에 별로 갈등을 느끼지 않는 젊은 세대들은 벌써 그 색안경을 벗어던지고 가까운 이웃으로 넘나들고 있다. 일본 여성들이 한류스타에 열광하여 드라마 「겨울연가」의 현장을 보겠노라고 남이섬으로 관광 오고, 우리 젊은이들은 SMAP, 아무로 나미에의 공연을 보러 도쿄돔으로 달려간다. 기성세대들이 개인적 정략을 위해 구태의연함을 반복하고 있을 뿐이다. 미래의 주인공들은 그 장벽을 허물고 있다는 희망을 보면서 나는 그들을 향해 이 책을 썼다.

잃어버린 신뢰를 회복하기 위하여

임진왜란 뒤 도쿠가와(德川) 막부와 다시 친선적 교류가 이루어져 조선에서 사신이 갈 때 이를 통신사(通信使)라 하였다. 이는 '신뢰가 통한다'는 뜻이었다. 지금 우리에게 필요한 것은 바로 그 '신뢰의 회복'이다.

지정학적으로 볼 때 한일 두 나라는 운명적으로 공존하지 않으면 안 되게끔 되어 있다. 오늘날 세계는 미국과 중국이 G2로 군림하고, 유럽은 EU로 뭉쳐 막강한 파워의 블록을 형성하고 있다. 한국과 일본은 서로를 의지하지 않고는 이 공룡화된 세력들에 대처해나가기 힘든 상황에 놓여 있다.

어떻게 하면 공생적 관계를 회복할 수 있을까? 『총, 균, 쇠』(*Guns, Germs, and Steel*, 김진준 옮김, 문학사상사 1998)의 저자 재러드 다이아몬드(Jared Diamond)는 이렇게 충고했다.

아랍인과 유대인의 경우처럼 한국인과 일본인은 같은 피를 나누었으면서도 오랜 시간 서로에 대한 적의를 키워왔다. (…) 한국인과 일본인은 수긍하기 힘들겠지만, 그들은 성장기를 함께 보낸 쌍둥이 형제와도 같다. 동아시아의 정치적 미래는 양국이 고대에 쌓았던 유대를 성공적으로 재발견할 수 있는가에 달려 있다 해도 과언이 아니다.

이 말은 한일 양국인 모두에게 던지는 메시지다. 이를 위해서는 무엇보다도 한일문제와 한일 교류사를 일방적 시각이 아니라 쌍방적 시각에서 보아야 한다.

나를 비롯하여 대부분의 한국인들은 사실상 일본 역사를 잘 모른다. 고등교육을 받도록 학교에서 일본 역사는 배우지 않았고 삼국시대 역사도 한반도 울타리 속에서만 인식되어 고대 한일 간에 얼마나 왕성한 교류가 있었는지 실감하지 못하고 있다. '일본편' 제5권의 부록으로 '일본의 풍토와 고대사 이야기'를 한국사와 연관하여 제시한 것은 이런 사정을 감안한 것이다.

삼국시대는 사실상 오국시대

한국과 일본이 완전히 남남으로 등을 돌리게 된 것은 신라가 삼국을 통일하는 7세기 후반 이후의 일이다. 그 이전, 특히 한반도에 고대국가가 탄생하는 300년 무렵부터 668년 고구려의 멸망할 때까지 고구려·백제·신라·가야·왜 등 다섯 나라의 외교적 친소 관계는 자국의 이익에 맞추어 복잡하게 얽혀 있었다.

백제와 고구려는 서로 왕까지 죽이면서 싸웠던 불구대천의 원수지간이었다. 반면에 백제와 왜는 단 한번도 싸운 적이 없다. 왜는 가야의 철기문화를 받아 비약적인 문명의 발전을 이룩할 수 있었기 때문에 가야와 함께 신라를 쳐들어가기도 했다. 백제는 왜에 문명을 전해주었고, 그 대신 수시로 군사적 지원을 받은 맹방이었다.

일본을 답사하면서 백제 무령왕이 규슈 가카라시마(加唐島)에서 태어났다는 사실, 663년 백촌강 전투 때 일본이 백제 부흥군을 돕기 위해 무려 2만 7천명의 병력을 지원했다는 사실, 나당연합군에 패한 일본과 백제 망명인들이 다자이후에 수성(水城)과 대야성(大野城)을 백제식으로 쌓은 것이 지금도 남아 있는 사실을 보면 그때 그런 일이 다 있었던가 스스로 놀라게 된다.

민족주의의 세례를 받고 민족과 국가를 일치시켜 역사를 보아온 시각에 익숙해 있어서 고구려·백제·신라가 한 민족으로 한편이고 왜는 외적이었다는 선입견이 있으면 이 사실을 이해할 수 없다. 지금 나는 1500년 전 이야기를 하고 있다. 만약에 1500년 뒤 후손들이 오늘날 남북한이 대치하면서 북한은 중국과 가깝고 남한은 미국과 가까운 것을 모르고 '그래도 남북한이 속으로는 하나였겠지'라고 생각한다면 21세기 한국 역사가 바로 보일까.

비약해서 말하여 4세기부터 6세기까지 당시 한반도와 왜의 상황을 보면 고구려·백제·신라의 3국시대가 아니라 가야·왜까지 포함된 5국시대였다고 할 수 있다. 다시 말해서 동아시아 역사 전체 속에서 한국사와 일본사를 보아야 우리의 역사도 일본 역사도 제대로 인식할 수 있는 것이다.

일본의 두 차례 역사왜곡

원만한 한일 관계의 회복을 위해서는 무엇보다도 일본은 두 차례에 걸쳐 한반도를 침략했고, 두 차례에 걸쳐 역사를 왜곡한 원죄가 있음을 솔직히 인정해야 한다. 『일본서기(日本書紀)』와 『고사기(古事記)』는 저술 목적이 천황제(天皇制)의 확립에 있었기 때문에 허구의 전설을 끌어다가 역사로 미화시켰다. 그리고 이 책들이 쓰인 8세기 초에는 일본이 통일신라와 불편한 관계면서 자신들이 더 우월하다고 주장하던 시대적 분위기가 있었다. 때문에 한반도에서 받은 문명 개화의 혜택을 모두 자신들이 지배한 결과라고 둔갑시켰다.

또 한번은 근대에 들어와 황국사관(皇國史觀)을 만들면서 식민지지배를 정당화하기 위해 『일본서기』의 왜곡을 마치 사실인 양 부각시키면서 한국인의 역사적 자존심에 큰 상처를 주었다. 대표적인 예가 '임나일본부' 설인데 4세기 일본은 초기국가도 못 되어 가야로부터 쇠와 말(馬)을 수입해가면서 겨우 철기시대로 들어선 상황이었다. 때문에 지금은 일본 역사학자들도 거의 인정하지 않고 있지만 그 후유증이 오래 남아 있어 가야를 말하려면 일본의 역사왜곡부터 얘기해야 할 정도다.

다시 한번 짚고 넘어가지만 일본의 고대문명이 한반도로부터 강력한 영향을 받았다는 것은 엄연한 사실이다. 야요이시대의 벼농사와 청동기문화, 고분시대의 철기문화와 스에키(須惠器)라는 질그릇문화, 아스카·나라시대의 불교문화, 그리고 규슈의 도자기문화는 한반도에서 건너간 도래인(渡來人)들의 힘으로 이룩해낸 것이었다.

이는 어떤 기록보다도 옛 무덤에서 나온 뼛조각과 폐허의 현장에 남아 있는 돌덩이, 사금파리들이 침묵으로 증언하는 바이다. 뼈와 돌과 나무가 말해주는 이런 사실들을 부정하면 한일 역사의 신뢰는 회복될 수 없다.

한국과 일본은 동아시아의 문화적 주주 국가

다행히도 일본에는 양심적인 학자가 많다. 한일 문명 교류사를 객관적 시각에서 보면서 도래인의 역할에 대해 구체적으로 언급하는 저서도 많다. 그렇게 사실을 사실로 말할 줄 아는 학자가 있다는 것이 일본문화의 힘이기도 하다.

그러나 이들조차도 역사적 실상을 액면 그대로 받아들이지 않고 묘하게 굴절시킨 것을 볼 수 있다. 그들은 한반도로부터 받은 영향을 꼭 '한반도를 거쳐' 대륙문화가 들어왔다는 식으로 서술하면서 그 의의를 축소 내지 변질시키곤 한다.

일본의 고대사회는 결국 중국문화를 받아들임으로써 더 큰 문화적 성취를 이룰 수 있었다. 그러나 그것은 나중 이야기이고 처음에 영향받은 것은 어디까지나 한반도로부터였다. 일본인들이 거의 무의식적으로 '한반도를 거쳐' 들어왔다고 표현하는 것을 보면서 그렇다면 아들이 아버지에게 용돈을 받으면서 "아버지 손을 거쳐 회사 돈이 들어왔다"고 할 것인지, 냉소를 금치 못할 때가 많다.

한반도를 거쳐왔다는 생각은 동아시아 문화는 일본에서 결실을 맺었고 한반도는 교량 역할을 하였을 뿐이라는 생각과 연결된다. 일본은 식민사관을 만들어내면서 자신들도 모르게 세계를 인식하는 태도에서 문화적 공존의 의의를 곧잘 간과하였다. 한국·중국·일본의 문화적 성취는 크게 보면 비슷하지만 디테일에서는 각기 다른 특질을 보여준다. 이것은 동아시아 문화의 보편성과 함께 한·중·일 3국의 독자성을 말해주는 것이다.

마치 유럽의 르네상스에서 이탈리아·독일·네덜란드가 이룩한 것과 비슷하다. 르네상스는 이탈리아에서 먼저 일어났지만 그것이 독일·네덜란드로 퍼져나감으로써 풍성한 내용을 갖게 되었다. 한국·일본은 중국과 함께 동아시아 문화에서 각기 당당한 지분율을 갖고 있는 동등한 문화적 주주 국가이다. 이것이 국제사회에서 공생하는 자세이다.

문화의 영향과 수용의 문제

우리의 역사학자들은 일본인들의 역사왜곡을 반박하기 위하여 많은 소모적인 연구를 하지 않으면 안 되었다. 임나일본부를 둘러싼 논쟁은 정말로 피곤한 것이었다. 한편 일본의 역사왜곡을 바로잡으려는 노력은 일본 고대사회에 한반도 영향이 뚜렷하였음을 고구(考究)하는 작업으로 이어지기도 했다.

재일작가 김달수(金達壽) 선생의『일본 속의 한국문화』라는 선구적인 작업이 있은 이래로 김성호의『비류백제와 일본의 국가기원』, 홍원탁의 『백제와 대화(大和)일본의 기원』, 홍윤기의『한국인이 만든 일본 국보』, 존 카터 코벨의『일본에 남은 한국미술』, 권태명의『한민족이 주도한 고대 일본문화』 등 많은 연구 업적과 보고서들이 지금도 나오고 있다.

이런 연구·조사 작업들은 급기야 고대에 삼국이 일본을 지배했음을 주장하기도 하고, 백제의 한 갈래가 일본을 건설했다고 주장하기도 하고, 일본의 천황은 백제 왕의 후손임을 논증하기도 했으며, 일본의 국보는 모두 한국인의 손으로 만들어진 사실상 한국의 국보라는 결론에 이르기도 한다.

일본의 역사왜곡이 한국인에게 역으로 작용하여 한반도의 영향만 강조하면서 그네들이 이룩한 일본문화에 대해서는 무시하거나 거의 언급하지 않는 경향이 생겼다. 그 결과 '일본의 고대문화는 죄다 우리가 만들어준 것'이라는 생각이 하나의 통념으로 자리잡게 만들었다.

한 시대, 한 나라의 문화를 이야기하면서 그 문화의 원천과 영향관계를 따져보는 것은 중요한 일이지만 그것이 그 문화의 실상을 말해주는 것은 아니다. 어쩌면 그것은 종속변수일 뿐이다.

문화란 생명체와 같아서 움직이고 흘러가고 변신한다. 호수에서 흘러내려간 물이 저 멀리 계곡에 이르러서도 호숫물이라고 말할 수 없는 것과 마찬가지로, 그 문명의 연원이 한반도에 있다 하더라도 그것이 또다른 강물을 이루어간 것은 명확히 그네들의 몫인 '일본문화'이다.

'일본 속의 한국문화'와 '일본문화'

흔히 문화는 높은 곳에서 낮은 곳으로 흘러간다고 한다. 그러나 그냥 흘러간 적이 없다. 문명은 은혜롭게 가져다준 것도 있고, 열심히 모방해서 따라잡은 것도 있고, 돈 주고 사온 것도 있고, 훔쳐다 쓴 것도 있고, 점령당해 퍼져간 것도 있다.

일본의 청동기시대는 한반도 도래인들이 일본땅을 점령하다시피 해

서 이룬 문화였으며, 문자의 전래는 왕인(王仁) 박사의 은혜에 말미암은
것이었다. 반면에 나라시대 동대사(東大寺) 대불(大佛)의 조성은 그네들
의 노력의 결과였으며, 다도(茶道)와 무사도(武士道)는 일본인들이 만들
어낸 독자적인 문화였다.

그 점은 한국의 문화가 중국에 신세진 점과 마찬가지다. 전진(前秦)의
순도(順道)가 불교를 전래해준 것은 은혜였으며, 월주요(越州窯)의 청자
를 벤치마크하여 고려청자를 만들어낸 것은 고려인의 슬기였으며, 문익
점은 목숨을 걸고 목화씨를 들여왔다. 한글과 선비문화는 우리들의 창조
적인 문화였다.

삼국시대가 끝나고 통일신라시대로 들어서면 한반도의 정세변화는
일본 열도에 더이상 영향을 끼치지 않는다. 이때 일본도 독자적인 문화
를 이룩하게 된다. 동대사, 홍복사(興福寺), 당초제사(唐招提寺)의 건축과
조각은 일본이 내세우는 자랑스러운 문화적 성취다. 일본의 문화가 이처
럼 아이덴티티를 획득하고 동아시아의 일원으로 성장한 것을 한국인은
액면 그대로 인정해야 한다.

영국의 청교도들이 신대륙으로 건너가 이룩한 문화는 미국문화이지
영국문화가 아니듯, 한반도의 도래인이 건너가 이룩한 문화는 한국문화
가 아니라 일본문화이다. 우리는 일본 고대문화를 이런 시각에서 볼 수
있는 마음의 여백과 여유를 가져야 한다.

이 책이 나오기까지

내가 이 책을 구상한 것은 아주 오래된 일이다. 나는 일본에 유학한 일
도 없고, 일본에 살아본 일도 없고, 일본인 친구도 없다. 다만 문화사적
입장에서 미술사를 공부하는 학도로서 일본 속의 한국문화와 일본미술

사에 관심이 있어 이 방면의 책을 읽고 현장답사를 많이 한 경험이 있을 뿐이다.

1986년부터 1995년까지 10년간 나는 한국국제교류재단의 해외한국문화재 조사팀의 일원으로 해마다 방학이면 열흘 내지 보름간 일본을 방문했다. 고 예용해(芮庸海) 선생이 단장이었고 민속학은 김광언(金光彦), 도자사는 윤용이(尹龍二), 그리고 나는 회화사 전공자로서 이 프로젝트에 참가했다.

1988년, 나라의 야마토 문화관에 소장된 한국 유물을 조사할 때 나는 짬을 내어 아스카를 답사했다. '렌탈 사이클—꿈을 파는 집'에서 자전거를 빌려 타고 도래인의 고향인 히노쿠마 마을부터 백제인들이 세워준 일본 최초의 사찰인 아스카사(飛鳥寺)까지 찾아갔다. 한여름 땡볕 아래 자전거를 타는 것이 여간 힘든 일이 아니었지만 아스카 들판을 달려가면서 마치 고향에 온 것 같은 포근함을 느꼈다. 그것이 이 책을 쓰게 된 계기였으니 25년도 더 된 일이다.

이후 해외여행이 자유화되면서 자주 일본을 답사하게 되었다. 친지들과 함께 가기도 했고, 회원을 모집하여 인솔해서 다녀오기도 했다. 문화재청장 시절 규슈국립박물관 개관식에 참석했을 때는 요시노가리 문화재 복원 과정을 상세히 전해들을 수 있었고, 교토에 갔을 때는 여행객으로서는 방문하기 힘든 계리궁(桂離宮, 가쓰라리큐)과 어소(御所, 고쇼)를 답사하는 편리를 얻기도 했다.

그러다 2004년 봄, 이 책을 쓸 좋은 기회를 얻었다. 일본의 국제교류기금(Japan Foundation)에서는 외국인 학자에게 보름간 일본을 자유롭게 여행할 수 있게 해주는 '문화인 단기 초청 프로그램'이 있는데 내게 그 기회가 주어진 것이었다. 이때 나는 일본 답사기에 언급할 유적들을 모두 찬찬히 둘러볼 수 있었다. 그때 나는 처음으로 일본인의 친절한 안내를 직접 받아보았다. 그로부터 10년 만에 책을 펴내게 된 것이다.

집필을 끝내고 뒤늦게 깨달은 것은 내 전공이 일본이 아니라는 사실이었다. 그 어려운 일본 한자 표기, 복잡한 한일 고대사의 사건들, 수수께끼 같은 일본의 설화, 어디까지 믿어야 할지 모르는 전설들… 국내 답사기와 달리 내 지식과 생각의 한계를 느끼지 않을 수 없었다. 나는 각 분야 전공자들에게 도움을 받기로 했다.

손승철(강원대, 한일교류사), 이근우(부경대, 일본고대사), 김현영(국사편찬위원회, 한국사), 지미령(한예종, 일본미술사) 교수에게 비판적 열독을 부탁드렸다. 고맙게도 이분들은 이 귀찮은 작업을 자신의 일처럼 생각하며 교열까지 봐주셨다. 감사하는 마음을 가슴깊이 새기며 여기에 기록해둔다.

독자들에게

이 책을 쓰면서는 국내 답사기와는 달리 자잘한 것까지 신경써야 할 것이 너무도 많았다. 일본 천황(天皇)에 대한 표기부터 그렇다. 사람에 따라 천황을 일왕(日王)으로 번역해 부르기도 한다.

그러나 우리가 중국의 황제를 인정해서 황제라 하는 것이 아니고, 오늘날 이집트의 파라오를 애급(埃及)의 애왕(埃王)이라고 표기하지 않듯이 그들이 말하는 대로 천황이라고 표기했다. 그들이 천황이라 하든, 황제라 하든, 파라오라 하든, 카이저라 하든 우리는 왕으로 인식하면 그만이다.

그런 중 일본의 역사학자 중에는 일본에 천황이라는 말이 등장한 것은 7세기 후반 덴지(天智) 천황 때부터이므로 그 이전은 왕 또는 여왕으로, 이후는 천황으로 표기하는 것이 맞다고 주장한다. 나는 그 견해에 따랐다.

일본어 표기는 교육부 편수자료에 입각하면 일본어 발음으로 적고 괄호 속에 한자를 넣어주는 식으로 해야 하지만 사찰 이름, 유적 이름, 관직 이름 등을 현지음대로 표기하면 독서가 제대로 되지 않는다. 이는 필자로서는 참을 수 없는 억울함이다. 나는 일본어와 중국어의 한자 표기와 현지음의 표기세칙은 언제 고쳐도 고쳐야 할 잘못된 원칙이라고 생각하고 있다.

이에 나는 편집자와 상의하여 독자가 읽고 이해하기 쉬운 방식을 택하기로 했다. 인명과 지명을 제외하고는 한자어의 우리말 표기를 앞세워 표기하고 괄호 안에 일본어 발음을 적었다. 그래도 몇가지 예외는 있다. 책을 읽기 전에 '일러두기'를 꼭 먼저 읽어주기 바란다.

이리하여 마침내 책을 펴내게 되니 국내편 때와는 달리 걱정과 두려움이 다가온다. 요즘의 한일 관계와 국민 정서를 생각할 때 나는 두 나라 국민 모두에게 환영받지 못할 이야기를 많이 했다는 것을 잘 알고 있다. 특히 한일 양국의 국수주의자들은 나에게 많은 화살을 퍼부을지도 모른다.

그래도 내가 이 책을 펴내는 것은 이제는 있는 사실 그대로를 만천하에 드러내어 한일 양국이 공유할 때가 되었다고 생각했기 때문이다. 공존과 공생관계를 회복하기 위하여 누군가는 쌍방에서 날아오는 독화살을 장풍(掌風)으로 날려버리면서 당당히 맞서지 않고서는 한일 고대사의 유대를 성공적으로 복원할 수 없는 일이다. 현명한 독자들은 나의 이런 간절한 마음을 알아줄 것이라 믿으며, 쌍방에서 화살이 날아올 때 나를 지원해주면 고맙겠다.

2013년 7월
부여 휴휴당에서
유홍준

자연 관광과 문화 관광의 어울림

    일본 문화유산 답사기 첫번째 책으로 규슈(九州)편부터 내놓는다. 본래 일본은 한국인의 해외여행지로서 대단히 매력적인 곳이다. 환율과 물가 때문에 경비가 다소 많이 들지만 생활문화가 비슷하여 이질감이 적고 무엇보다도 음식이 입에 맞아 먹거리가 다양하며 온천이 많아 잠자리도 편하다. 풍광도 아름답고 문화유산도 풍부하여 볼거리도 많다.

    규슈는 한국인 관광객들도 제법 많이 찾는 곳이다. 한반도와 거리가 가까워 비용이 적게 들기 때문에 마치 제주도보다 조금 멀리 가는 기분으로 가는 것 같다.

    본래 외국여행은 자연 관광과 문화 관광이 곁들여져야 제맛인데 유감스럽게도 규슈엔 우리 입장에서는 문화 관광으로 볼 만한 유적이 그리 많지 않다. 있다고 해야 일본인들이 학문의 신을 모신 후쿠오카 다자이후(太宰府)의 덴만궁(天滿宮)과 임진왜란 때 조선 침공에 앞장섰던 가토 기요마사(加藤清正)가 쌓은 구마모토성(熊本城), 네덜란드 동인도회사가 있었던 나가사키(長崎)의 데지마(出島)와 원폭기념관 정도다.

그래서 규슈 관광의 테마는 골프 아니면 사쿠라지마(櫻島)의 활화산 등 자연 관광이거나 온천 여행이 되곤 한다. 온천으로는 대개 오이타현(大分縣)의 벳푸(別府) 온천과 친환경 농업관광지로 이름난 유후인(由布院), 검은모래 찜질로 유명한 가고시마(鹿兒島)의 이부스키(指宿), 또는 나가사키의 운젠(雲仙) 온천 등이 인기 관광 상품으로 제시되는 것 같다.

그러나 '일본 속의 한국문화'를 염두에 둔 나의 규슈 답사는 조금 다르다. 크게 보아 남북으로 두 코스가 있다.

북부 규슈 답사는 먼저 거대한 청동기시대 주거지인 요시노가리 유적지를 본 다음에 가라쓰(唐津)로 향하여 지금은 폐허가 된 임진왜란 때의 침략기지 히젠 나고야성(肥前 名護屋城)을 답사하는 것이다. 그리고 가라쓰에서 하루를 머물면서 백제 무령왕의 탄생지로 전하는 가카라시마(加唐島), 조선 분청사기가 일본화된 가라쓰야키의 옛 가마터, 장대한 고려 불화가 소장되어 있는 가가미 신사(鏡神社), 1백만주의 해송으로 이루어진 무지개 솔밭, 무학성(舞鶴城)이라는 별칭까지 얻은 가라쓰성을 두루 돌아본다. 저녁은 이곳의 별미인 요부코(呼子) 항구의 오징어회 정식으로 한다.

이튿날은 아리타(有田)와 이마리(伊萬里)로 가서 조선 도공의 발자취를 답사하고, 숙박은 값도 저렴하고 일본인 중에서도 아는 사람만 찾아온다는 우레시노(嬉野) 온천이나 1300년 전통을 자랑하는 다케오(武雄) 온천에서 한다. 다음날은 나가사키로 가서 짬뽕과 카스텔라를 맛보며 데지마와 원폭기념관을 답사한다. 원폭기념관에서는 억울하게 징용으로 끌려가 덧없이 희생된 동포의 영혼을 기릴 수 있다.

그리고 마지막 날 돌아갈 때는 후쿠오카의 다자이후 옛 관아터와 덴만궁을 관람하고 백제 멸망 후 망명해온 백제인들이 백제식으로 쌓은 수성(水城)을 답사한 다음 동아시아역사관으로 꾸며진 규슈국립박물관을 차근히 살펴보고 후쿠오카 공항으로 간다. 3박 4일 코스 속에 역사·문화·자연이 다 들어 있고, 아름다운 풍광과 온천, 그리고 별미도 즐기고 돌아오는 것이다.

규슈 남쪽 가고시마와 미야자키의 답사는 비교적 단조롭지만 의의는 자못 크다. 임진왜란 때 끌려간 박평의와 심당길 두 집안이 이룩한 사쓰마야키의 고향인 미산(美山)마을로 가서 그분들이 고향을 잊지 못하여 세운 옥산궁(玉山宮)을 답사하고, 미야자키에서는 남향촌(南鄕村, 난고손)의 백제마을로 가서 백제 멸망 이후 이곳에 온 백제 후손들이 1300년을 두고 이어오는 사주제(師走祭, 시와스마쓰리)라는 축제의 내력을 알아보고 돌아오는 것이다. 남향촌으로 가는 길은 일본에서도 가장 아름다운 환상의 드라이브 코스다.

그리고 가고시마에는 시마즈(島津)가의 명원(名園)인 선암원과 일본 근대화의 상징인 상고집성관(尙古集成館)이 답사의 핵심이다. 그리고 우리 근대사와 맞물려 있는 메이지유신 시절의 유적들이 있어 이를 둘러보고 이부스키나 기리시마의 온천에서 묵고 사쿠라지마의 활화산을 바라보면서 자연의 아름다움과 신비도 맛본다. 이것이 한편으론 즐기면서 한편으론 공부하는 답사라는 이름의 규슈 여행이다.

2013년 7월

나의 문화유산답사기

일본편 1 규슈

차례

일러두기

1. 이 책의 일본어 표기는 국립국어원의 표기법을 따랐다. 권말에는 일본어를 현지음에 최대한 가깝게 적는 창비식 일본어 표기로 주요 고유명사 표기를 일람할 수 있게 했다.

2. 일본어 인명·지명은 일본어로 읽어주는 것을 원칙으로 하되, 사찰·유물·유적 등은 독자의 이해를 돕기 위해 한자를 우리말로 읽어주고 괄호 안에 일본어 발음을 병기했다. 그밖의 세부적 표기원칙은 아래와 같다.

   1) 인명: 도래인과 중국 승려의 이름은 한자음을 우리말로 읽어주고 괄호 안에 일본어 발음을 병기했다.
      예) 왕인(王仁, 와니), 아직기(阿直岐, 아치키), 행기(行基, 교기) / 감진(鑑眞, 간진)

      *일본의 중세 초기까지는 귀족과 무인의 인명에서 성과 이름 사이에 '노(の)'를 넣어주는 관례에 따라 이 책에서는 성 뒤에 '노'를 붙여 표기했다. (예: 스가와라노 미치자네菅原道眞)

   2) 지명: 도래인 및 조선 도공과 관련된 지명은 한자음을 우리말로 읽어주고 괄호 안에 일본어 발음을 병기했다.
      예) 미산(美山, 미야마)마을, 남향촌(南鄕村, 난고손)

   3) 행정구역: 부(府), 현(縣), 시(市), 번(番) 등의 행정구역 단위는 한자음을 우리말로 적었다.

   4) 사찰: 이름의 의미를 드러내기 위해 한자음을 우리말로 적되, 지명에서 유래한 사찰명인 경우에는 일본어로 적었다.
      예) 법륭사(法隆寺, 호류지), 동대사(東大寺, 도다이지) / 아스카사(飛鳥寺, 아스카데라)

   5) 신사: 조선 도공과 관련 있는 3개의 신사는 우리말로 읽어주고 괄호 안에 일본어 발음을 적었다.
      예) 도산(陶山, 스에야마)신사, 석장(石場, 이시바)신사, 옥산(玉山, 다마야마)신사

   6) 천황: 7세기 중엽 덴지(天智) 천황 이전은 왕 또는 여왕, 이후는 천황으로 표기했다. 왕후와 황후도 같은 기준에 따랐다.

제1부

북부 규슈

빛은 한반도로부터

조몬 토기 / 요시노가리 역사공원 / 남내곽과 북내곽 / 옹관묘열 /
요시노가리 출토 유물 / 여인 수장국 야마타이 / 일본인의 기원 /
재러드 다이아몬드의 「일본인은 어디에서 왔는가」

일본 답사의 매력

일본 속의 한국문화를 찾아서 일본을 여행하는 답삿길은 크게 네 갈
래로 나뉜다. 오사카·아스카·나라·교토의 긴키(近畿) 지방, 도쿄를 중심
으로 한 간토(關東) 지방, 우리가 대마도(對馬島)라고 부르는 쓰시마, 그
리고 지금 우리가 찾아가는 규슈(九州) 지방이다.

이 네 지역의 답사는 제각기 역사적 성격을 달리한다. 나라·교토 지방
에서는 일본 고대국가 탄생에 기여한 도래인(渡來人)들의 유적과 사찰,
도쿄 지방에서는 개화기에 얽힌 이야기, 쓰시마에서는 왜구와 조선통신
사 이야기, 규슈 지방에서는 벼농사를 일본에 전해준 초기 도래인과 임
진왜란 때 끌려온 조선 도공들이 남긴 자취를 찾아가는 것이 핵심주제
가 된다.

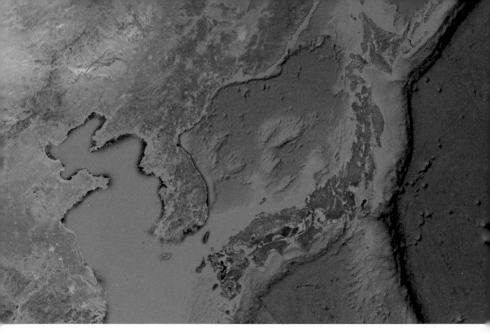

| 한반도와 규슈(위성사진) | 한국과 일본은 지정학적으로 함께 세계를 살아가야 하는 운명을 타고났다.

　나라·교토의 사찰 순례를 제외하면 모두 이야기와 자취로 이루어져 있어 유적과 유물 자체가 주는 감동은 적다. 그러나 일본 속의 한국문화를 말해주는 유적지를 찾아가면 까맣게 잊어버린 우리 역사 이야기가 되살아나고, 그때 그 시절에 일본에서는 이런 일이 있었구나 하는 새로운 깨달음도 얻게 된다. 그네들의 유적을 보면서 오히려 우리 역사의 속살을 느낄 수 있으니 이것은 국내에서는 찾을 수 없는 일본 답사의 큰 의의라 할 수 있다.

　사람의 인식체계에는 장소성이라는 것이 있다. 서울에 앉아서 뉴욕 시내 지도를 보면 눈에 잘 들어오지 않지만 뉴욕의 호텔방에서 뉴욕 지도를 보면 길과 건물이 선명하게 들어온다. 반대로 서울에 앉아 있으면 한국의 상황이 머릿속에 뒤엉켜 있지만 외국에 나가 있으면 한국의 모습이 한눈에 잡힌다. 자신을 객관화할 수 있는 계기가 생기는 것이다.

| **일본 열도 지도** | 일본은 홋카이도(北海道)·혼슈(本州)·시코쿠(四國)·규슈(九州)의 네 섬으로 이루어진 섬나라이다. 작은 섬까지 합치면 약 7천개가 된다고 한다.

이것을 규슈 답사와 연관해서 말하면 요시노가리 유적지에 가면 우리 청동기시대가 다시 보일 것이고, 다자이후(太宰府)의 수성(水城)에 가면 백제 부흥의 몸부림이 얼마나 치열했던가를 새삼 알게 될 것이며, 가라쓰(唐津)·아리타(有田)·가고시마(鹿兒島)로 가면 조선 도자기가 얼마나 위대했던가를 확인할 수 있을 것이다. 그리하여 피상적으로 알았던 우리 것에 대해 선명한 이미지를 얻어갈 수 있을 것이니 그것은 배움을 동반하는 답사의 큰 매력이 아닐 수 없다.

한편 답사란 기본적으로 여행이므로 일본 여행 자체가 주는 즐거움이 따른다. 이국의 풍광과 남국(南國)의 꽃나무들이 보여주는 자연의 아름다움이 있고, 어디를 가나 온천을 곁들일 수 있고, 음식도 고생은커녕 오히려 별미를 즐길 수 있다.

거기에다 일본 여행은 여느 외국 여행과 달리 매사를 우리와 비교하게 만든다. 차창 밖을 보다가도, 길을 가다가도, 유적지 가겟방에 들어가서도, 차려놓은 음식상을 보아도, 건물을 보아도, 불상을 보아도, 유적지 정비해놓은 것을 보아도 '우리 같으면' 하는 소리가 절로 나온다.

그네들의 생활문화를 보면 처음에는 깨끗하고 질서정연한 모습에 감탄하다가 나중에는 그 천편일률적인 것에 갑갑함을 느끼게 된다. 일본 정원을 보면 처음부터 끝까지 인간의 손길로 매만진 것에 감동하다가 나중에는 우리 정원의 자연스러운 멋과 친숙함이 그리워지기도 한다. 그런 상대적 비교를 통해 한편으로는 배우고 한편으로는 우리 문화의 특성을 확인하게 된다.

그리하여 일본을 답사할 때마다 내 머릿속을 떠나지 않는 생각 하나는 일본문화와 한국문화를 믹서에 넣고 휘저어서 내놓으면 참으로 좋은 것이 나오지 않을까라는 것이다. 이를테면 교토 용안사(龍安寺, 료안지) 석정(石庭)의 정갈한 멋과 순천 선암사(仙巖寺)의 천연스런 맛이 함께 어울리는 모습 같은 것이다.

이때 잡종약세 현상이 낳은 어중간한 것은 다 제거하고 잡종강세 현상을 일으키는 좋은 것만 가려낸다면 그야말로 헤겔이 말한 변증법적 지양(止揚)이 되어, 동양문화의 질을 한 차원 높게 비약시키지 않을까라는 생각이다. 그러기 위해서 우리는 일본을, 일본은 한국을 정확히 알 필요가 있다. 내가 일본 답사기를 쓰게 된 동기의 하나가 그것이다.

요시노가리로 가는 길

일본 속의 한국문화를 찾아가는 규슈 답사의 첫번째 유적지로는 사가현(佐賀縣)의 요시노가리(吉野ヶ里) 역사공원이 제격이다. 여기는 한일 교류사의 첫 페이지를 장식하는 곳으로, 2300년 전 우리 고조선과 삼한

| 요시노가리 유적 전경 | 일본 속의 한국문화를 찾아가는 규슈 답사의 첫번째 유적지로는 한반도에서 벼농사를 전해준 요시노가리 역사공원이 제격이다.

시대 사람들이 집단 이동하여 청동기문명과 벼농사를 전해주어 일본 역사에서 야요이(彌生)시대가 열리게 된 현장이며, 후쿠오카(福岡) 공항에서 조선 도공의 발자취를 따라 가라쓰·아리타로 가는 길목에 있어 답사의 동선도 자연스럽게 연결된다.

2012년 겨울, 나는 명지대 미술사학과 대학원생 40명과 북규슈 지방을 2박 3일로 답사했다. 학생들의 답사 경비를 줄여주기 위하여 3박 4일 코스를 하루 줄여 다녀오는 대단한 강행군이었다. 아침 8시 비행기로 가서 밤 9시 비행기로 돌아왔으니 집에서 새벽 5시에 출발해 사흘 뒤 밤 12시 넘어 귀가한 것이다.

이렇게 답사가 고되건만 사람들이 나는 만날 놀러 다닌다고 생각하는 것이 좀 억울하다. 그러나 이번 답사는 아주 편했다. 윤용이(尹龍二) 교수가 인솔 책임을 맡았기 때문에 나는 뒷자리에 앉아 창밖을 바라보면서 윤교수의 해설을 들으며 따라만 다니면 그만이었다.

우리 학생들은 잘 아는 사실이지만 윤교수는 엄청난 출력(出力)을 갖고 있는 살아 있는 '라디오 교육방송'이다. 메모도 없이 그 많은 연대(年代)를 다 외워서 이야기하고 토씨 하나 틀리지 않는다. 그것도 중간에 '광고' 한번 없이 마이크를 잡으면 다음 유적지에 도착할 때까지 그치질 않는다. 윤교수의 아호는 혜산(惠山)이다.

후쿠오카 공항에서 요시노가리까지는 한 시간 정도 걸린다. 버스에 오르자마자 혜산 선생이 마이크를 잡고 강의를 시작했다.

"자! 이번 답사의 첫번째 주제는 일본에 문명의 서광이 어떻게 비쳤는가입니다. 지금 우리가 가고 있는 요시노가리 유적은 그것을 명확히 보여줍니다. 일본에서도 구석기시대 유적이 발견되고 있습니다. 전기·중기 구석기 유적은 드물고 대부분 약 4만년 전부터 시작한 후기 구석기 유적이 많습니다. 아프리카에서 시작된 인류의 긴 여행에서 일본에 도달한 구석기인은 남쪽에서 올라오기도 하고, 또 북쪽에서 내려오기도 했던 것으로 생각됩니다. 그때 일본은 섬이 아니었습니다.

그러다 1만 5천년 전, 마지막 빙하가 물러가고 해수면이 몇십 미터나 올라오면서 일본 열도가 대륙에서 떨어져나가 섬이 됩니다. 이리하여 열도에 남아 있던 구석기인들은 섬에 고립되어 살아가게 되지요. 이들은 씨족 단위로 열매를 따먹고 물고기를 잡아먹으면서 생활했는데, 다행히도 일본 열도는 자연물산이 풍부했습니다.

이들은 먹거리를 담아두는 그릇을 제작하면서 신석기문명을 일구어갑니다. 본래 신석기문명은 농사·목축·토기로 이루어지는데 이들은 오직 그릇만 만들 줄 알았습니다. 이들이 만든 토기를 조몬(繩文) 토기라고 합니다. 그릇 바깥 면을 마치 새끼줄〔繩〕로 덧붙인 것같이 장식했기 때문입니다. 그래서 이때부터 농사가 시작돼서 야요이시대로 들어가는 기원전 4세기, 그러니까 2300년 전까지 근 1만년간을 조몬시대라고 합니다."

조몬인, 에미시, 아이누족

조몬인은 지금의 일본인과는 다른 아이누(Ainu)족의 원조상을 말한다. 홋카이도(北海道)와 사할린에 일부 남아 있는 아이누족은 하이(蝦夷) 또는 모인(毛人)이라 적고, 에조(えぞ) 또는 에미시(えみし)라 읽는다. 이들은 털이 많은데 그 털이 새우처럼 길고 뻣뻣하다고 해서 새우 하(蝦) 자와 털 모(毛)자가 들어간 이름으로 불린 것이다. 이들은 키가 작고 얼굴이 네모지며 광대뼈가 나오고 눈에 쌍꺼풀이 있는 폴리네시아인 계통으로 짐작된다.

1869년 메이지(明治)정부는 '에조'의 공식명칭을 '아이누'라고 했다. 동시에 '에조의 땅'이라는 뜻으로 불리던 '에조치(蝦夷地)'를 '홋카이도' 라는 명칭으로 바꾸었다. 홋카이도의 아이누는 2006년 현재 23,782명으로 집계되었는데 계속 줄어드는 추세다. 아메리카 원주민과 똑같은 과정을 밟고 있는 신세다. 이들 중에는 지금도 농사를 짓지 않고 수렵·채취로 살아가는 사람도 있다고 한다.

혜산 선생은 계속해서 조몬 토기에 대한 설명을 이어갔다.

"그런데 신기하게도 조몬 토기는 현재까지 알려진, 세계에서 가장 오래된 토기랍니다. 게다가 그릇이 아주 크고 신비하게 생겼습니다. 어떤 것은 그릇 아가리 위를 불꽃 무늬로 장식한 것도 있답니다.

일본을 그냥 무시하면 안 됩니다. 아주 대단한 신석기 토기문화를 보

| **아이누족의 모습** | 조몬인은 지금의 일본인과는 다른 아이누족의 원조상을 말한다. 이들은 키가 작고 얼굴이 네모지며 광대뼈가 나오고 쌍꺼풀과 뻣뻣한 수염이 있다.

여준 것이 일본의 조몬시대였다고 기억하고 박물관 가면 잘 관찰할 필요가 있습니다."

조몬 토기

조몬 토기의 연대는 1960년에 규슈 남단에서 발견된 것을 방사선탄소로 측정한 결과 1만 2700년 전에 만들어진 것으로 나타나 일본뿐만 아니라 세계 고고학자들을 놀라게 했으며 그 이유를 아직껏 충분히 설명해내지 못하고 있다.

조몬 토기는 아주 크고 신기한 기형(器形)을 갖고 있어서 조몬인들에게 뛰어난 토기문화가 있었다는 것을 보여준다. 이로 인해 일본인 중에는 같은 신석기시대지만 한국의 빗살무늬 토기보다 일본의 조몬 토기가 훨씬 발달한 것이라고 자랑하고, 또 한국인 중에는 조몬 토기의 기세에 눌려 우리 신석기문화가 빈약했다고 주눅 드는 경우를 종종 보게 된다.

그러나 문명의 척도는 그렇게 가늠되는 것이 아니다. 토기문화의 우

| 조몬 토기 | 새끼줄 모양의 무늬를 갖고 있어 조몬 토기라고 불리는 일본의 신석기시대 토기는 아주 크고 신기한 기형을 갖고 있어서 뛰어난 토기문화가 있었음을 보여준다.

열이 곧 문명의 척도가 되지는 않는다. 조몬인들이 여전히 수렵·채취에 만족하면서 떠돌이 생활을 하고 있을 때 한반도에서는 이미 기원전 1000년 전부터 빗살무늬 토기의 신석기시대를 청산하고 청동기시대로 들어가 새로운 문명을 개척해나갔던 것이다.

일본은 국토의 80퍼센트가 산악지대이고 풍부한 강수량을 갖고 있어 나무들이 아주 잘 자란다. 밤·도토리·호두 같은 유실수가 즐비하다. 거기다 섬이라서 해산물도 풍부하다. 굴이나 조개는 말할 것도 없고 해마다 회귀하는 연어는 손으로도 잡을 수 있을 정도다. 그러나 그것은 조몬인들이 문명의 다음 단계로 비약할 수 있는 계기를 차단한 결과를 낳았다. 그들은 이렇게 수렵·채취한 물고기와 열매를 담거나 그들의 신앙을 나타내는 토기를 만드는 데만 뛰어난 솜씨를 발휘했던 것이다. 그것은 자연의 풍요 때문에 문명의 발달이 더뎠던 아메리카 원주민들의 몰락

과정과 비슷하다. 이지고잉(easy-going)이 낳은 결과였다.

조몬인의 고단한 삶

그렇다고 조몬인들이 풍족하게 산 것은 아니었다. 농사를 짓는다는 것은 안정된 식량조달이 가능하다는 의미이다. 쌀과 밀 같은 곡식은 별다른 시설이 없어도 장기간 저장할 수 있어 겨울철도 무난히 이겨낼 수 있다. 그러나 조몬인들은 그러지 못했다. 게다가 이상기온으로 식량으로 삼을 열매의 채취가 적었던 시절엔 더욱 고생했다. 그래서 한 조사에 의하면 조몬시대 사람들에게는 몇차례 굶주림에 시달린 흔적이 나타나곤 한단다.

조몬인의 인골(人骨)은 남자는 30대, 여자는 20대가 많은 것으로 나타났다. 조몬시대 인구는 초기엔 2만명 정도였다가 25만명으로 늘어났는데 나중에는 이상기온으로 많이 죽어 말기에는 겨우 5만명 정도가 일본열도에 살았던 것으로 추정된다.

조몬인들은 이처럼 자연에 의지해 살며 조직사회를 형성하지 않았는데 기원전 300년 무렵 갑자기 야요이인들이 등장했다. 이들은 정착생활을 하면서 벼농사를 지어 식량을 비축하며 살아갔고, 청동기라는 문명적인 금속기를 사용했으며 집단취락을 이루어 힘의 결집이 가능했다. 이런 야요이인을 조몬인은 당해낼 수 없었다. 일부 조몬인은 야요이인과 어울려 피를 나누며 살았지만 결국 조몬인은 야요이인에게 생활터전을 내주고 환경이 열악한 북쪽으로 쫓겨나 홋카이도까지 밀려나고 말았던 것이다.

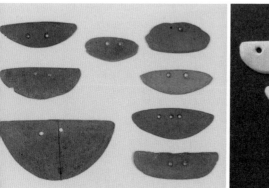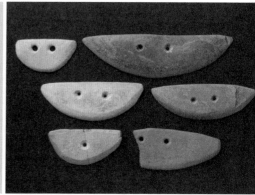

| 반달칼 | 반달칼은 곡식의 낟알을 따는 손칼로 벼농사를 지었다는 물증이기도 하다. 야요이시대 반달칼(왼쪽)은 한반도 삼한시대의 것(오른쪽)과 거의 구별할 수 없을 정도로 똑같다.

빛은 한반도로부터

혜산 선생의 강의는 자연히 야요이시대로 이어졌다. 일본 역사에서 야요이시대란 기원전 3세기부터 기원후 3세기까지 600년간을 일컫는다. 1884년 도쿄(東京) 외곽, 현 도쿄대학 후문 근처인 야요이라는 곳에서 토기가 발견되었는데 이것은 조몬 토기와는 전혀 다른 것이었다. 우리나라 민무늬토기와 비슷한 무문(無紋)토기였다. 그런데 이후 이런 종류의 토기가 일본 각지에서 출토되었다. 그것이 대략 기원후 3세기까지의 유적에서 나옴에 따라 이 시기를 야요이시대라고 부르는 것이다.

"일본 열도에 문명의 서광은 마침내 2300년 전에 한반도에서 비쳐왔습니다. 벼농사와 청동기문화가 한반도로부터 들어온 것입니다. 야요이시대 유적지에서는 경상도의 변한·진한시대 것과 같은 세형동검(細形銅劍), 청동방울, 민무늬토기가 출토됩니다. 우리 삼한시대 것과 똑같은 반달칼이 나옵니다. 낫도 나옵니다. 이것이 무엇을 말해주겠습니까. 농경이 이루어

| 야요이 토기 | 일본 청동기시대 토기는 앞시기 조몬 토기와는 전혀 다른 형태를 보여준다. 도쿄 외곽의 야요이 지방에서 처음 발견되어 이런 이름이 붙여졌는데 일본 열도 곳곳에서 출토되고 있다.

졌다는 것이죠. 벼농사를 짓기 시작했습니다. 또 목축이 이루어집니다.

농경문화라는 문명의 빛이 들어오면서 야요이인들의 삶이 풍요로워졌습니다. 요즘 말로는 GDP의 급격한 증가를 누리게 된 것이죠. 본격적으로 농사를 지으면서 협동작업을 필요로 했고 그래서 씨족이 무리를 이루면서 자연히 마을이 생겨났으며 초보적인 사회를 구성하게 됩니다. 잉여농산물이라는 부(富)가 창출되면서 계급이 생기고, 약탈과 전쟁이 일어나면서 씨족들이 연합하여 부족국가로 발전해가는 것은 인류 역사의 보편적 발자취 그대로입니다.

그것을 우리는 문명의 단계적 발전과정이라고 하는데 그 모든 것이 한반도 도래인이 가져온 벼농사와 청동기문화에서 비롯했습니다. 일본이 문명의 혜택을 받아 야요이시대를 열어갔다는 것을 증언하는 곳이 바로 우리가 가는 요시노가리 유적입니다."

요시노가리 마을 유적

요시노가리 유적은 사가현 간자키군(神崎郡)의 3개 마을에 걸쳐 있다. 1986년 공업단지 개발을 위해 사전에 발굴조사를 실시한 결과 엄청난 유적과 유물들이 발견되어 일본뿐만 아니라 세계 학계를 놀라게 한 곳이다. 요시노가리 유적은 기원전 3세기부터 기원후 3세까지 야요이시대 600년 전기간의 마을 발전상을 고스란히 전해주는 귀중한 유적이다.

본래 청동기시대의 가장 큰 역사적 이슈는 마을의 형성이다. 그러나 청동기시대 마을 유적은 좀처럼 발견되지 않는다. 그 이유는 청동기인들이 살던 곳은 지금도 살기 좋은 곳이어서 현재의 삶 속에 묻혀 있기 때문이다. 부여 송국리(松菊里) 유적지가 중요한 것은 2800년 전 청동기시대 마을의 자취를 보여주기 때문이다. 그런데 요시노가리에선 600년간에 걸친 40만 제곱미터(약 12만평)가 넘는 대규모의 마을 유적이 발견되었으니 세계가 놀라지 않을 수 없었던 것이다.

발굴 결과를 보면 전기(기원전 3~2세기)에는 요시노가리 구릉 일대에 분산해서 '무라(村, 마을)'가 탄생했다. 중기(기원전 2세기~기원후 1세기)로 들어서면 남쪽 구릉 바깥쪽에 구덩이를 파고 물을 채워 방어막을 형성한 원형의 환호(環濠)가 만들어진다. 취락의 발전과 함께 방어도 엄중해진 점으로 미루어볼 때 분쟁이 심해진 것으로 짐작된다. '무라'에서 '구니(國)'로 발전하는 징후가 보이기 시작한 것이다. 그리고 우두머리를 매장하는 둥근 무덤과 많은 옹관묘가 보인다.

후기(기원후 1~3세기)에는 대규모 취락으로 발전해 브이(V)자형으로 깊게 파인 환호로 둘러싸인 두 개의 특별한 공간인 북내곽과 남내곽을 가지게 된다. 특히 북내곽에는 대형건물이 등장하여 요시노가리의 최대 전성기를 맞이하였음을 알 수 있다. 이 마을에는 지배자의 생활공간 및 마

을의 제사공간, 수확물을 보관하는 창고, 주변 마을 사람들과 교역했던 시장 구역 등도 있다. 이러한 규모로 보아 요시노가리 유적은 일본 초기 국가의 중심 마을이었을 것으로 추정된다.

그런데 3세기 말 내지 4세기 초에 이 마을들이 갑자기 없어져버렸다. 그 이유를 아직 단정짓지 못하지만 생활토기 등을 버리고 간 점 등으로 미루어볼 때 침략에 의해 폐허가 된 것은 아니고 무슨 사정인지 몰라도 주민들이 정든 마을을 버리고 어디론가 떠나간 것이다. 그뒤 세월의 흐름 속에 흙으로 덮여 논밭이 되었다가 1700년 만에 그 자취를 드러낸 것이다. 이런 역사유적은 참으로 드물고 신기한 것이다.

지금 요시노가리 역사공원은 이 마지막 후반기인 3세기경의 모습을 복원해놓은 것이다.

요시노가리 출토 유물

요시노가리 유적이 놀라운 점은 마을과 무덤만이 아니다. 여기서 출토되는 유물들이 모두 한반도의 직접적인 영향을 받은 것이기 때문이다. 이는 우리만의 주장이 아니라 일본에서도 공인된 학설이다. 2007년 10월, 서울의 국립중앙박물관은 일본 사가현 교육위원회와 공동으로 '요시노가리, 일본 속의 고대 한국'이라는 대규모 기획전을 열었다.

이 전시회에는 요시노가리에서 출토된 유물과 그 원조 격인 한반도 출토 유물 600여점이 비교 전시되었다. 2000년 전의 한일 양국 문물을 비교 전시하는 최초의 기획전이었다. 전시는 한반도의 농경문화와 일본

| 요시노가리 역사공원 | 요시노가리 유적은 기원전 3세기부터 기원후 3세기까지 야요이시대 600년 전기간의 마을 발전상을 고스란히 전해주는 대표적인 청동기시대 유적이다. 지금 요시노가리 역사공원은 이 마지막 후반기인 3세기경의 모습을 복원해놓은 것이다.

| **요시노가리 출토 청동검과 동탁** | 청동기시대 제관의 상징적 지물인 세형동검, 꺾창, 동탁 등이 야요이시대 유적지에서 출토되고 있다. 특히 세형동검은 경상도의 변한·진한 시대 유물과 똑같은 한반도식이다.

전파, 야요이 마을의 탄생, 고대 한반도와 야요이 마을의 생활, 한반도 출토 일본 유물과 한일 문화 교류 등 네 가지 주제로 꾸며졌다.

요시노가리 유적에서 출토된 세형동검 등 우리나라 보물에 해당하는 일본의 중요문화재 20여점을 포함하여 야요이문화의 특징을 보여주는 독무덤, 토기, 꺾창, 본뜬거울, 덧띠토기, 청동기 거푸집, 한국식동검 등이 전시되었다.

그중 대표적인 예인 한국식동검과 잔무늬거울〔多紐細文鏡〕은 우리나라 청동기문화의 상징적 유물이다. 토기도 한반도계 민무늬 토기이며 독무덤은 영산강 지역에서 유행하던 형태 그대로이다.

일본 속의 한국문화를 '있는 것으로 하여금 말하게끔 한' 전시였다. 그리고 이 전시는 이듬해(2008) 일본 사가 현립 미술관에 그대로 이어졌다.

한반도 정세변화와 이민 물결

그러면 이때 한반도에서는 무슨 일이 일어났기에 많은 사람들이 일본으로 건너갔던 것인가. 당시 중국은 춘추전국시대를 거치면서 강성해져 있었다. 일찍이 국가체제를 갖추고 많은 전쟁 경험이 있었던 중국의 연(燕)나라가 고조선을 침략해왔다. 결국 고조선은 기원전 194년 위만조선에 자리를 내주고 역사에서 사라지게 된다. 『삼국지(三國志)』의 「위지동이전(魏志東夷傳)」에서는 그때의 상황을 이렇게 말하고 있다.

위만(衛滿)이 조선을 공격하자, 조선의 왕인 준(準)은 궁중 사람들과 좌우의 측근을 거느리고 바다를 건너 남쪽으로 내려가 한(韓)의 땅에 이르러 나라를 열고 마한(馬韓)이라 하였다.

이 여파로 한반도의 정세는 격변했다. 한반도 남쪽의 삼한과 북쪽의 부여를 비롯한 만주의 소국들이 고대국가로 성장하기 위하여 세력을 다투면서 서로 병합해갔다. 부여에서 한 갈래 튀어나와 고구려가 등장하고 또 고구려에서 한 갈래 갈라져 백제가 건국한다. 진한 12개국이 6개국이 되고 그중 사로국(斯盧國)이 신라로 성장한다. 변한에서는 가야 6국이 성장하고 있었다. 이 시기를 고고학에서는 삼국시대로 가는 기원의 단계라고 해서 '원(原)삼국시대'라고 부른다.

이 원삼국시대의 고대국가 탄생 과정에서 최초의 승자는 삼국과 가야였다. 우리 역사책은 여기까지만 이야기하고 패자에 대해서는 언급하지 않고 있다. 그러면 패자들은 어떻게 되었을까? 삶의 터전을 송두리째 잃은 세력들의 일부는 승자들의 지배를 받느니 신천지를 찾아 떠났다. 그들이 일본까지 건너간 것이었다. 보트 피플이고 이민자였다.

본래 편안히 안정을 누리면서 사는 사람들은 이민을 가지 않는다. 또 힘을 갖지 못한 사람들은 이민을 가지 못한다. 잘살다가 상황의 변화로 몰락한 사람이 새로운 삶을 찾아 신천지로 가는 것이 이민의 생리다. 한반도의 정세변화는 많은 집단을 이민으로 내몰았던 것이다. 마침 해류는 한반도 남해안·서해안과 규슈를 자연스럽게 뱃길로 이어주고 있었다. 해류를 타면 도달할 수 있는 곳이 이곳 규슈였다. 일본에서는 이렇게 바다를 건너온 사람들을 '도래인'이라고 한다.

벼의 수경재배

한반도에서 바다를 건너 규슈에 도착한 도래인은 정착할 곳을 찾았다. 당시 일본 열도에는 10만명 정도의 조몬인들이 떠돌이 생활을 할 뿐이었다. 넓은 들판과 따뜻한 날씨, 그리고 풍부한 강수량을 보유한 이곳 규슈 땅은 정말로 농사짓기 좋은 곳이었다. 요시노가리는 '좋은 들판이 있는 마을'이라는 뜻이다. 무엇보다도 벼농사의 최적지였다.

동양 사람들이 주식으로 삼는 쌀에는 남방식 인도쌀과 북방식 중국쌀이 있다. 인도쌀은 알이 동글고 습지에서 자라 3모작, 4모작도 가능하며 끈끈한 맛이 없다. 우리가 안남미(安南米)라고 부르는 것이다. 북방식 쌀은 알이 길쭉하고 차진 맛이 있다. 재배하는 방식에 따라 밭벼와 논벼가 있는데 논벼라야 잘 자라고 수확량도 많다.

한반도는 벼농사의 북방한계선상에 있다. 이를 받아들여 밭벼에서 논벼로, 모내기로 수경(水耕)재배를 한 것은 한국 조상들의 슬기였다. 추운 한반도 기후에 벼가 적응하는 데는 오랜 시간이 필요했다. 고조선, 삼한 사람들은 벼농사를 잘 짓기 위하여 엄청난 공력을 들였다.

이런 축적된 경험을 가지고 규슈로 온 도래인들은 여기야말로 벼농사

| 요시노가리에서 출토된 쌀과 청동기 농경문 | 일본에서 벼의 수경재배가 이루어졌다는 것을 보여주는 불에 탄 쌀(왼쪽)이다. 청동 동탁(오른쪽)에는 농사짓는 모습이 그려져 있기도 하다. 이 벼농사는 한반도 도래인들이 일본 열도에 가져다준 문명의 서광이었다.

에 적합한 땅임을 알았다. 물도 많고 날씨도 따뜻했다. 한반도처럼 고생하지 않아도 되었다. 아메리카 신천지를 만난 청교도의 경우처럼 농사꾼에게는 축복받은 땅이라고 생각했을 것이다.

도래인들은 청동기를 사용할 줄 알아 논과 밭을 깊게 갈 수 있었다. 이들은 벼농사를 바탕으로 쉽게 부를 축적했다. 일본에서 벼의 수경재배는 단기간에 이루어졌고 야요이시대 청동기문화는 이렇게 시작되었다.

그런데 일본 책들은 지금도 '한반도를 거쳐' 들어온 벼의 수경재배로 새로운 야요이시대를 열었다고 기술하곤 한다. 분명히 말하지만 일본의 벼 수경재배는 한반도 도래인들이 일본 열도에 가져다준 문명의 서광이었던 것이다.

요시노가리의 풍광

우리의 버스가 요시노가리 유적 가까이 다가왔을 때 혜산 선생은 창밖을 힐끗 보더니 서둘러 강의를 맺었다.

| 요시노가리 풍광 | 풍요롭고 아름다운 요시노가리 들판은 마치 우리나라 어느 한구석을 떼어다놓은 것 같다. 한반도 도래인들이 규슈 중에서도 왜 이곳 요시노가리에 정착했는지를 은연중 말해준다.

"이런 유적이기 때문에 요시노가리 답사는 일본 속의 한국문화 답사이자 곧 우리 청동기시대의 답사이기도 합니다."

학생들은 우레 같은 박수로 혜산 선생의 열정적인 명강의에 답하고 버스에서 내려 요시노가리 역사공원센터로 향했다. 학생들 얼굴은 모두 열심히 봐야겠다는 의욕에 넘쳐 있어 밝고 씩씩해 보였다. 이것이 현장 강의의 강점이다. 이런 강의를 듣고도 학구욕이 일지 않는다면 불성실한 학생이거나 도사급에 해당할 것이다.

우리 대학원에는 도사급에 속하는 늙은 학생이 많다. 이들은 늘그막에 우리 문화를 익히려는 건강한 시민들로 젊은 학생들과 달라도 뭔가 다르다. 정형외과 의사인 홍원장은 버스에서 내리면서 먼저 먼 데 산자락을 망연히 바라보다 나와 눈이 마주치자 넌지시 말을 건넨다.

"교수님, 들판이 참 풍요롭고 아름답네요. 마치 우리나라 어느 한구석을 떼어다놓은 것 같아요. 저 능선 펼쳐진 것 좀 보세요."

이런 여유는 나이든 사람만의 특권이다. 바로 그것이었다. 왜 한반도 도래인들이 규슈 중에서도 이곳 요시노가리에 정착했는지를 말해주는 것은 저 풍광이다. 뉴욕에서 보스턴으로 가다보면 중간중간에 독일인 동네, 이탈리아인 동네, 아일랜드인 동네 등이 있는데 그 동네 풍광이 자기 나라 풍광과 비슷하다고 한다. 긴키 지방 한반도계 도래인이 정착한 아스카 들판도 마찬가지다.

우리는 좋은 들판을 가진 마을, 요시노가리 유적지로 들어갔다.

요시노가리 역사공원 산책

주차장에서 역사공원센터를 가로질러 공원으로 향하면 '하늘의 우키하시(天の浮橋)'라는 긴 다리를 만나고 그 다리를 건너면 둥글게 도랑을 판 원형해자 광장이 나오는데 입구에 대문 격인 도리이(鳥居)가 관람객을 맞이한다.

도리이는 우리의 홍살문 같은 것으로 나무기둥 문 위에는 두세 마리의 새가 조각품처럼 얹혀 있다. 그래서 '새가 산다'는 뜻으로 새 조(鳥)자 살 거(居)자를 쓰고 도리이라 부른다. 옛사람들에게 새는 태양의 메신저이고, 벼 등 곡물의 영(靈)을 운반하거나 악령으로부터 인간을 지켜주는 상징이었다. 도리이는 모든 영역의 입구에 세워져 있으며 훗날 일본 신사의 필수 건조물이 되었다.

도리이 양쪽으로는 적의 침략을 막기 위해 끝부분을 뾰족하게 깎은

| **요시노가리 역사공원의 유적들** | 도리이는 우리의 홍살문 같은 것으로 나무기둥 문 위에는 두세 마리의 새가 조각 품처럼 얹혀 있다. 도리이 양쪽으로는 적의 침략을 막기 위해 끝부분을 뾰족하게 깎은 말뚝인 란구이와 날카로운 나뭇가지가 달린 막대기인 사카모기를 비스듬히 많이 세워놓았다. 이는 적의 침입을 막는 바리케이드 역할을 한다. 요시노가리 유적에는 큰 울타리가 둘려 있는 두 개의 내곽이 있어 남내곽·북내곽으로 불린다. 각기 환호로 둘려 있으며 높이 12미터에 달하는 높은 망루가 사방에 설치되어 적을 감시하는 기능과 함께 취락의 권위를 나타내준다.

말뚝인 란구이(亂杭)와 날카로운 나뭇가지가 달린 막대기인 사카모기(逆茂木)를 비스듬히 많이 세워놓았다. 이는 적의 침입을 막는 바리케이드 역할을 하는 것이다. 우리나라의 대표적인 청동기시대 마을인 부여 송국리에서도 똑같은 것이 보이는데 우리는 이를 사슴뿔 모양이라고 해서 녹채(鹿砦)라고 한다.

요시노가리 유적에는 큰 울타리가 둘려 있는 두 개의 내곽이 있어 남내곽·북내곽으로 불린다. 각기 환호로 둘려 있으며 높이 12미터에 달하는 높은 망루가 사방에 설치되어 적을 감시하는 기능과 함께 취락의 권위를 나타내준다.

남내곽은 왕과 그 가족들이 살던 곳으로 커다란 반지하 움집들이 들어서 있고, 북내곽은 제례의식을 치르는 공간으로 3층 건물의 주제전(主祭殿)이 중심을 이루고 있다. 북내곽 앞에는 나카노무라(中村)라고 해서 신에게 바치는 술을 만들거나 누에를 길러 비단실을 뽑거나 비단을 짜기도 하고 제사 때 사용하는 도구를 만들었다고 짐작되는 공간이 있다.

또 여러 '구니(國)'의 특산품들이 거래되었을 시장과 시장에서 거래된 물품들을 보관했다고 생각되는 창고도 있다. 당시 교역에서 중요한 교통수단이었던 배를 이용할 수 있도록 큰 강과 아주 가깝다. 또 제의(祭儀) 장소, 재판소, 구니의 대창고, 곡물 창고 등이 있다.

곡물 창고 건물은 지상에서 1미터 정도 높이 올려 지은 고상(高床) 창고로 고구려의 부경(桴京)과 같고 나라 동대사(東大寺, 도다이지)의 정창원(正倉院, 쇼소인) 건물을 비롯하여 일본 창고 건축의 양식으로 고착되었다. 이 고상 창고는 쥐가 들어오지 못하게 하기 위해 높이 지은 것인데 여기서는 기둥과 마루가 접하는 부분에 원형이나 장방형의 판자를 덧붙여 막았다. 이를 '네즈미가에시(ねずみ返し)'라고 한다.

요시노가리의 인구는 최고 전성기에 바깥 원형 환호 내부에 대략

1200명, '구니' 전체에는 5400명 정도였을 것으로 짐작하고 있다니 역사공원의 규모가 이처럼 큰 것은 절대로 과장이 아니다.

죽음의 공간

남내곽과 북내곽을 둘러본 다음 우리는 옹관묘역으로 향했다. 청동기시대가 신석기시대와 크게 다른 점의 하나는 죽음의 공간을 장엄하게 만들기 시작했다는 것이다. 북내곽 주위에는 죽음의 공간으로 옹관이 늘어서 있는 옹관묘열(甕棺墓列)이 있다.

옹관형 매장이란 초벌구이한 대형 토기에 시신을 구부린 채로 넣고 흙 속에 묻는 매장 방법으로, 우리나라에서는 특히 마한지역에서 유행하던 장례 방식이다. 옹관은 같은 형태의 항아리를 아래위로 맞춘 합구식(合口式)과 크고 편평한 돌을 뚜껑 대신 사용한 단관(單棺)의 두 종류가 있다.

요시노가리의 언덕 곳곳에는 1만 5천기의 옹관묘가 있을 것으로 추정되고 있다. 옹관묘열에는 모두 2천기가 넘는 옹관이 600미터에 걸쳐 정연하게 배치되어 있어 그 모습이 장관이다.

그중에서도 북분구묘(北墳丘墓)는 요시노가리 취락의 역대 왕이 매장된 특별한 무덤으로, 인공적으로 조성된 언덕에 서로 다른 종류의 흙을 겹겹이 쌓고 다져 만들어서 아주 튼튼한 구조이다.

이 안에서는 옹관 14기가 발견되었고 유리제 관옥(管玉)과 손잡이 있는 동검이 부장된 경우도 있었다고 한다. 이처럼 요시노가리 유적에는 샤먼의 전통에 입각한 의식공간과 지배층의 장례 구조가 정연히 갖추어져 있다.

요시노가리 역사공원 안에는 여기서 출토된 유물을 진열한 전시관이

| **옹관묘열(위)** | 북내곽 주위에는 죽음의 공간으로 옹관이 늘어서 있는 옹관묘열이 있다. 옹관형 매장이란 대형 토기에 시신을 구부린 채로 넣고 흙 속에 묻는 매장 방법이다

| **옹관 속 인골과 모형(아래)** | 옹관 속에서 발견된 인골은 시신을 안치한 방식을 그대로 보여준다. 이를 재현한 모형이 전시되어 있다.

있다. 그 유물은 거의 다 우리 청동기시대 유물과 일치하는 것들인데 어떤 것은 한반도의 그것보다 훨씬 커서 깜짝 놀라게도 한다. 이는 한반도 청동기시대 유물 출토 상황이 열악한 탓이기도 하지만 한편으로는 이민객이 만든 문화의 특징이기도 하다.

이민 온 사람들은 고향에서 이루지 못한 꿈을 새 터에서 이루었을 때 한풀이라도 하듯 무엇이든 더 장대하게 만드는 경향이 있다. 그것은 일본에 건너온 한반도계 도래인의 성공을 말해주는 물증인 셈이다.

| **요시노가리 출토 옹관들** | 요시노가리에서는 다양한 크기의 옹관들이 출토되었다. 한쪽에 서 있는 여인의 키와 비교하면 실물 크기를 알 수 있을 것이다.

요시노가리 유적 복원 과정

문화재청장 재임 시절 나는 요시노가리의 원조 격인 부여 송국리 청동기시대 유적지의 복원을 염두에 두고 사례조사차 이곳을 방문했다. 이곳을 복원하여 역사공원으로 만드는 계획은 1992년 10월 27일 일본 각료회의의 결정이었다. 우리로 치면 국무회의에서 결정된 국가적 사업이었던 것이다.

처음 복원계획이 나왔을 때 학자들은 유구(遺構)가 파괴되고 역사적 상상력을 오히려 축소시키거나 왜곡할 수 있다는 신중론을 폈다. 그러나 자라는 학생과 일반인의 역사적 상상력을 제고할 수 있도록 복원하자는 교육적 목소리가 더 설득력을 얻었다.

복원 과정에서 인상적인 것은 유적을 보호하기 위해 유구면 위를 기본적으로 30센티미터 이상 성토(盛土)한 점이다. 건물을 짓거나 목책과

| **전시된 토기** | 요시노가리 역사공원 안에는 출토 유물을 진열한 전시관이 있다. 그 유물은 거의 다 우리 청동기시대 유물과 일치하는 것들인데 어떤 것은 한반도의 그것보다 훨씬 당당하고 커서 깜짝 놀라게도 한다.

도리이를 세워 유적을 정비하는 곳은 그 위에 성토를 더했다. 이렇게 해서 역사유구를 파괴하지 않고 바로 그 위치에 야요이시대 건물들을 복원한 것이다.

그리고 복원의 기준 테마를 '야요이인의 소리가 들려온다'로 잡아 청동기시대 삶을 최대한 엿볼 수 있게 했다. 때문에 역사공원 안에서는 불 피워보기, 곡옥 만들기, 동탁(銅鐸) 두드려보기 등 많은 체험학습이 이루어지고 있다. 이것이야말로 역사적 상상력을 촉발시켜주는 문화재 복원이라는 감탄이 절로 나왔다.

역사공원은 2000년 4월부터 그 일부를 개방하기 시작해 2013년 자료에 따르면 3월 20일 현재 총면적 84.7헥타르(25만 6천평)가 개원되었고 계획 총면적은 약 117헥타르(35만평)이다.

여인 수장국 야마타이

　그러면 야요이시대 사회는 어떠했는가. 『일본서기(日本書紀)』는 이 시기를 허구의 전설로 장식하고 있지만 중국의 역사서에는 야요이시대를 말해주는 기사가 몇차례 나온다. 중국 역사서에 일본이 처음 등장하는 것은 기원전 1세기에 쓰인 『한서(漢書) 지리지(地理誌)』이다. 여기에는 왜(倭)가 100여개의 소국으로 분립하여 정기적으로 낙랑에 조공했다는 기사가 나온다.

　그리고 『후한서』에서는 기원후 57년에 조공을 온 왜인의 나라 '노국 (奴國, 나노쿠니)'의 왕에게 '한위노국왕(漢委奴國王)'이라는 인수(印綬)를 주었다고 기록되어 있다. 그런데 1784년 규슈 앞바다의 한 섬에서 '漢委奴國王'이라 새긴 금인(金印)이 발견되었다. 이 도장은 위조라는 설도 있지만 이 금인이 사실이라면 나노쿠니는 북규슈 연안 제국연맹체의 맹주였을 것으로 추정된다.

　그러다 사회가 점점 발전하면서 부족연맹으로 나아가게 되어 야요이 시대 말기에 이르러서는 야마타이(邪馬台)라는 나라가 다른 소국들을 통제하는 맹주국이 된다. 이 야마타이가 나중엔 대화합을 뜻하는 야마토 (大和)로 변하게 된다. 이때 그들이 옹립한 왕은 히미코(卑彌呼)라는 무녀였다. 일본 역사에 처음 등장하는 나라는 이처럼 여인 수장국(首長國)이었다. 아직 국가로 성장하지는 못했으니 이데올로기까지는 아니어도 백성을 하나로 묶을 형식은 필요했다. 이것이 제관에 의한 제사이고 제정일치 사회의 무(巫)이다. 민속학에서는 이 무를 바이칼계의 샤머니즘으로 보고 있다. 우리의 단군도 무의 하나라고 한다.

　「위지 동이전」은 기원후 239년에 야마타이국 히미코가 사신을 보냈다는 것과 대방군(帶方郡)에서 야마타이국까지의 상세한 노정(路程), 그

| 한위노국왕 도장 | 『후한서』에서는 기원후 57년에 조공을 온 왜인의 나라 노국의 왕에게 '한위노국왕'이라는 인수를 주었다고 기록되어 있다. 그런데 1784년 규슈의 한 섬에서 '한위노국왕(漢委奴國王)'이라 새긴 금인이 발견되었다. 이 도장은 위조라는 설도 있다.

네들의 생활 모습을 전하고 있는데, 민두기 선생이 엮은 『일본의 역사』(지식산업사 1998)에는 그 내용을 다음과 같이 간명하게 요약해놓았다.

　　30여국의 작은 국가가 히미코라는 남편 없는 여자 무당을 함께 추대하여 연맹체를 이루었으며, 여왕은 병사가 호위하는 궁궐에서 1천명의 여자 노비를 거느리고 살았다. 여왕은 서기 239년과 243년에 위(魏)나라와 교류했는데 위의 명제(明帝)로부터 '친위왜왕(親魏倭王)'이라는 칭호를 받았다.
　　히미코가 죽자 폭이 100여보나 되는 무덤을 만들고 100여명의 노비를 순사(殉死)시켰다. 그뒤 남자 왕이 섰으나 잘 다스려지지 않아 다시 이요(壹與)라는 여자를 세워 왕으로 삼으니 다스려졌다.

이것이 야요이시대의 말기인 기원후 3세기까지 일본사회의 모습이다. 한반도에서 건너간 도래인들은 이처럼 초기 국가 형태를 갖추어가면서 한반도를 넘어 중국과도 교류할 정도로 성장해 있었던 것이다. 이후 일본의 사정이 다시 중국 기록에 나오는 것은 5세기 들어서의 일이고 4세기에는 어떤 기록에도 나오지 않는다. 그래서 일본의 역사에서 4세기 100년간은 수수께끼의 시대라고 말하며 5세기로 들어가면 역사의 무대가 오사카, 아스카의 긴키 지방으로 옮겨진다.

일본인은 누구인가

요시노가리의 출토 유물들은 한반도의 청동기문화와 일치함으로써 긴밀했던 한일 고대문화 교류 양상을 명백히 말해주었다. 그리고 한편으로 여기에서 나온 인골들은 일본인은 누구인가라는 오래된 질문을 다시 검토하게 했다.

일본인의 기원에 관해서는 세 가지 학설이 있어왔다. 하나는 조몬인들이 환경에 적응해왔다는 변형설, 야요이인들이 조몬인들을 정복하고 정착했다는 인종치환설, 일본 열도 원주민과 한반도 도래인의 혼혈이라는 혼혈설 등이다.

요시노가리 유적에서 출토된 인골들의 DNA를 분석한 결과 평균수명이 40세가 못 되는 것으로 나타났다. 당시에는 어린이의 사망률이 특히 높아 옹관의 40퍼센트가 어린이용이었다고 한다.

두개골을 측량해본 결과 두 유형이 나타났다. 하나는 키가 140센티미터 정도로 작고 얼굴이 네모난 인골이고, 다른 하나는 키가 160센티미터 정도이고 얼굴이 계란형으로 길다. 그 차이는 중학생과 대학생 정도라 할 수 있는데, 전자는 조몬인인 아이누 계통으로 피지배층이고 후자는 한국인 계통의 도래인들로 지배층이었다고 추정된다.

국립민족학박물관의 인류학 교수 고야마 슈조(小山修三)는 1984년 일본 인류학회에 보고한 「조몬시대의 인구」라는 논문에서 "조몬 말기(기원전 약 3세기) 일본 총인구는 겨우 7만 5800명에 불과했는데 야요이시대에 접어들자 59만 4900명으로 급격히 늘었다"고 했다. 조몬인의 자연증가로는 도저히 이룰 수 없는 현상이다. 이 모든 것이 한반도인들이 대거 진출하여 안정된 삶 속에서 인구증가를 가져오고 또 조몬인과 피를 나누기도 하면서 이룩한 결과였음을 말해준다.

도쿄대 인류학 교수 하니와라 가즈로(埴原和郎)의 『일본인의 성립』(人文書院 1995)은 일본인의 기원에 대한 그동안의 학설을 종합적으로 검토하면서 결국 한반도에서 건너간 도래인들이 아이누 계통의 일본 원주민과 반복적인 혼혈을 거듭하면서 오늘날의 일본인이 되었는데 도래인의 비율은 규슈 지역과 오사카·나라의 긴키 지역이 약간 차이를 보여준다고 했다.

최근 언론 보도(『한국일보』 2012.11.1)에 따르면 일본 국립유전학연구소의 사이토 나루야(齊藤成也) 교수 팀이 일본 본토인·중국인·서구인 460명과 아이누·오키나와인 71명의 DNA 데이터를 분석한 결과를 일본 인류학회가 펴내는 국제 학술지 『저널 오브 휴먼 제네틱스』(*Journal of Human Genetics*) 인터넷판에 소개했는데, 한반도 도래인과 일본 원주민의 반복적인 혼혈 과정을 거친 것이 오늘날의 일본인이라는 혼혈설의 시나리오가 맞다는 결론에 도달했다고 한다. 그리고 "1인당 최대 약 90만 개소의 DNA 변이를 해석했기 때문에 결과의 신뢰성도 높다"고 했다.

일본인들은 이제는 이 학설을 정설로 받아들이는 분위기다. 간사이(關西) 국제공항 한쪽에는 마루젠(丸善)이라는 유명한 서점의 분점이 있어 나는 오사카를 드나들 때면 여기에 들러 어떤 책이 일본 대중들에게 잘 팔리는가 일별해보곤 한다. 그 비싼 공간에 갖다놓은 책은 잘 팔리는 책이고 대중서일 수밖에 없다.

지난번 오사카에 갔을 때 나는 『지도로 읽는 일본의 역사』(三笠書房

2008)라는 작은 문고본을 구입해 돌아오는 기내에서 아주 재미있게 읽었다. 그 내용 또한 매우 유익했는데 '일본인의 루트'라는 항목에서 '일본인은 혼혈 인종이다!?'라는 제목 아래 다음과 같이 쓰여 있었다.

야요이시대가 되면서 조선 반도에서 새로운 몽골리아드가 대거 도래하여 조몬인을 변경으로 밀어내는 형태로 정주(定住)하여 혼혈이 더욱 추진되었다. 그들을 야요이인이라고 부르는데 현재 일본인 유전자군(群)의 65퍼센트가 이 야요이인의 것이다.

재러드 다이아몬드의 해석

이처럼 일본인의 형성에 한반도인의 피가 많이 섞여 있음을 모두가 인정하기에 이르렀지만 당시 야요이문화를 주도한 것이 한반도 도래인이었다는 사실은 아직 공론화되지 않고 있다. 일본인으로서는 조심스러운 면이 있기 때문일 것이다.

그러나 『총, 균, 쇠』의 저자 재러드 다이아몬드(Jared M. Diamond) 교수는 「일본인은 어디에서 왔는가」(Japanese Roots)라는 글에서 지금까지 일본 고대사와 일본인 형성에 한반도인이 준 영향에 대해서는 여러 견해가 있어왔지만 농경문화를 가져온 한반도인들이 지배층으로 군림하면서 오늘날의 일본인을 형성하게 되었다는 설을 지지했다. 그는 당시 한반도인은 일부가 아니라 집단적으로 이주해왔다고 보았다. 한반도에서 온 사람들이 지배층으로 군림하게 된 이유는 역시 수경재배에 의한 벼농사로 획득한 부와 이를 바탕으로 기존 토착세력을 물리치고 지배층이 되었다는 것이다.

이 논증에서 문제가 되는 것은 언어였다. 한국어와 일본어 사이에는 많은 공통점과 동시에 많은 차이점이 있다. 프랑스어와 스페인어가 같은 언어 뿌리에서 2천년 정도 분화해서 나타난 것을 생각한다면 한국어와 일본어가 지금 정도로 차이가 나려면 4천년은 필요하다. 그런데 야요이 시대는 2300년밖에 되지 않는다.

이 점에 대해 재러드 다이아몬드는 지금 한국인이 사용하는 언어는 신라어가 이어진 것이고, 일본으로 건너간 사람들의 언어는 (고조선 계통의) 고구려어라고 보았으며, 이미 그때 삼국의 언어는 상당히 분화되어 있었을 것이라고 추정했다. 더 정확히 말하자면 삼국의 언어로 분화하기 전의 고조선어라는 견해다. 정말로 탁견이다. 그렇다면 이 문제도 해결된 셈이다.

한일 고대사를 성공적으로 재발견하라

한반도 도래인이 일본을 지배하면서 오늘의 일본을 만들어갔다는 이 학설은 심리적으로 한일 양국인 모두에게 강한 거부감을 일으킬 수 있다. 일본인들은 자신들의 아이덴티티의 자존심이 걸렸다고 생각할 수 있고, 한국인들에게는 일제강점기의 식민사관이 조장한 일한동조론(日韓同祖論)을 인정하는 결과가 된다는 이중적 부정요인이 있다. 그런데 이제는 부정할 근거가 없어져버렸다. 유물이 말해주고 있고 뼈가 증명하고 있다.

사실 이 점은 일본인이 기분 나빠할 것도 아니고 한국인들이 우쭐할 것도 아니다. 그것은 정복의 개념이 아니었다. 일본으로 건너간 한국인은 더이상 한국인이 아니었다. 고향에서 쫓겨나 새로운 삶을 찾아 신천지로 가서 자신들의 운명을 개척하며 그곳에 동화한 사람들이었다. 그 2세, 3세, 이후의 10세 후손들은 말할 것도 없이 귀화인으로 일본인이 되었다.

도래인들에게 고국이란 지금 우리가 생각하는 고국 같은 것이 아니었다. 더이상 돌아갈 뜻도 이유도 없이 일본에 정착하여 일본인으로 살아갔을 뿐이다. 10여년 전, 일본에 답사 갔을 때 일본 신문에서 하타 쓰토무(羽田孜) 전 총리가 자신은 도래인의 후손이라고 스스로 밝혔다는 기사를 읽은 적이 있다. 이때 나는 한국인이 머릿속에 막연히 그리는 도래인과 일본인이 가슴속에 담고 있는 도래인의 이미지에는 많은 차이가 있을 수 있다는 생각이 들었다.

도래인들이 발전시킨 것은 일본문화지 한국문화는 아니라는 점을 우리는 깊이 새길 필요가 있다. 이민자들이 영국을 떠나 미국에 가서 만들어낸 것이 영국문화인가 미국문화인가. 아일랜드인 케네디 가문의 영광이 미국의 영광인가 아일랜드의 영광인가. 인류가 그렇게 이동하면서 문명을 나누어가졌던 예는 세계 역사상 아주 많다. 어쩌면 그것이 세계 문명 이동사이기도 하다. 재러드 다이아몬드는 우리에게 이렇게 권고한다.

이러한 결론은 일본과 한국, 양국이 최근 서로에 대한 감정이 좋지 않은 탓에 어디에서도 인기를 끌 만한 주장은 아닌 것 같다. 양국의 지난 역사는 서로에게 좋지 않은 감정을 품게 했다. 아랍인과 유대인의 경우처럼 한국인과 일본인은 같은 피를 나누었으면서도 오랜 시간 서로에 대한 적의를 키워왔다. (…) 한국인과 일본인은 수긍하기 힘들겠지만, 그들은 성장기를 함께 보낸 쌍둥이 형제와도 같다. 동아시아의 정치적 미래는 양국이 고대에 쌓았던 유대를 성공적으로 재발견할 수 있는가에 달려 있다 해도 과언이 아니다.

—『총, 균, 쇠』(문학사상사 1998)

그것을 재발견하는 화해의 매체로 말없는 유물보다 좋은 것이 없다.

유물로 하여금 말하게끔 하고 그 목소리에 귀 기울이면 답이 나온다. 그러나 유물은 자신과 대화하려는 자에게만 그 목소리를 들려준다. 아르놀트 하우저(Arnold Hauser)는 『예술사의 철학』에서 이렇게 충고했다.

침묵하고 있는 사람에게는 침묵으로 대하고, 자기에게 질문하는 사람에게만 예술은 속삭일 뿐이다.

현해탄 바닷물은 아픈 역사를 감추고

음악이 있는 답사 / 가라쓰 가는 길 / 히젠 나고야성 /
사가현립 나고야성 박물관 / 일본 가요 「황성의 달」 /
현해탄의 유래 / 임화의 『현해탄』

음악이 있는 답사

답사를 떠날 때 나는 음악 CD와 카세트테이프를 갖고 간다. 답사처를
한번 이동하는 데 한 시간 안짝을 버스 안에서 보내게 되면 인솔자로서
그 짬을 이용해서 해설을 하기도 하지만, 때론 편안히 창밖을 바라보며
쉬고 싶을 때도 있다. 그때는 감미로운 음악이 최고다.

나는 여러 장의 CD를 갖고 다니는 것이 아니라 내가 직접 만든 '답사
선곡집'을 갖고 다닌다. 여기에는 파바로티·도밍고·마리아 칼라스 등의
성악곡, 나나 무스쿠리·해리 벨라폰테·밀바·이글레시아스·아멜리아·
존 덴버, 바브라 스트라이샌드 등의 서양 팝송, 이동원의 「이별 노래」, 박
은옥의 「회상」 등이 실려 있다. 명곡은 어떤 풍광에도 잘 어울린다. 그렇
게 지난 20여년간 만든 답사선곡집은 14집까지 있다.

나의 답사곡 선곡에는 나름대로 기준이 있다. 버스에서 듣는 노래는 무조건 성악곡이어야 한다. 연주곡은 버스 엔진 소리 때문에 잡음이 끼어 제대로 감상할 수 없다. 이를테면 KBS FM 라디오의 「노래의 날개 위에」와 「세상의 모든 음악」에 나오는 노래 편성과 같은 콘셉트다.

그러나 이 두 음악프로와 나의 답사곡 선곡 방식에는 큰 차이점이 하나 있다. 나는 중간중간에 우리나라 노래도 곁들인다는 점이다. 장사익의 「찔레꽃」, 연극배우 박정자의 「허무한 그날」, 나애심의 「백치 아다다」 같은 노래, 그리고 진도씻김굿에서 고(故) 박병천 할아버지의 구음(口音), 안비취의 「회심곡」, 김영임의 「아리랑」 등은 서양의 명곡보다도 답사객을 더 황홀케 한다.

나는 두 음악 프로그램도 이제는 우리나라 노래를 곁들여 진행해야 한다고 생각하고 있다. 세계 속에 우리를, 또는 우리 것 속에 세계를 담아야 할 때가 되어도 벌써 되었다고 생각하는 것이다.

그런 중 나는 특정한 답사만을 위해 답사선곡집을 만든 적도 있다. 2011년 대구시각장애인연합회의 초청으로 시각장애인들과 함께 달성 도동서원을 답사할 때는 특별히 시각장애인 가수 레이 찰스와 안드레아 보첼리의 노래를 두 곡씩 넣어서 만들었다.

그러나 나는 아직 일본 답삿길에 알맞은 선곡집은 만들지 못했다. 몽골에 갔을 때, 티베트에 갔을 때, 인도에 갔을 때, 그리고 러시아에 갔을 때 버스 안에서 그 나라 그 민족의 노래를 들으며 창밖의 풍광을 바라보면 그 인상이 아주 진하게 다가온다. 일본도 마찬가지임을 잘 알고 있다. 그러나 나는 답사선곡집을 만들 만큼 일본의 음악을 잘 알지 못한다. 샤미센(三味線) 가락, 나니와부시(浪花節), 「황성의 달(荒城の月)」 같은 가요 등 그 분위기만 알고 있을 뿐이다. 그것은 나의 일본 답사기가 지닌 한계를 명백히 말해주는 것이기도 하다.

| **가라쓰항** | 가라쓰성에서 내려다본 가라쓰 항구의 모습. 가라쓰에는 해변가에 언덕이 많아 어디에서나 아름다운 항구를 바라볼 수 있다.

가라쓰로 가는 길

요시노가리에서 가라쓰(唐津)까지는 차로 한 시간 거리다. 거기서 히젠 나고야 성터까지는 15분 걸린다. 우리는 이제 일본 도로명으로 '나가사키 자동차도'라는 고속도로를 타고 달리게 된다. 국내에서도 마찬가지지만 고속도로라는 것이 편하기는 해도 멋도 낭만도 없다. 이때는 인솔자가 해설하기 좋은 시간이다. 이번에는 내 차례다.

"이제 우리가 가는 곳은 가라쓰의 나고야(名護屋) 성터입니다. 나고야라고 하면 긴키 지방 오사카 근처에 있는 나고야(名古屋)를 먼저 생각하겠지만 발음은 같아도 한자는 다릅니다. 이렇게 일본말로 똑같은 이름의 성이 있게 된 것은 도요토미 히데요시(豊臣秀吉, 1536~98)가 조선 침략을 위해 가라쓰의 히젠(肥前) 마을에다 군대를 집결시킬 성을 새로 쌓으면서 자기 고향인 나고야(名古屋)와 똑같은 이름으로 짓되 전쟁의 분위기를 담아 옛 고(古)자 대신 지킬 호(護)자로 바꾸어 명명해서입니다. 그래서 이곳 나고야성은 지명을 앞에 붙여서 '히젠 나고야성'이라고 부릅니다. 자! 모두들 지도를 펴십시오."

국내도 마찬가지지만 외국 답사 때 답사객들은 좀처럼 지도를 보려고 하지 않는다. 보아봤자 어디가 어딘지도 모르고, 설령 그곳에 다시 온다 해도 인솔자가 길을 다 안내해줄 것이라고 생각하기 때문이다. 그러나 방향감각을 갖고 가는 것과 그러지 않는 것, 지금 지나가는 도시와 마을 이름을 손가락으로 짚으면서 가는 것과 그러지 않는 것은 여행의 밀도에 엄청난 차이가 있다. 그래서 나는 창밖을 보더라도 꼭 지도를 무릎 위에 펴고 보라고 한다.

"이 길로 조금 더 가다보면 다쿠(多久) 인터체인지에서 빠져나가 우리로 치면 일반국도인 203번 도로로 들어서서 북서쪽으로 향하게 됩니다. 그때 가면 아름다운 풍광이 펼쳐질 겁니다. 일본의 지방도로는 편도 1차선으로 아주 좁습니다. 그래서 인간적 체취가 느껴지고 향토적 서정이 일어납니다. 얼마나 정겨운지 몰라요. 그래서 건축가 김수근(金壽根) 선생께서는 책에서 나쁜 길은 넓을수록 좋고, 좋은 길은 좁을수록 좋다고 쓰시기도 했답니다."

나는 여기까지만 짧게 해설을 마치고 학생들이 북규슈의 자연풍광을 즐기도록 다시 노래를 틀어주었다. 다쿠 인터체인지를 나와 가라쓰로 가는 길로 접어드니 내 말대로 좁은 옛길이 기차와 평행선으로 달리는 것을 학생들은 신기하다는 듯이 부럽다는 듯이 창밖으로 내다본다.

오른쪽으로는 버스가 높은 산자락을 타고 달리는데 왼쪽으로는 넓은 들판이 반듯하게 펼쳐진다. 이 또한 우리나라에서는 보기 드문 풍광이다. 높은 고원지대를 가는 것만 같아 지도를 펴보니 덴산(天山)이라는 산은 해발 1,046미터나 된다. 그리고 숲이 울창하기 그지없다.

아! 알겠다. 벼농사를 가져온 도래인들은 요시노가리라는 좋은 들판에 자리잡았고, 조선 도공들은 땔나무가 무한대인 이 산중으로 들어와 가라쓰야키, 아리타야키의 세계를 펼쳐갔구나라는 생각이 불현듯 일어났다.

우리의 버스가 가라쓰시로 가까이 다가가자 길은 사뭇 강을 따라 뻗어 있었다. 지도를 들여다보면 알 수 있듯이 이 강은 마쓰우라강(松浦江)이다. 이 강물이 바다와 만나는 곳을 마쓰우라만(灣)이라고 한다. 또 히젠 나고야성이 있는 곳을 동(東)마쓰우라 반도라고 한다. 이마리 서쪽에는 마쓰우라시가 있다. 이쯤 되면 한일 역사에 밝은 분은 금세 눈치챌 것이다. 여기가 바로 14~15세기에 극성을 부렸던 왜구 중 가장 막강한 세력인 마쓰우라당(黨)의 본거지였던 것이다.

우리는 효율적인 일정관리를 위해 가라쓰를 미루고 곧장 히젠 나고야 성터로 올라갔다. 일본의 유적지와 박물관은 대개 오후 5시면 문을 닫기 때문에 오늘 중으로 이곳 답사를 마쳐야 내일 가라쓰 시내를 두루 순례할 수 있는 시간을 벌게 된다.

임진왜란 침략기지 히젠 나고야성

히젠 나고야성은 방대한 폐허다. 그들 말로 황성(荒城)이다. 이 성은 도요토미 히데요시가 조선 침략을 위해 축조했던 거대한 성으로 총 면적이 50만평에 이르며 성 둘레가 6킬로미터에 달한다.

히데요시가 처음 침략기지로 꼽은 곳은 후쿠오카의 하카타항(博多港)

| 히젠 나고야성의 성벽 | 히젠 나고야성은 방대한 폐허다. 그들 말로 황성(荒城)이다. 이 성은 도요토미 히데요시가 조선 침략을 위한 출항지로 축조했던 거대한 성으로 총 면적이 50만평에 이르며 성 둘레가 6킬로미터에 달한다.

이었다. 그러다 이곳으로 바꾼 것은 조선 침략을 위한 기지로서 뛰어난 입지조건 때문이었다. 여기는 부산까지 최단거리로 갈 수 있는 곳이며, 복잡한 리아스식 해안으로 많은 배를 숨길 수 있는 지리적 이점이 있었다. 그뿐만 아니라 수심이 깊어 큰 선박도 쉽게 정박할 수 있고, 앞바다에 있는 가베시마(加部島), 가카라시마(加唐島)라는 섬이 북풍을 막아주어 항구로서도 최적의 조건을 지녔다.

축성을 시작한 것은 조선 침략을 결정한 1591년 10월 10일로 추정된다. 그런데 축성 완료는 늦어도 히데요시가 이곳에 도착한 1592년 4월 25일로 보고 있다. 그렇다면 이 거대한 성을 불과 6개월 만에 완공한 것이다. 그러나 발굴 결과 박물관 관계자들은 대략 1년 6개월 걸린 것으로 보고 있다.

히젠 나고야성 공사는 임진왜란의 1, 2, 3군 선봉장인 고니시 유키나가(小西行長), 가토 기요마사(加藤清正), 구로다 나가마사(黑田長政)에게 맡겨졌다. 군역에는 약 2만 8천명 정도가 동원된 것으로 추산된다. 전국에서 불러들인 여러 다이묘(大名)들을 히젠 나고야성에서 3킬로미터 안에 주둔시켜 진제이정(鎭西町), 요부코정(呼子町), 겐카이정(玄海町) 등 3개 고을에 130여 진영(陣營)이 둘려 있었다.

히젠 나고야성 박물관에는 당시 모습을 재현해놓은 미니어처가 있어서 각 진영의 다이묘와 장수의 거처를 알 수 있다. 다이묘란 1만석 이상의 영지를 가진 봉건영주로 10세기 헤이안(平安)시대에 등장하여 19세기 말 메이지유신으로 영지의 통치권을 박탈당할 때까지 각 지방의 영토를 다스리고 권력을 행사했었다.

히젠 나고야성의 옛 모습

히젠 나고야성은 전투기지가 아니라 침략을 위한 거점으로 만들어졌기 때문에 방어 기능보다는 위세를 보여주기 위한 성의 특징이 많은 것으로 밝혀졌다. 외부에서 잘 보이는 석벽은 잘 다듬어진 돌을 사용했고, 해자도 성 아랫마을인 조카마치(城下町)와 마주 보이는 북쪽 부분에만 둘러놓았다.

일본 성의 상징적 건물인 천수각(天守閣, 덴슈카쿠)은 높이 올려 지어, 멀리서 항구로 들어오는 배에서도 나고야성을 볼 수 있게 했다. 이는 1596년 8월 29일 명나라 사절단을 수행하여 여기에 왔던 조선 특사 황신(黃愼)의 『일본왕환일기(日本往還日記)』에서도 찾아볼 수 있다.

그 성을 둘러서 호(壕)를 파고 물을 끌어다가 담았다. 성 안 사면에는 돌을 쌓아 층계를 만들고 그 위에 5층 누각을 만들었다.

히데요시는 규슈의 다이묘들에게 자신의 힘을 과시하기 위하여 건물에 금박 장식까지 했다는데 실제로 나고야성 발굴 때 천수각 주위에서는 금박이 묻어 있는 기와가 발견되었다.

성 주변으로는 큰 마을이 형성되었고 이 새로운 성곽도시엔 상업지구가 생겨났다. 이전까지는 일개 한촌(閑村)에 불과하던 히젠 땅은 전국에서 모여든 다이묘와 병사 그리고 상인 들로 붐비며, 조카마치는 인구 10여만명이 되어 오사카에 이어 당시 일본 제2의 도시로 번성했다.

히젠 나고야성의 몰락

성의 축조와 함께 1592년 음력 4월 13일 고니시 유키나가가 이끄는 부대가 조선으로 출발하여 4월 14일 부산에 도착하면서 임진왜란이 일어났다. 총 15만 8천명, 9군으로 편성된 부대였다. 일본군은 지난날 일본 사신들이 한양으로 올라오던 세 갈래 길을 침입 경로로 삼아 한때는 평양, 길주까지 치고 올라왔지만 조선군, 각지 의병군, 명의 원군 등이 전세를 역전시키고 이순신 장군이 해상 침입과 보급로를 차단하여 전선은 남쪽으로 내려왔고 1593년 음력 4월부터 지루한 강화교섭이 시작되었다.

그러다 1597년 음력 3월 강화교섭에 불복한 히데요시는 14만의 군대로 다시 조선을 침략함으로써 정유재란을 일으켰다. 조선 남부를 차지하기 위한 장기전에 대비해 그는 울산, 거제 등에 왜성(倭城)을 쌓기도 했다. 그러나 1598년 히데요시가 죽자 일본군은 한반도에서 철수했고 7년간의 전쟁은 끝났다.

도쿠가와 이에야스(德川家康)를 비롯한 다섯 원로 그룹인 고타이로(五大老)는 이때 조선에서 전투 중이던 장수들에게 철수할 것을 명하면

| **천수각터** | 일본 성의 상징은 천수각이다. 성을 허물면서 무너져내린 돌들은 훗날 아랫마을 가라쓰성을 쌓을 때 건축자재로 재활용되었다.

서 이곳 히젠 나고야성이 아니라 후쿠오카의 하카타로 입항하라고 했다. 나고야성 진영에 머물고 있던 다이묘들, 조카마치에 살던 상인들도 각자 고향으로 돌아갔다. 히젠 나고야성은 순식간에 몰락하여 아무런 기능이 없는 빈 성이 되었다.

그리고 얼마 뒤 도쿠가와 이에야스의 에도(江戶) 막부는 이 성을 허물었다. 왜 허물었을까? 다른 다이묘가 차지하는 것을 막기 위해서였다는 설도 있고 다시 조선과 외교를 맺기 위해서였다는 추측도 있다. 아무튼 히젠 나고야성은 의도적인 파괴로 폐성이 되었다.

일본에서 성을 허물 때는 상징적으로 천수각 건물의 칼처럼 날카롭게 곡선을 그리는 모서리를 파괴한다. 무너져내린 돌들은 훗날 아랫마을 가라쓰성을 쌓을 때 건축자재로 재활용되었다. 성은 폐허로 버려둔 채 히젠 나고야는 다시 한적한 시골 마을로 돌아가게 되었다.

| 히젠 나고야성도 병풍 | 1968년 발견된 일종의 도시경관도라고 할 수 있는 이 병풍의 그림을 통해 히젠 나고야성의 옛 모습을 확연히 알 수 있게 되었다.

사가현립 나고야성 박물관

히젠 나고야성은 이렇게 400년간 빈터로 남아 있었다. 그리고 1926년 '나고야 성터 및 진영터'라는 이름으로 국가지정 사적이 되었지만 여전히 폐허 그대로였다. 변함없는 것은 폐허에 뜨는 달뿐이었다.

그러다 1968년 「히젠 나고야성도 병풍(肥前名護屋城圖屛風)」이 발견되었다. 일종의 도시경관도라고 할 수 있는 이 병풍의 그림을 통해 히젠 나고야성의 옛 모습을 확연히 알 수 있게 되었다. 이를 계기로 사가현은 1976년부터 보존정비사업을 시작하여 1993년 이 '황성' 옛터 가까이에 '사가현립 나고야성 박물관'을 개관했다.

박물관의 성격은 나고야성의 출토 유물을 전시하는 임진왜란, 그들 말로 '분로쿠·게이초의 역(文祿慶長の役)'의 역사박물관이 되지 않을 수 없었다. 그러나 이렇게 되면 한일 간에 불편한 마찰이 일어날 것을 걱정

| **나고야성 박물관** | 1993년 황성 옛터 가까이에 '사가현립 나고야성 박물관'이 개관했다. 이 박물관은 설립 목적과
전시 테마를 '일본 열도와 조선 반도의 교류사' 및 '한일 문화 교류'로 삼았다.

했을까. 결국 이 박물관은 설립 목적과 전시 테마를 '일본 열도와 조선 반도의 교류사' 및 '한일 문화 교류'로 삼았다. 학예사도 한국인을 채용하여 내가 6년 전에 갔을 때는 김은희 학예사가 안내를 해주었다.

만약 나고야성 박물관이 그네들의 역사기념관으로 세워졌다면 우리는 여기를 찾아오지도 않았을 것이고 그로 인해 과거사 문제가 크게 불거졌을 것이다. 우리로서는 기분 나쁜 유적일 수밖에 없는 이곳을 역사의 기억으로서 찾아오게 만든 것은 상대방 국가에 대한 그만한 배려를 잊지 않았기 때문이다.

일본 성의 구조

일본 사람들은 나고야 성터에 오면 옛 모습을 상상하면서 각 다이묘

히젠 나고야성과 현해탄   73

들의 진지가 있던 곳을 손가락으로 가리키면서 그 옛날을 회상하곤 한다. 그러나 우리는 그럴 필요도 이유도 없거니와 일본 성에 익숙지 않은 상태로 이 빈터에서 옛 건물을 상상하기란 불가능하다. 완벽하게 보존되어 있는 성을 보아도 그 복잡한 구조를 다 이해하기 어려운데 주춧돌만 남아 있는 폐허에서는 오죽하겠는가.

그래도 막상 성터에 들어오면 지금 내가 걷고 있는 곳이 어딘지 궁금해진다. 곳곳에 여기가 어디라는 안내판이 가라쓰야키의 고장답게 도편(陶片)으로 잘 설치되어 있으니 일본 성의 기본 구조 정도는 일본 답사의 상식으로 알아둘 만하다.

센고쿠시대의 성은 평지와 산지를 함께 감싸는 평산성(平山城)이 대부분이다. 바깥쪽에 해자를 깊이 파서 적의 침입을 막았고 성 내부는 공간 분할이 유기적으로 되어 있다. 이치노마루(一の丸), 니노마루(二の丸), 산노마루(三の丸), 다이도코로마루(台所丸), 야마자토마루(山里丸) 등으로 부른다. 히젠 나고야성은 총 9개의 마루로 구성되었다.

그 9개의 마루 중에서 핵심이 되는 곳은 이치노마루이다. 이를 흔히 혼마루(本丸)라고도 한다. 혼마루에는 천수각이라는 높은 건물이 세워진다. 천수각은 성 중의 성이라 할 수 있다. 외성이 순차적으로 무너지면 마지막으로 항거할 수 있는 구조로 되어 있다. 그래서 어떤 일본 성은 혼마루에 별도로 해자를 두르기도 했다.

천수각은 적의 동태를 사방으로 살필 수 있도록 높이 지었다. 대개 외관상으로는 5층, 내부는 7층 구조다. 동시에 천수각은 성의 위용을 보여주려는 건축적 멋과 과장이 있다. 그 때문에 천수각은 일본 성의 핵심이자 상징이라고 할 수 있으며 성 안에서 가장 좋은 자리에 위치하게 된다. 그러므로 폐허 상태에서도 천수각 자리는 사방을 내다볼 수 있는 전망을 갖고 있다.

| **나고야성 폐허를 거닐며** | 전쟁이 끝나자 성은 무너져 폐허가 되고 히젠 나고야는 다시 한적한 시골 마을로 돌아 갔다. 무너진 성벽 사이를 돌아가면 몇백년을 두고 그대로 자라고 있는 고목들이 침묵의 숲을 이루고 있다.

나고야성 폐허를 거닐며

오늘날 히젠 나고야성 유적은 역사 이야기가 담긴 해안 절벽 위의 한 역사공원인 셈이다. 자연 그대로 느끼며, 역사의 무상함도 생각하고, 또 는 오늘 나의 서정을 안고 저마다 제 기분으로 성터를 거닐면 그만이다. 주차장에서 성터로 오르는 입구는 바로 산노마루의 큰 대문이 있던 곳 으로 오테구치(大手口)라고 한다. 여기서 우리는 바다가 훤히 내다보이 는 천수각 터로 곧장 달려갔다.

가다보니 잘려나간 성벽 위에는 잘 자란 나무 한 그루가 성터의 수문 장인 양 버티고 있는데 멀리서 보아도 인위적으로 세워놓은 돌들이 있 었다. 가까이 가보니 신기하게도 석불들이 사방으로 둘려 있다. 아주 귀 엽게 생겼다. 아무런 보호장치도 없고 설명도 없다. 어떤 히젠 나고야성 안내서에도 이 불상들에 관한 내용을 찾을 수 없다.

| 불상 | 산노마루 성벽 위에는 잘 자란 나무 아래에 신기하게도 아주 귀엽게 생긴 석불들이 사방에 있다. 그런데 아무런 보호장치도 없고 설명도 없어 궁금증을 자아낸다.

　일본에 오면 항시 느끼는 것인데 일본인들은 이런 민불(民佛)을 문화재로 보호하는 데 크게 마음 쓰지 않는 것 같다. 신사를 가면 지금도 변함없이 소원을 빌고, 정성 들여 매만지면서 생활 속에서 민불을 대한다. 확실히 일본은 신도(神道)의 나라다.

　오테구치에서 길 따라 비탈길을 오르니 갑자기 시야가 넓어지면서 아랫마을 전경이 펼쳐진다. 안내판에는 당시 전국 각지에서 동원된 수많은 다이묘와 병사들이 머물렀던 진지의 터를 일일이 표시해두었다. 당시 조카마치의 모습이 가히 상상되는 장면이다. 멀리로는 가베시마와 요부코 항구를 잇는 요부코 대교의 바다 풍경이 우리나라 다도해처럼 펼쳐진다.

　다시 천수각 터로 가기 위해 무너진 성벽 사이를 돌아가자면 몇백년을 두고 그대로 자라고 있는 고목들이 침묵의 숲을 이루고 있다. 이윽고 천수각 터에 다다르면 드넓은 광장이 펼쳐진다. 광장 한가운데는 나고야

성터임을 알리는 빗돌이 선돌처럼 서 있고 또 저 멀리로 정자나무 같은 노목이 한 그루 있을 뿐 우리의 시야는 곧장 바다로 연결되었다.

천수각의 주춧돌이 그대로 남아 있고 바다는 부산 쪽으로 향해 있다. 현해탄 검푸른 바다엔 긴 섬들이 겹겹이 펼쳐진다. 가카라시마, 이키시마(壹岐島), 쓰시마. 풍광 자체는 남해안과 크게 다르지 않은 낯익은 모습이다. 다도해만큼이나 아름다웠다.

그 아련한 전망 때문에 답사객들은 여기가 그 끔찍한 임진왜란이라는 비극적 사변의 출발지였다는 것도 잊어버리고 먼 바다만 망연히 바라본다. 아름다운 바다 풍경이 역사의 아픈 상처를 순식간에 지워버린 것만 같았다.

히젠 나고야성 폐허에서 사람들이 느끼는 감정은 제각각이겠지만 일본인들이라면 인간사의 어지러움과 허망함이 떠오를 것이다. 지금 이 순간 내가 일본인들에게 선사하고 싶은 것은 「황성의 달」이라는 노래다.

일본 가요 「황성의 달」

일본인이라면 누구나 아는 '고조노쓰키', 즉 「황성(荒城)의 달」은 우리로 치면 「봉선화」 같은 곡이다. 애잔하다 못해 쓸쓸하기 그지없는 노래로, 남인수(南仁樹)가 부른 「황성옛터」는 이 곡을 벤치마크한 노래다.

일제강점기에 살았던 어른들은 이 노래를 젊은 날의 회상으로 기억하고 있다. 화가 천경자(千鏡子)의 자서전 『내 슬픈 전설의 49페이지』에서는 이 노래를 오르간으로 연주하는 이야기가 나오고, 항일 독립운동가로 광복 후에는 중국 연변에서 소설가로 활동하며 『격정시대』를 쓴 김학철(金學鐵)의 일대기에는 일본군들과 싸울 때 확성기로 이 구슬픈 노래를 틀어 고향 생각에 전의를 상실케 했다는 이야기도 나온다. 일본 드라마

「해협을 건너는 바이올린」에서 일본 선생이 한국 학생에게 들려준 곡도
이 노래다.

봄날 높은 누각의 꽃의 향연	春高樓の花の宴
돌고 도는 술잔에 그림자 어른거리고	巡る盃影さして
천년송 가지 사이로 비치던	千代の松が枝分け出でし
그 옛날의 달빛은 지금 어디에	昔の光今いづこ
전쟁터의 가을, 서리 내리고	秋陣營の霜の色
울며 날아가는 기러기 몇마리	鳴きゆく雁の數見せて
꽂아둔 긴 칼에 비치던	植うる劍に照り沿ひし
그 옛날의 달빛은 지금 어디에	昔の光今いづこ

작곡가 다키 렌타로

「황성의 달」은 100년도 더 된 옛날에 작곡된 일본 초기 가요다. 도이
반스이(土井晚翠, 1871~1952)가 가사를 쓰고 다키 렌타로(瀧廉太郎,
1879~1903)가 곡을 붙인 노래다. 작사자는 유명한 시인으로 일본의 교가
(校歌)를 무수히 지었으며, 작곡가는 21세인 1901년에 이 노래를 작곡하
고 독일 유학 중 폐결핵에 걸려 23세로 짧은 생을 마감했다.

규슈 오이타현 다케다시(竹田市)가 다키 렌타로의 고향인데 거기에는
메이지유신 때 폐성령(廢城令)으로 허물어버린 오카성(岡城)이 있다. 그
가 어렸을 때 뛰놀던 이 황량한 옛 성터에서 악상을 얻었다고 전하여 거
기에는 다키 렌타로의 동상이 세워져 있고 오카성으로 향하는 관광도로
는 이 노랫가락에 맞추어 올라간다고 한다. 그리고 다케다역은 기차가 도

착할 때마다 이 노래를 흘려보낸다.

100년 전 일본에 한창 양풍(洋風)이 불 때, 처음엔 서양가곡에 일본식 노랫말을 붙이는 것이 유행이었다. 마치 윤심덕의 「사의 찬미」가 이바노비치(I. Ivanovici)의 「도나우 강의 잔물결」에서 곡을 빌려온 것과 같은 경우다. 그러나 15세에 작곡을 배운 천재소년 다키 렌타로는 일본의 샤미센 가락을 끌어들여 일본식 창가를 작곡함으로써 일본인들의 심금을 울렸다.

| 다키 렌타로 | 「황성의 달」의 작곡가. 15세에 작곡을 배운 천재소년 다키 렌타로는 일본의 샤미센 가락을 끌어들여 일본식 창가를 작곡함으로써 일본 가요계의 효시가 되었고 처량하기 그지없는 가락은 일본인들의 심금을 울렸다.

그래서 「황성의 달」은 일본 중학교 음악책에도 실리고 기념우표도 발행된 일본 국민가요가 되었다. 이 곡은 일본의 여가수, 남가수, 합창, 하모니카 등 여러가지 연주가 있고, 빈(Wien) 합창단의 노래도 있으며 우리 인간문화재인 대금 연주자 이생강(李生剛)과 기타리스트 김광석이 함께 연주한 것도 있다. 가라쓰의 나고야 성터에서 학생들과 단체사진을 찍기 위해 다 모였을 때 나는 학생들에게 이 노래를 낮은 목소리로 흥얼거려 주었다.

폐허가 된 성의 밤하늘에 떠 있는 달　　　　荒城の夜半の月
변함없는 저 달빛은 누굴 위함인가　　　　變わらぬ光誰がためぞ
성곽에 남은 건 칡넝쿨뿐　　　　　　　　垣に殘るはただ葛
소나무에게 노래하는 건 바람소리뿐　　　　松に歌ふはただ嵐

천상의 그림자는 변함이 없건만　　　　　天上影は變はらねど

영고성쇠 변하는 세상의 모습을	榮枯は移る世の姿
비추려 함인가 지금도 역시	映さんとてか今も尙
아 황성 야반의 달이여	ああ荒城の夜半の月

그러자 늙은 학생 홍원장이 걱정스런 어투로 내게 말했다.

"교수님! 북한 가서 북한노래 불렀다가 여론의 뭇매를 맞았는데, 이번 엔 일본노래 불렀다고 친일파라고 뒤집어쓰면 어쩌려고 그래요."

아! 100년의 세월을 뛰어넘기가 이렇게 힘들단 말인가. 일제강점기에 살았던 사람, 나처럼 일제의 잔재가 머릿속에 은연중 남아 있는 사람, 그 런 세대가 다 떠나야 극복될 수 있는 것인지도 모르겠다.

그러나 그런 날이 그리 멀지 않은 것도 같다. 배용준·최지우가 주연한 드라마 「겨울연가」의 현장을 보겠노라고 일본 아줌마들이 떼를 지어 남 이섬에 찾아오고, 우리나라 젊은이들은 일본 록밴드 X Japan의 「Endless Rain」이나 아무로 나미에 공연을 보러 도쿄돔으로 가고 있으니.

폐허가 주는 교훈

나는 학생들을 고목 밑에 그대로 앉아 있게 하고 임진왜란이 우리에 게 준 몇가지 교훈을 이야기해주었다. 그래야 우리 역사로 볼 때는 괘씸 한 유적지인 이곳에 온 의의를 찾을 수 있기 때문이었다.

"임진왜란이 후대에 주는 교훈이 한둘이겠습니까마는 지금 이 자리에 서 떠오르는 것 두 가지만 얘기하겠습니다. 그래야 이 성터에 답사 온 의

| 히젠 **나고야성의 전경** | 내가 히젠 나고야성에 학생들을 데리고 온 것은 이 황성 옛터보다도 여기서 내려다보는 바다 풍광 때문이었다.

의가 있을 것 같습니다.

첫째는 좀 이상하게 들릴지 모르지만 임진왜란의 전승국은 조선이었다는 사실입니다. 일본의 침략을 물리쳤죠. 다만 일본에 전쟁 피해 보상을 물릴 수 있는 완승이 아니라 방어에 성공한 승리라는 한계가 있었습니다. 그러나 전승은 전승입니다. 그런데도 우리는 역사 속에서 전승국이었음을 말하지 않고 연신 피해만 역설하는 패배주의로 일관하고 있습니다. 우리가 일본의 침략을 물리칠 수 있었던 것에는 여러 요인이 있지만 그중 빼놓을 수 없는 것이 나라를 지키려는 국민의 의지, 애국심입니다. 곽재우 장군을 비롯한 전국의 의병, 서산대사와 사명대사가 이끈 승병의 활약이 이를 말해줍니다. 이런 전란을 통해 민족의 애국심은 더욱 고양됩니다. 우리는 전승국답게 이 점에 자부심을 가져야 합니다.

조선은 전승국이었기 때문에 전후 국가 재건 사업에 박차를 가하여 더욱 강한 나라가 되기 위해 노력합니다. 그 결과 100년 뒤 숙종, 영조, 정조 연간의 문예부흥을 맞게 됩니다. 이에 반해 일본은 패전국에서 당연히 일어나는 정변이 일어납니다. 도쿠가와 이에야스의 에도 막부로 정권이 교체되죠. 이때 동아시아의 정세가 요동을 쳐 명나라는 청나라에 망하게 됩니다. 그런 상황에서도 조선이 건재한 것은 전승국이었기 때문입니다.

둘째는 국가의 안위와 미래를 위해서는 인재가 많아야 한다는 것입니다. 이순신 장군 같은 인재는 말할 것도 없고 율곡 선생은 임진왜란이 일어나기 10년 전에 10만 양병론을 펼쳤죠. 전쟁 뒤 서애 유성룡 선생은 『징비록(懲毖錄)』이라는 책을 쓰셨습니다. 몸소 겪은 전란의 체험을 후손들이 나라를 지키는 데 교훈 삼으라고 저술하신 겁니다. 율곡과 서애 같은 학자가 있었다는 것이 얼마나 고맙습니까."

학생들은 나의 이야기를 들으면서 나고야 성터에 와서 아름다운 바다와 해묵은 고목으로 이루어진 자연풍광을 맥없이 즐기기만 했던 것을 조금은 미안스럽고 부끄러워하는 듯싶었다. 그리고 무언가를 더 듣고 싶어하는 분위기였다. 나는 내친김에 지금 우리의 눈앞에 펼쳐진 저 바다, 현해탄 이야기를 이어갔다.

사실 내가 히젠 나고야성에 학생들을 데리고 온 것은 이 황성 옛터보다도 여기서 내려다보는 바다 풍광 때문이었다. 우리는 이 앞바다를 현해탄이라고 부르고 있지만 그 명칭과 유래에는 아주 긴 사연이 있다.

현해탄의 유래

히젠 나고야 성터에서 바라다보이는 바다 저 멀리로는 겐카이지마(玄界島)라는 섬이 있어 일본인들은 이 앞바다를 겐카이나다, 즉 현계탄(玄

| **히젠 나고야성에서 바라본 현해탄** | 히젠 나고야 성터에서 바라다보이는 바다 저 멀리로 겐카이지마라는 섬이 있어 일본인들은 이 앞바다를 겐카이나다, 즉 현계탄이라고 한다. 이를 우리들은 현해탄이라고 불러왔다.

界灘)이라고 한다. 그리고 가라쓰에서 후쿠오카에 이르는 바다를 겐카이 (玄海) 국정공원(國定公園)으로 지정해놓았다. 일본에는 현해탄이라는 말이 없다.

그럼에도 우리는 일본으로 가려면 반드시 건너야 하는 이 바다를 현해탄이라고 부르면서 지금도 단순한 바다 이름이 아니라 깊은 역사적 상징성을 두고 있다. '현해탄 너머' '현해탄에 가로막혀' '현해탄을 오가며'라는 표현이 입에 붙어 있다.

한국인과 일본인 사이의 사랑을 다룬 한국 드라마로 몇년 전 방영된 「된장군과 낫토짱의 결혼전쟁」의 원제목이 '현해탄 결혼전쟁'이었다. 그리고 2012년 런던올림픽 축구경기에서 일본과 동메달 결정전을 치를 때 월드컵 대표선수 기성용은 올림픽 대표선수 구자철에게 '골 안 넣었으면 현해탄에 잠수시키려고 했다'라고 트위터에 올려 축구팬들 사이에서

핫이슈가 된 적도 있었다.

우리는 한국과 일본 사이의 넓은 바닷길을 현해탄이라 부르지만 그것은 지리학적 명칭이 아니다. 한반도와 규슈 사이의 해협은 대한해협이며, 세분해서 부산과 쓰시마 사이의 바닷길은 부산해협, 쓰시마와 규슈 북서부 사이의 넓고 긴 바닷길은 쓰시마해협이라고 한다.

일본인들은 현해탄이라는 말을 쓰지 않는다. 그냥 쓰시마해협이고 겐카이나다일 뿐이다. 몇해 전 바이올린 제작의 명장인 재일한국인 진창현(陳昌鉉)의 인생 역정을 그린 일본 드라마가 방영된 적이 있는데 그것이 「해협을 건너는 바이올린(海峽を渡るバイオリン)」(2004)이었다. 사실 이를 한국인에게 감동적으로 전하려면 '현해탄을 건너온 바이올린'이라고 번역했어야 한다. 이처럼 일본인들에겐 해협일 뿐이고 우리에겐 현해탄이다.

요즘 사람들은 현해탄을 편하게 말하지만 역사적으로 현해탄의 의미는 훨씬 무겁고 복잡하다. 현해탄! 검을 현(玄), 바다 해(海), 여울 탄(灘), 현해탄은 부산과 시모노세키(下關)를 잇는 부관(釜關) 연락선의 뱃길이 열려 한국인이 일본을 오가면서 불린 이름이다. 조선통신사가 오갈 때는 현해탄이라는 말은 없었다. 19세기 개항 후 바야흐로 일제의 식민지 침탈이 시작되면서 한국인에게 현해탄은 어쩔 수 없이 건너가야 하는 비장한 각오와 쓰라린 아픔의 바닷길이었다. 그래서 현해탄은 지리적 의미를 넘어서 비통한 이미지라는 역사적 상징성을 담고 있다.

「사의 찬미」와 「현해탄은 알고 있다」

현해탄이 비장한 슬픔의 바다라는 이미지를 우리에게 강하게 심어준 계기는 윤심덕(尹心悳, 1897~1926)의 투신자살이었다. 윤심덕은 우리나라 최초의 소프라노로 「사(死)의 찬미」를 부른 가수였다.

| 영화 「현해탄은 알고 있다」와 윤심덕 | 현해탄이 비장한 슬픔의 바다라는 이미지를 갖게 된 계기로는 「사의 찬미」를 부른 가수 윤심덕의 투신자살과, 일제강점기 징용·징병으로 끌려가 고생하는 우리 젊은이들을 그린 영화 「현해탄은 알고 있다」가 있다.

광막한 광야에 달리는 인생아
너는 가는 곳 그 어데이냐
쓸쓸한 세상 험악한 고해에
너는 무엇을 찾으려 하느냐
눈물로 된 이 세상에 나 죽으면 고만일까
행복 찾는 인생들아 너 찾는 것 설움

우리나라 최초의 가요로 알려진 「사의 찬미」는 그 애잔한 멜로디와 비관적인 가사에 더해 윤심덕의 자살 때문에 더욱 슬픈 노래가 되었다. 1926년 8월, 신여성으로 잘나가던 윤심덕이 29세 나이에 유부남 김우진(金祐鎭)과 함께 현해탄에서 몸을 던져 죽음으로써 이루어질 수 없는 사랑을 이룬 센세이셔널한 사건이 있었다. 정작 그들이 몸을 던진 곳은 대한해협이었지만 사람들은 현해탄이라고 기억했다.

일제강점기 말기로 가면 징용·징병으로 우리 젊은이들이 태평양전쟁에 강제로 끌려가면서 현해탄은 슬픔을 넘어 한맺힌 검은 바닷길이 되었다. 그 아픔을 우리에게 절절히 전해준 것은 극작가 한운사(韓雲史)의 '현해탄 3부작' 중 「현해탄은 알고 있다」(김기영 감독, 1961년 작)라는 영화다. 일제에 학병으로 끌려간 아로운(김운하 분)이 일본군인 모리(이예춘 분)에게 모진 학대를 받는 과정과, 평범한 일본 여성 히데코(공미도리 분)와의 사랑 이야기를 그린 이 영화는 우리에게 현해탄을 더욱 아픈 이미지로 남겨주었다.

임화의 『현해탄』

이처럼 일제강점기 우리나라 사람들은 현해탄을 한국과 일본을 가르는 바다의 국경선으로 인식했다. 본래 국경선이란 대륙이건 바다건 한 나라 백성들의 삶을 보호해주는 울타리이면서 동시에 세계로 나아가는 관문이기도 하다.

이 점에서 우리는 지금도 진정한 의미의 국경선이 없는 나라에 살고 있다. 북을 바라보면 휴전선 철책에 막혀 있고, 남쪽 바다는 현해탄으로 가로막혔다는 관념 속에 살아오고 있다. 한반도의 지정학적 특성을 호기 있게 긍정적으로 인식하자면 모름지기 압록강 건너 만주 벌판 지나 대륙으로 뻗어가고자 하는 기상과, 현해탄을 박차고 태평양으로 나아가겠다는 웅지를 가슴속에 담을 수 있어야 한다.

일제강점기 우리 지식인 중에는 현해탄을 현실극복을 위해 운명적으로 건너야만 할 바다로 인식하자고 애쓴 분이 있었다. 『현해탄』의 시인 임화(林和, 1908~53)가 바로 그이다.

「네거리의 순이」를 노래하던 임화는 일제의 탄압으로 1935년 카프
(KAPF)가 공식적으로 해체되고 제국의 식민정책이 더욱 포악스러워질
때, 청년들에게 식민지 현실을 극복하여 현재의 패배를 미래의 승리로
승화시키자고 울부짖었다. 그의 시 「현해탄」에는 현실의 비극적인 표정
과 아직 살아 있는 투쟁의지, 그리고 낭만적 열정이 하나로 뒤엉켜 있다.
대단히 긴 시인데 그 첫머리는 이렇게 시작한다.

이 바다 물결은
예부터 높다.

그렇지만 우리 청년들은
두려움보다 용기가 앞섰다,

산불이
어린 사슴들을
거친 들로 내몰은 게다.

대마도를 지내면
한 가닥 수평선 밖엔 티끌 한 점 안 보인다.
이곳에 태평양 바다 거센 물결과
남진(南進)해 온 대륙의 북풍이 마주친다.

몽블랑보다 더 높은 파도,
비와 바람과 안개와 구름과 번개와,
아세아의 하늘엔 별빛마저 흐리고,

가끔 반도엔 붉은 신호등이 내어걸린다.

(…)
나는 이 바다 위
꽃잎처럼 흩어진
몇사람의 가여운 이름을 안다.

어떤 사람은 건너간 채 돌아오지 않았다.
어떤 사람은 돌아오자 죽어갔다.
어떤 사람은 영영 생사도 모른다.
어떤 사람은 아픈 패배에 울었다.

이 시는 임화의 첫 시집 『현해탄』(1938)에 「암흑의 정신」 등 41편의 시
와 함께 실려 있다. 2012년 시 전문 계간지 『시인세계』는 창간 10주년을
맞으면서 문학평론가 75명이 뽑은 한국 현대 시문학사를 빛낸 10권의
시집을 발표했는데 그 속에 임화의 『현해탄』도 들어 있었다.

그러나 이제는 그 모든 것이 옛이야기로 돌아갔다. 오늘날 하루 평균
약 1만명이 일본을 오가는데 그중 누가 그런 비장감으로 현해탄을 건너
고 있겠는가. 공무로 가든 사업으로 가든 여행으로 가든, 중국에 가듯 동
남아에 가듯 유럽에 가듯 그저 한반도를 떠나 일본에 다녀올 뿐이다.

현해탄을 넘으면서 우리는 더이상 비장감을 느끼지 않는다. 현해탄
물결도 더이상 흐느끼지 않고 검은빛도 아니다. 임화는 그런 날을 그리
면서 이 시를 썼다. 임화의 「현해탄」은 이렇게 끝맺고 있다.

먼먼 앞의 어느 날,

(⋯)
모든 것이 과거로 돌아간
폐허의 거칠고 큰 비석 위
새벽 별이 그대들의 이름을 비출 때,
현해탄의 물결은
(⋯)
그대들의 일생을
아름다운 전설 가운데 속삭이리라.

그러나 우리는 아직도
이 바다 높은 물결 위에 있다.

일본의 관문에 남아 있는 우리 문화의 흔적들

백제 무령왕의 탄생지, 가카라시마 / 요부코항 / 말로관 /
가라쓰성 / 다카토리 저택 / 무지개 솔밭 /
가가미 신사의 「수월관음도」 / 가라쓰모노

백제 무령왕의 탄생지, 가카라시마

내가 학생들을 데리고 히젠 나고야성에 오르는 또 하나의 이유는 백제 무령왕(武寧王, 462~523, 재위 501~23)의 탄생지인 가카라시마(加唐島)가 바로 눈앞에 펼쳐져 보이기 때문이다. 일정상 그 섬까지 다녀올 여유는 없기 때문에 학생들에게 가카라시마를 바라보게 하면서 무령왕 탄생 이야기를 들려주었다.

"무령왕에 대한 옛 기록들은 제각기 달라요. 『삼국사기』와 『삼국유사』에서는 동성왕의 둘째아들이라고 했어요. 백제왕의 계보를 보면 475년 개로왕 사후, 동생이 문주왕에 오르지만 2년 만에 시해당하고, 뒤이어 아들 삼근왕이 어린 나이에 왕에 오르지만 또 2년 만에 죽어요. 그래서 뒤를 이은 것이 동성왕인데 재위 22년 만에 시해당하고 그 뒤를 이은 것이 무령왕입니다. 때문에 이 기록을 의심하지 않았어요.

그런데 1971년 공주 무령왕릉에서 발견된 매지권(買地券)에 무령왕의 생졸년이 적혀 있는데 동성왕보다 나이가 많았습니다. 이로 인해 『일본서기』에 전하는 무령왕의 탄생 이야기가 주목받게 되었답니다.

『일본서기』 웅략기(雄略紀) 5년조에 나오는 무령왕의 가카라시마 탄생설화는 대략 이런 내용입니다. 고구려 장수왕의 공격을 한창 받고 있던 백제 개로왕은 구원병을 청하러 동생 곤지를 일본에 보냈어요. 그러자 곤지는 떠나면서 임신 중인 형의 부인을 달라고 요구합니다. 이때 곤지가 왜 형수를 달라고 했는가는 확실치 않지만 아우가 형수를 사랑한 예는 동서양에 곧잘 있는 이야기이고, 혹 사통해서 곤지의 아이를 가졌는지도 모르죠.

아무튼 개로왕은 곤지의 요구를 받아들이면서 다만 부인이 도중에 출산하면 자식은 본국으로 돌려보내라고 했습니다. 왜국으로 가는 중 부인은 배가 몹시 흔들려서 그랬는지 쓰쿠시(筑紫, 규슈의 옛 지명)의 가쿠라시마(各羅島, 지금의 가카라시마)에서 아이를 낳게 되었다고 해요. 이에 곤지는 배 한 척을 내어 아이를 백제에 돌려보내면서, 이 아이의 이름을 섬에서 태어났다고 해서 시마군(島君)이라 했는데 그가 곧 무령왕이며 그래서 백제인들은 이 섬을 국주도(國主島)라 했다고 쓰여 있습니다."

여기까지 이야기했을 때 한 학생이 즉각 반응을 보이며 추임새를 넣었다.

"아! 그래서 무령왕의 관이 금송(金松)으로 되었던 것이군요."

그렇다. 무령왕과 왕비 관의 목재가 우리나라에는 없고 일본에서 많이 나는 금송(金松)이라는 것은 식물학자인 박상진 경북대 명예교수가 밝혀낸 것이다. 금송은 일본에서는 고야마키(高野槇)라 불리며 일본 열도의 남부지방에서만 자라는 상록침엽수다. 목질이 매우 단단하고 습기에 강해 잘 썩지 않아, 일본에서는 이를 신성시하여 불단(佛壇)과 왕궁 기둥, 지배층의 관재(棺材)로만 사용했다고 한다.

이로써 무령왕이 일본에서 태어났다는 것은 전설이 아니라 사실로 받아들여지게 되었으며 무령왕이 사마왕(斯麻王)이라 불린 것도 일본어로 섬을 말하는 시마(島)와 통하는 것으로 이해되고 있다.

일본 천황은 무령왕의 혈통

『일본서기』에 실린 무령왕에 관한 기록이 사실로 확인되면서 또다른 궁금증을 낳았다. 동성왕은 무령왕의 이복동생이라는 기록도 있어 대체로 그렇게 생각되는데 왜 동생이 먼저 왕위에 올랐는지, 무령왕은 『일본서기』 기록대로 출생과 동시에 본국으로 보내졌는지 아니면 일본에 살고 있었는데 왕을 제멋대로 시해한 백제 귀족들이 '강화도령' 추대하듯 데려왔는지 알 수 없다.

다만 나이 40세에 왕위에 오른 무령왕은 귀족들을 제압하고 왕권을 강화하여 그의 아들 성왕과 손자 위덕왕 때 백제문화가 꽃피는 기틀을 닦았다는 사실만은 분명하다. 이런 연유 때문인지 무령왕 때 백제와 일본은 더욱 친밀했다. 오경박사(五經博士) 단양이(段楊爾)를 왜에 보내 학문을 전수하게 하고, 또 고안무(高安茂)를 보내 단양이와 교대시킬 정도로 우호적인 관계를 가졌다.

한편 곤지는 오사카 가와치(河內)의 '가까운 아스카(近つ飛鳥)'에 자리

| **히젠 나고야성에서 본 가카라시마** | 백제 무령왕이 태어난 가카라시마는 현재 200명 정도가 살고 있는 작은 섬으로 약 2만 그루의 동백나무가 자생하는 동백섬으로도 이름이 높다.

잡고 그곳 토착세력을 제압했다는 이야기가 『고사기(古事記)』에 전설로 전한다. 그리고 이곳엔 곤지를 신으로 모신 아스카베(飛鳥戸) 신사가 있는데 이 신사의 축제 마쓰리(祭り)는 곤지가 죽은 날짜와 일치한다고 한다.

당시 백제와 왜의 관계는 이처럼 어린시절을 함께 보낸 '절친' 같은 사이였다. 그래서 2001년 12월 23일 아키히토(明仁) 천황은 자신의 예순여덟번째 생일을 맞은 기자회견에서 천황 가문에 백제인의 피가 흐르고 있다는 사실을 다음과 같이 말하여 많은 사람들을 놀라게 한 적이 있다.

"나 자신은 간무(桓武) 천황의 생모가 백제 무령왕의 자손이라고 『속일본기』에 기록되어 있어서 한국과의 인연을 느끼고 있습니다."

이는 당시 과거 식민지 침탈에 대해 '통석(痛惜)의 염(念)을 금치 못한 다'는 식으로 모호하지만 사과에 가까운 말을 하면서 한일 관계의 정상 회복을 원하던 분위기에서 나온 말이었다.

그 경위야 어찌 되었든 이런 이야기를 들은 우리 국민들이 '그런 얘기를 왜 이제 와서 하느냐'는 식으로 반응한 것이 아니라 무척 당황스러워했던 것은 한일 고대사의 올바른 복원을 위해 우리가 크게 반성할 점이라 하지 않을 수 없다.

요부코항의 오징어회

가카라시마는 현재 200명 정도가 살고 있는 작은 섬으로 약 2만 그루의 동백나무가 자생하는 동백섬으로도 이름이 높다. 여기에는 무령왕이 태어났다는 오비야우라(オビヤ浦) 동굴이 있다. 이 동굴 앞에는 '백제 제25대 왕 무령왕이 태어난 곳'이라고 쓴 나무 안내판이 있고 또 동굴 옆 골짜기에는 갓난 무령왕을 목욕시켰다고 전해지는 우물도 있다. 그 옆에는 무령왕과 왕비의 관을 만드는 데 쓰인 금송 몇그루도 심겨 있다고 한다.

가카라시마의 주민들은 이렇게 백제와의 인연을 소중히 간직하고 있다. 이들은 1999년부터 무령왕교류 가라쓰시 실행위원회를 조직하고, 해마다 『일본서기』에 명시된 무령왕의 탄생일인 음력 6월 1일에 탄생제를 지내왔다.

이를 알게 된 공주시는 시민 모금으로 무령왕 탄생 기념비를 제작하여 2006년 6월 25일 가카라시마 항구 가까이에 건립했다. 이 기념비는 당시 공주대 미술교육과 김정헌 교수가 디자인했는데 높이 3.6미터로 무령왕릉의 아치와 전실 형태를 모티프 삼아 익산 화강암으로 제작한 것이다. 제막식 때 김정헌 형이 나보고 같이 가자고 했는데 다른 일로 가

| **오비야우라 동굴** | 가카라시마에는 무령왕이 태어났다는 오비야우라 동굴이 있다. 이 동굴 앞에는 '백제 제25대 왕 무령왕이 태어난 곳'이라고 쓴 나무 안내판이 있고 또 동굴 옆 골짜기에는 갓난 무령왕을 목욕시켰다고 전해지는 우물도 있다.

지 못한 것이 여태 후회된다.

가카라시마는 히젠 나고야성 아래쪽에 있는 요부코항에서 배로 20분 정도 걸린다. 나는 아직껏 가카라시마에는 가보지 못했지만 요부코항에는 두 번 가보았다. 요부코항은 오징어 활어회로 유명하다. 항구 곳곳에 오징어회를 알리는 간판이 붙어 있는데 처음 이 활어회를 개발한 원조 집이 요부코 대교 바로 아래 있는 '이카본가(いか本家)'이다. 이카란 오징어를 말한다.

오징어를 산 채로 잘게 썰어서 무채에 받쳐 나오는데, 오징어가 연체 동물인지라 몸체는 상앗빛으로 해파리처럼 투명하고 눈은 푸른빛이 감돌면서 초롱초롱하다. 다리가 살아 있어 슬쩍 꿈쩍이기도 한다. 오징어의 살은 아주 부드러워 이가 시원치 않은 사람도 얼마든지 즐길 수 있다. 머리와 다리는 튀김으로 요리해주기 때문에 또다른 별미다.

| **무령왕 탄생 기념비** | 공주시의 시민 모금으로 제작한 무령왕 탄생 기념비. 2006년 6월 25일 가카라시마 항구 가까이에 건립했다. 당시 공주대 미술교육과 김정헌 교수가 디자인했다.

오징어는 우리나라의 동해안과 울릉도에서 많이 잡히고 요즘은 남해안과 제주도에서도 잡힌다는 것은 누구나 아는 사실이다. 그러나 초고추장에 회무침으로 비벼먹는 오징어회는 있어도 요부코 같은 오징어회는 먹어보지 못했다.

나는 호기심을 이기지 못해 왜 요부코항에만 오징어횟집이 많은가 알아보았다. 후쿠오카까지 배로 불과 30분 거리인데도 거기서는 오징어회가 안 된단다. 오징어는 잡히는 순간 스트레스를 받아 몸부림치면서 살이 굳기 때문이란다. 즉석에서 잡아야 하고 한꺼번에 많이 요리하기 힘들어 우리는 식당에 도착하기 20분 전에 주문해놓고 그 시각에 딱 맞추어 갔다.

우리 학생들과 갔을 때는 요부코까지 갈 시간도 없고 오징어회 값이 학생들에겐 만만치 않아 히젠 나고야성 바로 아랫마을인 진제이정(鎭西

町) 식당가에서 간식으로 한 마리를 네 명이 나누어 먹었는데 학생들은 그날 하루종일 행복해했다.

정약전의 『현산어보』

오징어를 먹으면서 나는 근래에 와서 읽은 정약전(丁若銓, 1758~1816)의 『현산어보(玆山魚譜)』가 떠올랐다. 그의 흑산도 유배 시절 저술한 『현산어보』는 『자산어보』라고 더 많이 알려져 있지만 이는 한자를 잘못 읽은 것이다. 정약전은 이 책의 '서문'에서 이렇게 말했다.

현산(玆山)은 흑산(黑山)이다. 나는 흑산에 유배되어 있어서 흑산이란 이름이 무서웠다. 집안사람들의 편지 중에는 (흑산을) 번번이 현산이라 썼다. 현(玆)은 흑(黑)자와 같다.

즉, 검을 현(玄)자를 겹쳐 씀으로써 흑자의 이미지를 잃지 않으면서 발음을 부드럽게 한 것이었다.

| 이카본가와 오징어회 | 요부코항은 오징어 활어회로 유명하다. 처음 이 활어회를 개발한 원조집이 요부코 대교 바로 아래 있는 '이카본가(いか本家)'이다.

다산 정약용의 형인 정약전은 1801년(순조 1) 신유사옥 때 유배형을 받아 동생은 강진으로 형은 흑산도로 귀양갔다. 형제는 나주에서 헤어진 뒤 다시는 만나지 못했다. 다산은 18년 만에 귀양이 풀려 고향으로 돌아갔지만 형 정약전은 16년 귀양살이 끝에 흑산도에서 세상을 떠났다.

다산은 귀양살이 중 1표 3서를 비롯하여 무수한 저술을 지었고, 형은 『현산어보』를 남겼다. 이 책은 흑산도 근해에서 채집한 수산물의 이름, 분포, 형태, 습속을 조사하여 기록한 3권 1책으로, 현재 원본은 전해지지 않고 서로 내용이 조금 다른 8권의 필사본이 있는 것으로 알려져 있다.

이 책에 대해서는 우리나라 어류학의 선각자 정문기 박사가 1943년 『자산어보』라는 제목으로 최초 번역 해설판을 완성했고, 몇 년 전 현직 고등학교 생물교사 이태원 선생이 현대에 맞게 쓴 『현산어보를 찾아서』(청어람미디어 2002)를 펴내어 나 같은 문외한도 통독할 수 있었다.

이 책에는 인류(鱗類) 73종, 무린류(無鱗類) 43종, 잡류(雜類)로서 해충(海蟲) 4종, 해금수(海禽獸) 1종, 해초(海草) 35종 등이 상세히 기록되어 있다. 생물학자들은 이 저술의 학술적 가치를 아주 높게 평가하면서 때론 놀라움을 금치 못하고 있다. 특히 동해산 청어는 척추골수가 54개인 것이 가장 많다는 사실은 200여 년 전이나 지금이나 거의 일치한다고 한다.

『현산어보』에는 오징어 얘기도 나온다. 정약전은 오징어의 생김새, 성질, 식용 가치, 먹물의 성격 등을 아주 상세히 밝혀놓았다. 뿐만 아니라 문헌 고증까지 곁들여 『본초강목(本草綱目)』 『남월지(南越志)』 『이아익(爾雅翼)』 『정자통(正字通)』 같은 저서와 진장기, 소동파 등의 어설(魚說)에 나오는 이야기도 소개하고 있다.

『규합총서(閨閤叢書)』를 보면 오징어는 까마귀를 잡아먹기 때문에 '오적어(烏賊魚)'라고 부른다며 오징어는 까마귀를 즐겨 먹어, 물 위에 떠서

죽은 체하다가 이것을 보고 달려드는 까마귀를 발로 감아서 물에 들어가 먹는다고 했다. 그러나 정약전은 이런 황당한 이야기는 한자어가 와전되어 생긴 것임을 논증하고 있다.

내 생각에 오적(烏賊)은 흑한(黑漢)이라고도 하는데 그것은 먹을 품은 데서 나온 이름으로 훗날 물고기 어(魚)를 붙여 오적어로 만든 것 같다. (…) 별다른 뜻이 있어서 그런 이름이 만들어진 것은 아니다.

그런 중 내가 이 책에서 크게 배운 바는 조선후기 실학자들의 학문적 자세가 얼마나 실질적이었고 성실했는가 하는 점이다. 정약전은 이 책을 펴내게 된 동기를 이렇게 말했다.

현산은 바다 어족이 매우 풍부하지만 그 이름이 알려진 것은 적다. 마땅히 박물학자(博物學者)들은 살펴보아야 할 곳이다. 나는 섬사람들을 널리 만나보았다. 그 어보를 만들고 싶어서였다. 그러나 사람마다 그 말이 달라 어느 말을 믿어야 할지 몰랐다.
섬 안에 장덕순(張德順)이라는 사람이 있었다. (…) 성격이 조용하고 정밀하여 (…) 그의 말을 믿을 만했다. 마침내 나는 이분을 맞아 함께 묵으면서 물고기 연구를 계속했다. 이리하여 조사 연구한 자료를 차례로 엮고 이름 지어 『현산어보』라 했다.

본래 연구란 존재를 명확히 밝히면서 세상을 이롭게 하는 데 그 목적이 있다고 할 때 정약전의 이런 연구 자세는 만고의 스승이 되고도 남음이 있다. 그런 전통은 어떤 식으로든 후대에 이어진다. 나는 부경대 박성쾌 교수의 『오징어 정치경제학』(도서출판 한길 2003)이라는 책에서 우리 시

대에도 그런 학풍이 살아 있음을 보았다. 세상에! 오징어의 정치경제학
이라니. 그에 의하면 오징어는 단일어종으로는 고등어, 멸치와 함께 우
리나라의 3대 어족자원인데 오징어 어장이 계속 감소하고 어업 간 갈등
이 일어나고 있는 것은 큰 문제라고 지적하고 있다. 최근 뉴스에 의하면
기후변화로 인해 오징어는 드디어 제1수산물로 등극했다고 한다. 오징
어 하나에 이렇게 많은 이야기가 있다.

가라쓰의 말로관

'아리타의 도자기'를 답사의 주제로 삼아 3박 4일로 떠나게 되면 북부
규슈를 두루 보는 일정이 나오지 않는다. 나가사키와 가라쓰 중 한 곳은
생략할 수밖에 없다. 지난겨울 우리 학생들과 규슈를 답사할 때는 학생
들의 희망에 따라 나가사키로 갔지만 일반 회원들과 답사할 때면 나는
반드시 가라쓰에서 하룻밤을 보낸다. 가라쓰는 참으로 아름답고 조용하
고 깨끗하고 매력적이고 볼거리도 많은 소도시다.

가라쓰를 한자로 당진(唐津)이라고 쓰는 것을 보면 금방 우리나라 충
청남도 당진을 연상하게 된다. 그 때문에 당진 사람이 일본에 집단이주
해왔다고 지레짐작으로 엉뚱하게 말하는 사람도 종종 보게 된다.

그러나 당진은 당나라로 가는 나루터라는 뜻이다. 당(唐)이란 당나라
만 의미하는 것이 아니라 중국을 일컫는 매김말로 물산 앞에 당(唐)자를
붙이면 중국제라는 뜻이 되는 것과 마찬가지다.

그러나 언어학자들은 '가라'라는 일본말은 외국이라는 뜻으로 한반도
와 왕래가 빈번하고 중요했을 때는 한진(韓津)이라 쓰고 가라쓰라고 발
음했다고 한다. 그러던 것이 중국과 본격적으로 거래가 트이고 한반도의
영향이 덜해지면서 당(唐)자로 바꾸고 발음은 여전히 가라쓰라고 했다

| **가라쓰 말로관** | 일본에서 최초로 벼농사를 지은 곳으로 확인된 채전 유적은 국가사적으로 지정되었다. 가라쓰로 들어가는 길목에 '말로관, 채전 유적'이라고 표시되어 있는 것을 볼 수 있다.

는 것이다.

한반도에서 일본으로 가는 뱃길은 기본적으로 이곳 가라쓰로 열려 있었다. 그것은 해류 때문이다. 가라쓰, 요부코, 가카라시마 등 해안가에는 누가 거기다 버린 일 없는 신라면 봉지, 막걸리 페트병, 사발면 그릇 등이 쓰레기로 쌓여 있는 것을 볼 수 있다. 만리포나 대천 해수욕장에서 버린 쓰레기가 해류를 타고 흘러와 여기에 저절로 도착한 것이다. 때로는 서해에서 실종된 시신이 발견되기도 한단다.

2300년 전, 빈약할 수밖에 없는 쪽배를 타고 멀리 이곳 가라쓰까지 올 수 있었던 것도 그 해류 덕분이었다. 그렇게 한반도에서 벼농사를 갖고 여기에 왔다는 것을 요시노가리 발굴 이전에 구체적인 고고학적 유물로 보여준 곳이 이곳 가라쓰였다.

『삼국지』「위지 왜인전」을 보면 당시 왜는 30여개국으로 나뉘어 있었는데 야마타이국으로 가는 노정에서 섬나라인 쓰시마국, 이키국 다음으로 일본 열도에 처음 나타나는 것이 마쓰라국(末盧國)이며 이 마쓰라국이 바로 가라쓰였다는 것이 여러 유적으로 확인되었다. 그중 대표적인 것이 채전(茱畑, 나바타케) 유적으로, 여기는 일본에서 최초로 벼농사를 지은 곳으로 확인되어 국가사적으로 지정되었다.

지도를 보면 히젠 나고야성에서 가라쓰로 가는 길에 시내로 들어가기 직전 '말로관(末盧館, 마쓰로칸), 채전 유적'이라고 표시되어 있는 것을 볼 수 있다. 본래 고고학 유적지란 대개 유물 파편만 즐비하여 장소성만 있지 큰 볼거리가 있는 것이 아니어서 항시 지나다니기만 하다가 지난봄 답사 때 한번 들러보았더니 1990년에 역사자료관을 짓고 말로관이라고 이름 지었다며 안내문에 이렇게 써놓았다.

채전은 지금부터 2500~2600년 전 조몬 말기에 조선 반도에서 건너온 사람들에 의해 벼농사가 전해진 곳으로, 이것은 일본 최초의 벼농작으로 알려져 있습니다. 이 유적은 1980~81년, 2년간 발굴되었으며 그 당시 출토된 쌀, 돌칼, 나무괭이, 토기, 돼지뼈 등을 전시관 내에 전시하고 있습니다. 수전(水田) 유적은 도시계획상 다시 메워 볼 수가 없습니다만 부지 내에 당시 수전을 복원하여 관람자에게 편의를 제공하고 있습니다.

아닌게아니라 볼거리는 전혀 없었고 이야기도 이상의 내용이 전부다. 그러나 여기를 한번 가본 것이 지금도 속이 시원하다.

내가 여기서도 또 확인한 사항이 하나 있었다. 요시노가리나 말로관이나 지방 유적지에서는 벼농사는 거의 반드시 한반도에서, 그것도 한반도 도래인이 직접 가져왔다고 분명히 밝히고 있는데 중앙에서 펴낸 고

| **멀리서 바라본 가라쓰성** | 가라쓰성은 학이 춤추는 것 같다고 해서 무학성(舞鶴城)이라고 불릴 정도로 아름답고 그 자리앉음새가 빼어나다. 바닷가 언덕 위에 홀로 우뚝 솟아 있어 천수각 지붕이 층층이 날개를 펴고 있는 것처럼 보인다고 해서 얻은 애칭이다.

고학 역사책에서는 이를 꼭 대륙에서 왔다고 적는다는 점이다. 유물을 직접 확인한 지방의 역사자료관에서는 '한반도에서 온 도래인 마을'이라는 표현까지 쓰고 있으나 중앙에선 좀처럼 그런 표현을 하지 않는다. 이건 언필칭 중앙에 있다는 일본 학자들이 정말로 잘못하는 것으로, 사실이 아니라 관념으로 세상을 보는 태도에 다름아니다.

가라쓰성

가라쓰는 오랫동안 한반도와 뱃길로 이어졌던 일본의 관문이었다. 그러다 일본의 정치적 지형이 바뀌어 7세기 아스카시대가 되면 일본 열도에서 한국과 중국으로 향한 관문은 세토 내해(瀨戶內海)의 오사카로 옮겨진다.

| **사쿠라꽃이 만발할 때의 가라쓰성** | 사쿠라꽃이 만발할 때 가라쓰성은 환상적이다. 한밤중 야경은 더 멋있어서 호텔방을 잡을 때는 창문이 그쪽으로 나 있는 것을 원한다.

이후 14세기 들어 일본에 두 천황이 존재하던 난보쿠초(南北朝)시대에는 규슈 지역에 힘의 공백이 생겨 왜구들이 창궐하면서 마쓰우라당의 근거지가 된다. 그러다 가라쓰가 다시 일본 역사에서 큰 비중으로 등장하는 것은 임진왜란 때 이곳에 히젠 나고야성을 쌓게 되면서이고, 전쟁 이후 가라쓰에는 그 부산물로 가라쓰번(藩)이 당당히 자리잡게 된다. 당시 일본의 번(藩)은 군(郡)이나 도(道) 같은 행정구역을 뜻하고 이곳을 통치하는 지도자를 번주(藩主)라고 했다.

가라쓰에는 자랑할 만한 역사유산, 자연유산, 무형유산이 하나씩 있다. 역사유산으로는 가라쓰성이 있다. 17세기에 초대 번주로 부임한 데라자와 히로타카(寺澤廣高)는 폐성이 된 히젠 나고야성의 돌을 이용해 7년에 걸쳐 가라쓰성을 축성했다.

가라쓰성은 학이 춤추는 것 같다고 해서 무학성(舞鶴城)이라는 별명을 갖고 있을 정도로 아름답다. 무엇보다도 그 자리앉음새가 빼어나다. 바닷가 언덕 위에 홀로 우뚝 솟아 천수각 지붕이 층층이 날개를 펴고 있는 모습은 가히 무학성이라는 별명에 걸맞게 아름답다. 유럽의 수많은 성 중에서 프랑스 몽생미셸(Mont-Saint-Michel)이 아름답다고 꼽히는 이유의 반 이상이 해안에 있기 때문이듯이 가라쓰성 역시 위치 설정이 뛰어나다.

일본의 성은 천수각으로 위세를 보여주는 외관에만 치중해서 그 안은 크게 볼 것이 없다. 너절한 유물이나 사진 패널을 늘어놓았을 뿐 성안은 전망대 이상의 의미가 없다. 그래서 나는 오사카성 외에는 시간이 아까워 들어가지 않고 밖에서 풍광과 경관만 즐기곤 한다.

가라쓰성도 나는 아직껏 안에 들어가보지 않았다. 그 대신 저 멀리 보이는 무지개 솔밭과 바다 풍경을 만끽한다. 사쿠라꽃이 만발할 때 가라쓰성은 환상적이다. 한밤중 야경은 더 멋있어서 호텔방을 잡을 때는 창문이 그쪽으로 나 있는 것을 원한다.

그런데 진짜 가라쓰성이 아름다울 때는 5월 등나무꽃이 필 때라고 짐작한다. 가라쓰성 마루에 도착하면 해묵은 등나무가 마당 전체를 덮도록 받침목들이 장대하게 설치된 것을 볼 수 있다. 여기에 꽃이 피면 얼마나 장쾌할지는 말하지 않아도 알 수 있을 것이다. 그러나 나는 등나무꽃이 필 때의 가라쓰에는 가보지 못했다.

다카토리 저택

내가 인솔하는 답사에 단골로 참여하는 부부가 있어 물어보았다. 다른 패키지여행 때와 크게 다른 점이 무엇이냐고 하니 많이 걸을 수 있어 좋다는 것이었다. 실제로 나는 한 유적지에서 다음 유적지까지 걸어서

| 다카토리 저택 | 일본의 석탄왕으로 불리는 다카토리 고레요시가 살던 집이다. 일본 근대 건축으로 디자인이 뛰어나 중요문화재로 지정되었고, 후손들이 건물 보존을 위해 기증함으로써 일본 문화청이 이 건물 규모가 최대일 때로 복원해놓은 것이다. 저택의 다다미방 문짝에는 아름다운 그림이 붙어 있고, 삼나무 문에는 식물·동물 문양이 부조로 새겨져 있다.

15분 안짝이라면 반드시 걸어서 이동하고 버스는 그쪽 주차장에 와서 기다리게 한다. 어느 도시를 가든 관광지가 아니라 그곳 사람들이 사는 평범한 동네의 향취를 느낄 수 있게 한다.

가라쓰성에서 '구 다카토리 저택〔舊高取邸〕'까지는 걸어서 15분 정도 걸린다. 이 저택은 일본의 석탄왕으로 불리는 다카토리 고레요시(高取伊好, 1850~1927)가 살던 집이다.

일본 근대 건축으로서 디자인이 뛰어나 중요문화재로 지정되었고, 후손들이 건물 보존을 위해 정부에 기증함으로써 일본 문화청이 이 건물 규모가 최대일 때로 복원해놓은 것이다.

2,300평의 넓은 땅에 세워진 이 건물은 가라쓰성 천수각의 서남쪽 해안에 바짝 붙어 있어 정원이 곧장 바닷가로 연결된다. 두 채의 큰 건물로 이루어진 저택 내부에는 주인의 침실, 손님 접대 공간, 다실, 가족 목욕탕, 거기에 수십명이 관람할 수 있는 가무극 노(能) 공연무대까지 있다. 바깥 건물로는 곳간 옆에 그 시절에도 와인 보관 창고가 있었다.

이 저택의 다다미방 문짝에는 아름다운 그림이 붙어 있고, 삼나무 문에는 식물·동물 문양이 부조로 새겨져 있으며, 서너 곳의 다실 도코노마(床の間)가 제각기 다른 분위기를 보여주고 있다. 전통 일본식인 화식(和式)에 근대적 편리함이 곁들여 마치 안국동 윤보선 댁의 일본판인 듯했다.

보기에 따라서는 그 호사스러움이 극에 달했다고 할 수도 있지만, 내가 중요하게 생각하는 것은 상류사회의 생활문화는 그 시절 사람들의 이상적인 생활상을 반영하는 것이기 때문에 일본 근대의 정서와 정신을 여기서 읽어볼 수 있다는 점이다.

본래 명작이라고 불리는 것에는 세 가지 필요조건이 있다. 하나는 최고의 기술, 둘째는 최고의 정성, 셋째는 최고의 재력이다. 그런 점에서 이 다카토리 저택은 명작이고 국가의 중요문화재로 남겨졌다. 그러면 우리나라 21세기 저택 중에서는 어느 집이 훗날 이런 문화유산으로 남게 될까? 도곡동 타워팰리스일까? 어쩌면 우리 후손들에게 남겨줄 21세기 주택은 없을지도 모른다.

무지개 솔밭

가라쓰성의 초대 번주는 능력도 뛰어나고, 건축적 안목도 있고, 또 미래도 볼 줄 아는 사람이었던 모양이다. 해안에 방풍과 방제를 위해 해송(海松)을 심었는데 자그마치 100만 그루나 된다. 솔밭은 길이 5킬로미터, 폭 1킬로미터에 이른다. 그 해송이 400년을 자라고 보니 엄청난 솔밭이 되었다. 이 솔밭은 '무지개의 솔밭'이라는 뜻으로 '니지노 마쓰바라(虹の松原)'라고 불리며 일찍이 일본의 특별명승으로 지정되었다. NHK에서 여론조사로 '21세기에 남기고 싶은 일본의 풍경'을 뽑은 적이 있는데 이 솔밭이 5위에 올라 일본 명승 중의 명승으로 꼽혔다.

본래 소나무는 생명력이 강인하지만 특히 해송은 바람에 굽을지언정 꿋꿋이 버텨내는 힘이 강하여 우리나라 해안에도 많이 심어져 있다. 소나무는 군집을 이루는 성질이 있어서 무리지어 심으면 더욱 잘 자란다고 한다. 그래서 우리나라 서해엔 안면도 솔밭, 동해엔 강릉의 초당동 솔밭, 남해안엔 남해 상주해수욕장의 솔밭이 이름 높고 천연기념물로 지정되어 있다.

무지개 솔밭은 대단한 방풍 효과가 있었다. 가라쓰 시내에서는 바람기를 전혀 느끼지 못했는데 솔밭을 지나 해변으로 나가니 엄청나게 바람이 불어댔다. 바람을 타는 기구 놀이하는 사람들이 여럿 있는 것을 보면 항시 바람이 많이 부는 것을 알 수 있다. 그래서 나는 늘 말한다. 나무를 심는 사람은 무조건 애국자라고. 당시 번주는 이런 장관의 무지개 솔밭을 보지 못했다. 그러나 그는 400년 뒤 후손들은 이런 행복을 누릴 것을 알았기에 어린 묘목을 100만 그루나 심은 것이었다. 똑똑한 지도자 한 분 만난다는 것이 국가와 국민에게 얼마나 큰 복인가를 이 솔밭이 말해준다.

소나무는 홀로 있어도 아름다워 멋진 소나무 한 그루는 정원의 필수

품이지만 무리지어 있을 때는 또다른 차원의 아름다움을 보여준다. 비슷하면서 서로 다르게 생긴 소나무들의 집합이 가져오는 힘이다. 거기에는 집합미 또는 총체미가 따른다. 장엄하다면 장엄하고 든든하다면 든든하다. 사람들이 사진작가 배병우의 소나무를 좋아하는 것도 바로 이런 힘의 아름다움 때문일 것이다.

그런데 왜 이 힘찬 솔밭에 무지개라는 연약한 이름을 붙였을까? 더욱이 해송은 그 줄기가 검은빛을 띠어 우리는 곰솔이라고 부르는데 일본에서는 흑송(黑松)이라고 한다. 그런 검고 굵직하고 해묵은 연륜이 역력히 보이는 해송이 장장 십리 넘게 펼쳐져 있으니 무지개라는 이미지와는 거리가 멀다. 솔밭의 생김새가 해안선을 끼고 도는 무지개 모양이어서 그랬을 것 같긴 한다.

| **무지개 솔밭** | 17세기 가라쓰성 번주는 해안에 방풍과 방제를 위해 해송 100만 그루를 심었다. 그 해송이 400년을 자라고 보니 엄청난 솔밭이 되었고, 길이 5킬로미터, 폭 1킬로미터에 이르는 이 솔밭은 가라츠의 상징이 되었다. 모진 해풍에 쓰러져 길게 누워 있는 노송과 새로 자란 후계목들이 함께 이 솔밭을 지키고 있다.

| **가가미 신사의 입구 도리이** | 무지개 솔밭에서 멀지 않은 곳에 고려 불화 「수월관음도」가 소장된 가가미 신사가 있다. 신사의 입구를 알리는 도리이에도 고풍이 있다.

　그러다 10여년 전 어느 아침나절 이 솔밭을 거닐어보고 나서 나는 알았다. 솔밭으로 들어서서 발걸음을 솔숲 깊은 곳으로 옮기니 숲속은 점점 어두워지는데 겹겹이 늘어선 검푸른 흑송 줄기 사이로 이따금씩 저 너머 푸른 바다가 스치듯 지나간다. 모진 해풍에 쓰러져 길게 누워 있으면서도 몇백년 자란 소나무가 즐비하다.

　그 비좁은 사이로 가늘디가는 햇살이 비집고 들어온다. 그러다 햇살이 마침내 솔잎에 맺혀 있던 아침이슬에 닿으면 무지갯빛을 띠면서 바스라진다. 그 광선의 환상적으로 아름다운 모습이 더욱 '무지개 솔밭'이라는 이름에 어울리는 것이었다. 설혹 그 이름의 내력이 따로 있다 해도 나는 개의치 않으련다. 지금도 내 머릿속에 강한 이미지로 남아 있는 것은 그 솔밭의 영롱한 무지갯빛이니까.

| **가가미 신사** | 가가미 신사는 일본에서 전쟁의 화신처럼 여기는 진구 왕후를 모신 신사로 오랜 연륜에 제법 큰 규모이다.

가가미 신사의 「수월관음도」

무지개 솔밭에서 멀지 않은 곳에 가가미 신사가 있다. 이 신사는 별로 유명하지 않은지 가라쓰 관광안내서에 나오지 않는다. 오히려 앞산인 높이 280여 미터의 가가미산(鏡山)이 무지개 솔밭과 가라쓰성이 한눈에 들어오는 환상적인 전망이 있고 진달래꽃이 아름답다며 정상까지 드라이브할 수 있다고 관광객을 부른다.

그래도 내가 이 가가미 신사에 가보고 싶었던 것은 여기에 소장된 유명한 고려 불화 「수월관음도(水月觀音圖)」 때문이다. 김우문(金祐文) 또는 김우(金祐)가 그린 이 「수월관음도」는 고려 불화 중에서 유일하게 높이 4미터가 넘는 대작이다. 나는 이 「수월관음도」를 세 번 보았다. 1995년 호암미술관의 '대고려국보전' 때, 2006년 국립규슈박물관 개관전 때, 그리고 마지막으로 2009년 통도사 성보박물관 특별전 때였다.

이런 대작 불화가 어떻게 이곳에 오게 되었고 도대체 가가미 신사가 얼마나 대단하기에 이런 명작을 갖게 되었는가 궁금했다. 와서 보니 과연 가가미 신사는『일본서기』에서 삼한을 정벌했다고 해서 일본에서 전쟁의 화신처럼 여기는 진구(神功) 왕후를 모신 신사로 오랜 연륜에 제법 큰 규모였다. 이런 신사이기에 그 거대한 고려 불화를 소장할 수 있었음을 알 수 있었다.

탈락이 심해 육안으로는 확인할 수 없지만 이 불화에는 관음보살이 밟고 있는 연꽃의 왼쪽 아래에 묵서로 적힌 명문의 흔적이 남아 있다. 1812년 쓰인『측량일기』에 이 명문을 옮겨 적어놓았는데 이에 의하면 충렬왕의 후비 숙창원비(淑昌院妃) 김씨가 1310년(충선왕 2) 5월에 내반종사 김우문(혹은 김우) 등에게 명하여 조성했다고 되어 있다. 또한 이『측량일기』에는 1391년(공양왕 3)에 료켄(良賢)이라는 중이 쓴 명문이 따로 적혀 있는데 그 기록에 의하면 이 불화는 료사토시(良覺)라는 중이 '백방으로 노력해 구입해서(廻隨分駈走買)' 신사에 기진(寄進)한 것이라고 한다.

그렇다면 이 불화가 1310년 제작된 후 고려에 있었던 기간은 길어야 80년 정도뿐이라는 이야기인데 '백방으로 노력해 구입해서'라는 말은 무슨 뜻인가. 왕숙비가 발원한 것을 주었을 리도 없고, 승려들이 외교적인 교류를 통해 일본에 가져왔다면 최소한 구입했다는 말은 쓸 수 없었을 것이 아닌가.

『고려사』를 보면 이때는 왜구들이 겁없이 날뛰던 시기였다. 심지어는 교동도에 진을 치고 개경 부근까지 노략질을 일삼아 천도를 논의하기까지 했다. 홍천사의 충선왕과 한국공주(韓國公主)의 초상화를 가져갔다는

| **수월관음도** | 김우문(혹은 김우)이 그린「수월관음도」는 고려 불화 중에서 유일하게 높이 4미터가 넘는 대작이다. 그리고 제작 연도, 제작 동기가 밝혀져 있어 미술사적 가치가 아주 높다.

기록도 있다. 왜구는 일본에 가져가 많은 돈을 받을 수 있는 물품을 노략질했는데 당시 일본의 사찰과 신사는 고려 범종, 불화, 나전상자 등을 왜구로부터 비싼 값에 사들였다. 가가미 신사의 「수월관음도」도 아마 왜구 중에 마쓰우라당 소행이었을 가능성이 크다.

마쓰우라당은 이 지방에서 오래전부터 세력을 잡고 있어서 모모야마(桃山)시대 말기인 1596년 그 일족이 몰락할 때까지는 가라쓰의 상황이 어떠했는지 알 수 없을 정도로 왜구가 강했다고 한다.

이 「수월관음도」는 1971년 일본의 중요문화재로 지정되었고 1년에 최대 38일까지만 공개하게 되어 있다. 굳이 원본을 보지 않더라도 히젠 나고야성의 사가현 한일교류역사관에 정확한 복제본이 전시되고 있어 그것으로 이 불화의 위대함을 어느정도는 느낄 수 있다. 나는 거기에 만족하고 700년이 아니라 7000년 이상 더 잘 보존해달라고 마음속으로 부탁드리며 가가미 신사를 떠났다.

근암 답사 지원 장학금

가라쓰가 오늘날 내세우는 최고의 유산은 가라쓰야키(唐津燒)라 불리는 도자기다. 그러나 나는 가라쓰야키에 대해서 대충만 알고 있다. '대충 안다'는 것은 모두 아는 것일 수도 있고 정확히는 모르는 것일 수도 있다. 나는 후자에 속한다.

가라쓰야키가 임진왜란 때 끌려온 조선 도공에 의해 이루어졌다는 것만 알고 있을 뿐 그 자세한 내력이나 그후의 사정은 잘 모른다. 우리 도자사 연구도 조선 도공과 관련해서는 아리타의 이삼평(李參平)이 만든 백자에 집중되어 있어 가라쓰야키를 언급하는 일이 별로 없다.

이럴 때 의지하게 되는 것이 책인데, 국내엔 아무리 찾아보아도 이에 관한 심도있는 해설서가 없다. 나는 규슈로 떠나기 전에 미술사학과 대학원 답사답게 학생들에게 충실한 자료집을 만들도록 했다. 그리고 이 어려운 부분——선생도 잘 모르는 부분——에 대해서 일본 자료를 조사해 오는 학생에게는 포상을 약속했다.

우리 미술사학과에는 '근암(近巖)장학금'이라는 것이 있다. 나와 가까운 근암 선생이 미술사학 발전을 위해서 개인적으로 장학금을 주고 싶다고 했을 때, 나는 등록금이 아니라 답사를 지원하는 데 쓸 수 있게 해달라고 청을 드렸다. 들은 얘기가 있어서였다.

미국의 어느 대도시에 사는 한 할머니는 상속받은 재산을 보람있게 쓸 방법을 고민하다가 젊은이들은 학창시절에 견문을 넓혀야 한다며 지역 학교 학생들이 여름방학에 다녀올 해외여행 계획서를 제출하면 이를 심사해서 배낭여행 경비——내 기억에 300만원가량——를 지원해주고 있다고 한다. 그 숫자가 해마다 늘어 지금은 수십명에게 지급하고 있고 이 학교의 대표적인 축제가 되었다고 한다.

돈을 어떻게 버느냐 못지않게 어떻게 보람있게 쓰느냐를 깊이 생각하고 실천하는 사람들의 한 사례이다. 내 이야기를 듣고 근암 선생은 학기마다 답사 지원 장학금을 보내주신다.

포상금이 걸려서였을까, 두 학생이 열심히 조사해왔다. 한 학생은 여기저기서 자료를 모아 가라쓰야키의 역사·요소·특징을 정리하여 보고서로 제출했고, 한 학생은 『일본의 도자』라는 책에서 「규슈 지방의 도기」 전문을 번역해왔다. 나는 근암장학금을 그 두 학생에게 지급했고, 그들의 보고서를 답사 자료집에 실어 모든 학생들이 이 지식을 공유하도록 했다.

뒷얘기를 덧붙이고 싶다. 두 학생과 그 전 학기에 수혜한 학생 두 명은 아리타 도자판매장에서 예쁜 자기를 같이 골라 근암 선생께 선물했다.

이 선물을 받은 근암 선생은 예기치 못한 학생들의 방문과 선물에 감격해서 오히려 내게 감사하다는 전화를 해왔다.

'가라쓰모노'라는 것

학생들이 구해온 책은 반세기 전, 일본 도자사 연구의 대가 오쿠다 세이이치(奧田誠一), 고야마 후지오(小山富士夫), 하야시야 세이조(林屋晴三) 세 분이 엮은 『일본의 도자(日本の陶磁)』(東都文化出版 1954)라는 권위있는 도록이었다. 이 책에서 「규슈 지방의 도기」는 다음과 같이 시작된다.

현재 규슈 지방에는 방대한 가마터가 남아 있고, 그곳에서 만들어진 작품도 전국에 전해져 많이 남아 있다. 그런데 이 많은 가마는 제각기 특징을 갖고 있으면서 한결같이 조선의 흐름을 받아 조선 수법에 의해서 생겨난 것이 분명하다.

가마 형식을 보면 조선 특유의 오름가마인 노보리 가마(登り窯)만 있고, 세토 지방의 혈요(穴窯, 아나 가마)는 하나도 없다. 또한 한결같이 우수하고 발로 차서 돌리는 물레로 제작된다. 이렇게 완전히 동일한 수법으로 제작된 규슈 각지의 가마를 가라쓰모노(唐津もの)라고 부른다.

일본에서 백자를 만들기 시작한 것은 아리타의 이삼평 이후의 일이지만 도기는 긴키 지방의 세토야키(瀬戸焼)가 일본 특유의 모습을 보여주었다. 세토야키는 비록 자기로 발전하지는 못했어도 유약의 자연스러운 흐름을 그대로 살려냄으로써 현대 도예를 보는 듯한 멋이 있다. 세토야키는 일본의 다도와 함께 계속 자기 발전과 변신을 이루어 다양한 세계를 보여주었다. 미노(美濃), 시노(志野), 오리베(織部), 비젠(備前, 규슈의 히

| **가라쓰야키** | 왼쪽은 에가라쓰 갈대당초문호이고 오른쪽은 에가라쓰 사각통형잔이다.

젠肥前과 혼동하면 안 된다), 그리고 나중엔 라쿠(樂)야키, 교(京)야키로 발전해나갔다. 이것을 뭉뚱그려서 세토모노(瀨戶もの)라고 불렀다.

그런데 임진왜란 이후 가라쓰모노라는 것이 등장하여 세토모노와 함께 일본 도기의 양대 산맥을 이루게 된다.

가라쓰야키의 특징

가라쓰 일대에는 임진왜란 때 일본으로 끌려온 조선 도공들에 의해 세워진 도자기 가마가 무수히 많다. 가라쓰뿐 아니라 구마모토, 나가사키, 가고시마, 그리고 야마구치까지 퍼져 있다.

가라쓰모노의 가마터는 발견된 곳만도 200곳이 넘으며 그 종류는 크게 여덟 가지가 있는데, 혹은 지명으로 분류되고 혹은 번주의 이름으로 분류된다. 다카토리야키(高取燒), 쇼다이야키(小代燒), 야쓰시로야키(八代燒, 혹은 고다야키高田燒) 등이 그것이다.

이 지역에서 만들어진 도자기들은 가라쓰 항구를 통해 일본 각지로 퍼져나가서 '가라쓰모노'라고 불렀다. 우리나라 울진, 봉화 일대에서 나는 금강송을 춘양역에서 출하하여 춘양목이라면 알아주는 것과 같은 경우이다.

| **나카자토 가마** | 나카자토 집안의 14대손이 운영하는 가마의 가라쓰야키 전시판매장이다. 문패 대신 '고차완 가마(御茶碗窯) 나카자토 다로에몬(中里太郎右衛門)'이라고 오랜 역사의 가마임을 자랑하고 있다.

임진왜란 직전인 16세기에 가라쓰에는 기시타케(岸岳)의 성주(城主) 하타(波多)씨의 비호 아래 잡기를 만들어오던 가마가 하나 있었다. 훗날 이를 도자사에서는 고가라쓰(古唐津)라고 부르게 된다.

그런데 임진왜란 때 가라쓰로 건너온 조선 도공들은 조선 가마의 독특한 기법을 사용했다. 노보리 가마는 불은 위로 올라간다는 성질을 이용한 것으로 화도를 높이는 데 유리하고, 발로 차는 물레는 기존 일본식 손물레보다 아주 빠른 '쾌속 물레'였다. 또 타렴 기법[輪積技法]이라고 해서 옹기를 만들 때 떡가래처럼 말아서 쌓아올려가며 두들겨 단단하게 만드는 기법도 사용되었다. 엄청난 기술혁신이 이루어진 것이다.

가라쓰야키의 출발은 당시 이곳 번주였던 나베시마 나오시게(鍋島直茂)에게 끌려온 조선 도공 나카자토(中里)로부터 출발했다. 이 집안에 전하는 기록(『中里喜平次日記』)에 의하면 임진왜란 때 끌려온 도공이 이야

| **가라쓰모노 가마터** | 나카자토 가마 전시관 가까이에는 폐허로 된 노보리 가마가 남아 있어 여기가 그 옛날 가라 츠야키의 고향임을 증언해준다.

사쿠(弥作), 히코에몬(彦右衛門), 마타시치(又七) 등 3인이 이마리(伊萬 里)에서 가마를 열고 천황에게 바치는 도자기를 만드는 장인에 임명되 었다. 이들을 어용 도자기 선생〔御用燒物師〕으로 대접했다고 한다.

그러나 1703년 상인들과 물건을 빼돌린 사건으로 재판에 회부되어 많 은 도공들이 추방되자 생산체제가 크게 무너져버렸는데 1737년에 데라 자와(寺澤) 번주의 명에 따라 지금의 가라쓰로 이주한 것이 오늘의 가라 쓰야키가 되었다고 한다. 가라쓰야키의 헌상품은 주로 마타시치의 자손 이 만들었고 이들은 '나카자토'라는 성을 하사받아 메이지시대에 폐번 (廢藩)되기까지 어용 가마〔御用窯〕를 운영했다.

가라쓰역에서 약 5분 거리에는 나카자토 집안의 14대손이 운영하는 가마가 있다. 대문으로 들어가는 벽에는 문패 대신 '고차완 가마(御茶碗 窯) 나카자토 다로에몬(中里太郎右衛門)'이라고 큼지막하게 적혀 있다.

오래된 저택 두 채가 나무다리로 연결된 이 집은 지금도 가라쓰야키 전시판매장이다. 그리고 집에서 조금 더 동네 안쪽으로 올라가면 건너편 산비탈에 그때의 노보리 가마 일부가 옛 모습 그대로 남아 있다. 여기가 가라쓰야키의 현장이다.

가라쓰야키의 특징과 종류

이리하여 가라쓰 일대에는 많은 가마가 생겨났다. 현재까지 발견된 가마터가 200여곳이 넘는다니 알 만하다. 양적인 확산은 질적인 변화로 이어졌다. 가라쓰야키는 가마마다 다양한 특징을 갖고 발전했다.

가라쓰야키는 처음부터 끝까지 조선 분청사기 기법에 기초를 두고 있으면서 이를 일본식으로 변화·발전시킨 것이다. 귀얄분청은 하케메(刷毛目)라 했고, 덤벙분청은 고히키(粉引)라 하고, 철화(鐵畵)로 무늬를 그린 에카라쓰(繪唐津)는 계룡산 가마의 철화분청과 같다. 인화(印花)분청은 미시마카라쓰(三島唐津)라고 했고 여러 기법을 아울러 사용한 것은 조센카라쓰(朝鮮唐津)라고 부른다.

가라쓰야키는 생활용기로 많이 만들어졌다. 그 종류는 우리가 지금 사용하는 모든 그릇 형태를 다 갖추고 있어 실로 다양하다. 형태는 아주 소박하고 서민적이며 수수한 멋을 지니고 있다.

이들은 또 다기 제작에서도 뛰어난 솜씨를 발휘하여 일본에서 다기는 '첫째 이도(井戶), 둘째 라쿠(樂), 셋째 가라쓰(唐津)'라는 말이 널리 알려져 있기도 하다. 둘째를 라쿠 대신 하기(萩)야키를 꼽기도 하지만 가라쓰의 위상엔 변화가 없다.

이쯤 오면 가라쓰야키는 비록 그 뿌리는 조선 도자에 있지만 더이상 조선 도자에 얽매이지 않았음을 알게 된다. 조선 도공의 후예들은 더이

| **일본의 다완** | 1. 이도(井戶) 2. 구로몬(黑) 3. 가라쓰(唐津)야키 4. 하기(萩)야키 5. 다카도리(高取)야키 6. 사쓰마(薩摩)야키

상 조선인이 아니었고 세대를 거듭하면서 일본인으로, 일본인의 정서와 수요, 욕구에 맞추어 가라쓰야키를 발전시켰다. 일본 속의 한국문화로 머물지 않고 일본문화로 발전·성장한 것이다.

가라쓰야키와는 별도로 조선 도공의 후예들은 각 지방마다 특색있는 도자기를 만들어냈다. 오이타의 다카토리야키, 구마모토의 아가노야키

(上野燒), 구마모토의 야쓰시로야키(八代燒), 야마구치의 하기야키(萩燒) 등은 일본 도자사에서 빠지지 않는 이름난 가마들로 지금도 그 전통을 이어가고 있다.

가라쓰시에서는 해마다 5월 1일부터 5일까지 가라쓰야키 축제가 열린다고 한다. 나는 우리 학생들에게 그 축제 기간에 맞추어 가라쓰를 밀도 있게 답사하고 그때는 가라쓰야키뿐 아니라 가라쓰모노로 불리는 인근의 다른 가마들도 두루 답사하는 도자사 연구 고급 답사를 꾸며보라고 권했다.

조선시대 지방 가마의 도공들

가라쓰야키의 이런 활력 넘치는 모습을 보면 나 자신부터 안타까움과 부끄러움이 일어난다. 일본은 우리 도자기 기술을 가져다 세계시장을 제패하고 도자기왕국으로 발전했는데 우리는 그 원조 격이면서 왜 그러지 못했는가에 대한 한탄이다.

혹자는 임진왜란 때 도공들이 다 일본으로 끌려가는 바람에 그렇게 되었다고 말하기도 한다. 그러나 여기에 끌려온 조선 도공들의 고향을 보면 공주·남원·김해·울산 등 삼남지방이지, 조선시대 관요(官窯)가 있던 경기도 광주에서 온 진짜 뛰어난 도공은 현재까지 한 명도 알려진 바 없다. 일본에 끌려온 이들은 조선시대 지방 가마의 도공들이었다.

그런데 조선시대 도자사에서 이들이 고국에 남겨놓았을 자취에 대해서는 거의 연구가 없다. 그들이 만들던 지방 가마터에 대한 조사도 이루어진 것이 없다. 이것은 뭔가 잘못된 것이 아닌가.

도자사 연구자들은 조선 도자는 일찍이 백자의 길로 들어서서 임진왜란 이전에 분청사기는 소멸했다고 말하고 있다. 그러나 가라쓰모노에서 보았듯이 그들은 여전히 분청사기의 기법을 갖고 있었다. 관요인 광주 가마는 그런지 몰라도 지방에선 여전히 자기가 아닌 도기로서, 또는 서민들의 막사발로서 분청사기는 유효했고 제작되었다는 증거가 여기에 있다.

그들은 우리의 분청사기를 미시마, 하케메, 고히키, 가타데(堅手) 등으로 더욱 변화·발전시켰다. 이렇게 섬세하게 분류해서 부를 수 있는 것은 그만큼 그 미감에 대한 이해가 깊었다는 얘기다.

그때나 지금이나 우리는 도자기에 대해 거의 무관심하다. 고려청자, 조선백자, 조선 분청사기가 뛰어나다는 주장만 했지 생활 속에서 그것을 즐기지 않고 있다. 그러나 조선 도자의 가치를 일본인들은 일찍이 알아챘고 그것을 생활 속에서 마냥 즐기고 있다. 우리는 고유기술을 갖고 있었지만 그것을 활용할 줄 몰랐고, 일본은 그 고유기술을 통째로 가져가 자신들의 위대한 도자기 문화를 만들어냈던 것이다. 반성할 대상은 우리 자신에 있다.

도자의 신, 조선 도공 이삼평

아리타로 가는 길 / 도산신사 / 도조의 언덕 / 도조 이삼평 비 /
이즈미야마의 자석장 / 석장신사의 고려신 / 덴구다니 가마터 /
이삼평의 묘소

아리타로 가는 길

이제 우리는 일본 자기의 고향 아리타(有田)로 떠난다. 가라쓰에서 가면 이마리를 거치지만 후쿠오카에서 곧장 아리타로 가자면 다케오(武雄)를 지나게 된다. 내 경우는 대개 가라쓰를 두루 답사한 다음에, 저녁 때 다케오로 와서 숙박하고 이튿날 아리타와 이마리를 답사한다. 다케오에서 아리타까지는 차로 불과 30분 거리이고, 아리타에서 이마리까지는 45분 거리이니 한 고장이라 할 수 있다.

답사 다니면 나는 회원들에게 이처럼 우리의 동선이 어떻게 되고, 지금 방향이 어디쯤인지를 알려주곤 한다. 그래야 무조건 따라다니는 것이 아니고 자신이 여행한다는 기분을 간직하게 되기 때문이다. 그리고 또 하나, 어느 지역을 가든지 나는 우선 그 동네 내력부터 이야기해준다. 국

| **구로카미산(흑발산)** | 아리타는 첩첩산중에 있다. 사가현의 현립자연공원인 구로카미산 남쪽 자락의 작은 마을이다. '흑발산'이라는 이름만 들어도 캄캄한 깊은 산중인 것을 알겠다.

내의 경우 『신증 동국여지승람(新增東國輿地勝覽)』과 각 시군의 향토지에는 그 고을의 건치 연혁과 마을 이름의 유래가 잘 나와 있다.

그런데 일본 답사에서는 내게 그런 자료가 없어 답답하기 짝이 없다. 요시노가리(吉野ヶ里)는 '좋은 들판의 마을', 가라쓰(唐津)는 '당나라로 가는 나루터', 나고야성(名古屋城)은 '긴키 나고야성을 본뜨면서 변형한 이름' 등 그 이름의 내력을 알아야 답사가 풀린다. 그런데 어떤 자료를 보아도 아리타가 왜 아리타라는 이름을 갖게 되었는지 알려주는 책이 없다. 그럴 때면 현장에 당도하여 내 나름대로 해석해보곤 한다.

아리타는 첩첩산중에 있다. 사가현의 현립자연공원인 구로카미산(黑髮山), 우리말로는 흑발산 남쪽 자락의 작은 마을이다. 이름만 들어도 캄캄한 깊은 산중인 것을 알겠다. 이삼평이 이즈미야마(泉山)에서 백토 광산을 발견하여 마침내 자기의 세계를 열기 전에는 지도에 이름조차 나오지 않는 오지 중 오지였다고 한다.

그런데 여기를 아리타, '유전(有田)'이라고 했다. 유전은 '밭이 있다'는 뜻이다. 밭이 많은 평지엔 아리타라는 동네 이름이 있을 수 없다. 그렇다면 혹 이런 것은 아닐까? 산중에 제법 넓은 밭이 있는 곳, 그런 뜻일 게다. 맞든 안 맞든 아리타는 그런 심심산골 속 제법 넓은 분지에 자리잡고 있는 작은 고을이다.

요점정리, 아리타야키

학생들과 아리타를 답사할 때 언제나 그렇듯 버스 안에서 혜산 윤용이 선생의 강의가 있었다. 거리가 짧아 핵심만 간단히 이야기하겠다고 했는데 혜산 선생의 그 간결하면서도 핵심사항만 집어주는 강의는 마치 중고등학교 참고서의 '요점정리'처럼 머리에 쏙 들어온다. 그런 교육자적 친절성이 있다. 그러나 나중에 저절로 알게 되겠지만 혜산 선생의 강의는 결코 짧게 끝날 리가 없다.

"자! 이번 답사는 아리타입니다. 아리타는 잘 알려져 있듯이 일본 자기의 출발점입니다. 자기의 시조로 추앙받는 이삼평(李參平, ?~1655)은 정유재란 때 이곳 번주인 나베시마 나오시게에게 끌려왔습니다. 그는 금강(金江) 출신이라고 했는데 계룡산 전투 때 붙잡힌 것으로 생각됩니다. 실제로 초기 가마의 도편은 계룡산 가마와 비슷합니다.

이삼평은 아리타에 와서 도자기 가마의 책임자로 임명받고 가나가에 산페이(金ヶ江三兵衛)라는 일본 이름을 얻었습니다. 그는 자기 생산에 적합한 흙을 찾아 나베시마 번주의 영지 일대를 조사하다가 마침내 1616년 아리타 동쪽 이즈미야마에서 양질의 고령토(백토) 광산을 발견

했습니다. 굉장히 큰 광산이고 현재는 일본의 국가사적으로 지정되어 있습니다. 여기에 꼭 가야 합니다.

이삼평은 광산 건너편 시라카와(白川) 계곡가에 '덴구다니(天狗谷) 가마'를 열어 일본 최초의 백자를 생산해냈습니다. 우리는 여기도 갈 겁니다.

아리타에는 이삼평이 가마를 연 지 300주년이 되던 1917년에 이삼평을 기리는 비가 세워졌습니다. 그리고 이곳 도산신사에 모셔졌습니다. 여기도 갑니다.

이삼평의 묘소는 오랜 세월 잊혔지만, 1959년 그가 일하던 덴구다니 가마 부근에서 묘석의 아랫부분이 발견되어 가까이 있는 시라카와 공동묘지에 옮겨졌습니다. 여기도 모두 답사합니다.

이렇게 이삼평과 관계된 다섯 곳을 모두 답사하게 될 것입니다."

이 대목에서 내 곁에 앉아 혜산 선생의 이야기를 열심히 받아쓰던 송양은 혜산 선생의 강의가 끝난 줄 알고 밑줄을 치면서 일련번호를 매기고 있었다. 1. 이삼평 기념비, 2. 덴구다니 가마, 3. 이즈미 백토 광산, 4. 도산신사, 5. 이삼평 묘소. 그러나 혜산 선생의 강의는 끝난 것이 아니었다. 잠시 멈추더니 일사천리로 또 이야기를 이어갔다.

"그리고 우리는 규슈 도자문화관으로 가게 됩니다. 여기는 꼭 들러야 합니다. 그래야 이삼평 이후 아리타야키들이 어떻게 발전했는지를 실물과 함께 확인할 수 있습니다.

아리타 백자에서 아주 중요한 가마 두 군데를 눈여겨보아야 합니다. 하나는 가키에몬(柿右衛門)입니다. 백자에 채색으로 무늬와 그림을 그려 넣은 것인데 감(柿) 빛깔이 난다고 해서 붙은 이름입니다. 아주 깔끔하고 한눈에 최고급 도자기인 것을 알 수 있습니다. 가키에몬은 천황가를

| 가키에몬, 나베시마, 이마리야키 | 1. 색회화조문팔각발 2. 색회화조문육각호 3. 청화보배문호 4. 색회등나무문접시

위해서 만든 명예로운 백자였습니다.

　가키에몬 본가를 답사할 겁니다. 지금도 14대째 내려오고 있는데 요즘 만든 것도 아주 훌륭하고 매우 비쌉니다. 우린 못 삽니다. 우리가 살 곳은 따로 있습니다.

　그리고 두번째는 나베시마(鍋島) 자기입니다. 이것은 나베시마 영주를 위해 연 가마였습니다. 번주를 위한 관요인 셈이죠. 나베시마 백자는 코발트 안료로 그린 기하학적 무늬가 일본 도자의 특징을 잘 보여줍니다. 나베시마 본가는 이마리에 있지만 규슈 도자문화관엔 옛 나베시마 도자기들이 아주 잘 전시되어 있습니다.

규슈 도자문화관에 가서 또 하나 중요한 것은 여러분들은 책도 사고 자료도 챙겨야 한다는 겁니다. 딴 데선 못 구하는 책이 많습니다. 찻집도 있습니다마는 차를 마실 시간은 없겠습니다."

송양은 또 밑줄을 긋고 있다. 1. 가키에몬: 천황가를 위한 자기, 2. 나베시마: 영주의 관요. 그러면서 공책을 덮으려고 하는데 혜산 선생은 "그리고…" 하고 또 말을 이어가는 것이었다.

"그리고 또 하나 아주 중요한 것이 있습니다. 그것은 이마리야키라고 불린 수출 도자입니다. 1650년대로 들어서면 아리타야키는 이마리항을 통해 유럽에 대량 수출됩니다. 네덜란드 동인도회사는 본래 중국 경덕진(景德鎭) 도자기를 유럽에 수출해왔는데 17세기 중반 중국이 명청(明淸) 교체기의 전란으로 입항조차 금지하자 경덕진 도자기를 공급할 수 없게 됩니다. 이때 나가사키에 있던 네덜란드 동인도회사 상인들은 일본의 아리타야키를 주문해서 유럽에 팔았는데 이게 크게 성공했습니다.

일본의 최초 자기 수출은 이렇게 이루어졌습니다. 유럽에 대량 수출된 아리타야키는 유럽 전역으로 퍼져나갔고, 일본 자기는 세계적인 명성을 얻게 되었습니다. 1659년에만 5만여점의 아리타야키가 수출되었습니다. 터키의 토프카프(Topkapı) 궁에만 2천점이 소장되어 있습니다. 첫 수출 뒤 70년 동안 약 700만개의 아리타야키가 이마리 항구를 통해 세계 각지로 팔려나갔다고 합니다. 이때부터 아리타야키는 이마리야키라고 불렸습니다.

이런 사정으로 이마리야키는 일본풍도 조선풍도 아닌 중국풍, 그것도 유럽식 중국풍을 띠고 있습니다. 그런데 이 수출 자기인 이마리야키가 일본 내에 전하는 경우는 드물었습니다. 우리나라 자동차 중 수출용 자동차를 국내에서 볼 수 없는 것과 마찬가지죠.

근래에 들어와 일본의 박물관들은 유럽에서 이 이마리야키들을 역수입해왔습니다. 17세기에 팔 때는 '그릇 값'이었으나 이제는 300년도 더 된 '고미술품 값'을 줘야 사올 수 있게 되었으니 그 값의 차이는 몇백배도 되고 몇천배도 됩니다. 그렇게 다시 사들인 이마리야키를 고(古)이마리야키라고 하는데 규슈 도자문화관에 많이 전시되어 있습니다. 이걸 꼭 눈여겨봐두어야 합니다."

송양은 또 밑줄을 치면서 메모를 했다. "이마리야키: 수출 도자." 그러고 나서 혜산 선생이 또 "그리고…" 하고 이야기를 이어가자 받아쓸 준비를 하고 있는데 이번엔 받아쓸 내용이 아니었다.

"그리고 우리는 점심을 먹으러 갈 겁니다. 식사 후에는 아리타 도자기 판매장으로 가서 요즘 아리타에서 만든 예쁜 도자기를 형편대로 맘에 드는 대로 한두 개씩은 꼭 사가십시오. 생활도자기가 아주 다양합니다. 일본인들 생활 속의 도자기문화가 무엇인지 알 수 있습니다. 이런 기회가 그리 많지 않을 겁니다."

송양은 받아쓴 김에 확실히 메모를 했다. "아리타 도자 판매장: 현대 생활도자." 혜산 선생의 '요점 아리타' 강의가 이렇게 간단히 끝나고 나니 아리타까지는 아직 시간이 한참 남았다.

나는 여독(旅毒)에 엄습해오는 졸음을 억지로 참고 창밖을 열심히 바라보았다. 나는 여행 중 버스에서 잠자는 사람을 이해할 수 없다. 여행은 풍광을 보는 것이 기본이고 목적지 못지않게 중요한 것이 가는 과정인데 차 안에서 잘 수는 없는 노릇이다.

차창 밖으론 넓은 들판에 마을들이 점점이 펼쳐지던 풍광이 사라지고 우리 버스는 사뭇 가파른 산을 비집으면서 산 넘고 산 넘어 달리고 있었다. 학생들은 모두 침묵 속에서 차창 밖의 낯선 풍경을 바라보며 밭이 있기 힘든 산골이어서 역설적으로 '유전'이라는 이름을 얻었을 것이라는 나의 추측에 동의를 보내는 것 같았다.

아리타의 도산신사

우리는 아리타 답사의 출발점을 이삼평을 신으로 모시고 있는 도산신사(陶山神社)로 삼았다. 도산신사는 훈독하여 '스에야마진자'라고도 하고 음독하여 '도잔 진자'라고 하지만 여기서는 우리말로 표기하기로 한다. 도산신사는 아리타 중심부에 있는 이 고을의 상징이다. 아리타는 행정구역상 사가현의 서쪽 끝인 니시마쓰우라군(西松浦郡) 아리타정(有田町)으로, 동쪽은 다케오, 서북쪽은 이마리, 서남쪽은 나가사키와 붙어 있다. 우리로 치면 읍 정도 크기의 작은 고을로 인구는 약 2만명이다. 구로카미산(흑발산)에서 내려온 계류가 작은 내를 이루어 이마리로 흘러가는 아리타 천변의 낮은 지대를 따라 집들이 빼곡히 들어앉은 산중 마을이다. 도저히 마을이 형성되기 쉽지 않은 지형이다.

높은 언덕바지에서 마을을 내려다보면 집들이 낮게낮게 내려앉아 있다. 현대식 고층건물이나 아파트는 보이지 않고 높은 건물이라곤 3층짜리 서너 채뿐 모두 1층이나 2층 목조건물들이 다닥다닥 붙어 있어 400년 연륜의 옛 고을 향기가 그윽이 풍겨온다.

| **도산신사 입구** | 아리타의 도산신사는 350여년의 연륜이 있는 고색창연한 신사다. 사라야마라는 산 중턱에 있어 진입로가 두 개의 가파른 돌계단으로 되어 있다.

우리의 버스가 좁게 난 마을길을 헤집고 돌고 돌아 널찍한 주차장에 당도하니 높은 축대 위로 뻗은 철길이 앞을 가로막고 있다. 축대 앞에서는 도산신사라 쓴 돌기둥이 우리를 맞아준다. 높은 계단을 올라 안내원도 없는 철길을 건너자니 옛날 시골 생각이 절로 난다. 철길을 넘자마자 광장 멀리로 도산신사의 도리이가 우리를 높은 계단으로 유도한다. 한국인에게 신사 건물은 익숙지 않아 뭐가 뭔지 눈에 잘 들어오지 않는다. 나는 학생들에게 신사의 기본구조를 설명해주었다.

"신사의 주 건물은 본전(本殿)입니다. 본전은 신전(神殿)이라고도 합니다. 여기는 신령을 모시는 곳으로 보통 신관(神官)만 들어갈 수 있습니다. 그리고 신사의 규모에 따라 부속건물이 배치되는데 기도하는 공간인 배전(拜殿), 의식무를 추는 신락전(神樂殿), 신사의 관리실인 사무소 등

| 도산신사 | 도산신사는 1658년 8월에 세워진 오래된 신사이다. 사가번의 초대 번주인 나베시마 나오시게와 도조 이삼평을 기존의 오진 왕과 함께 모시면서 신사의 이름이 도산신사가 되었다.

이 있습니다.

　아울러 신사의 본전에 이르는 길에는 반드시 도리이, 고마이누(狛犬), 도로(燈籠), 데미즈야(手水屋, 초즈야라고도 한다)가 있습니다. 도리이는 신성한 영역을 표시하는 출입문으로 요시노가리에서도 많이 보았죠. 우리나라 홍살문과 비슷합니다. 고마이누는 수호상으로 당사자(唐獅子)처럼 생겼는데 한자로 고려견(高麗犬)이라고 쓰기도 하여 고구려에서 영향받았다는 설도 있습니다. 도로는 봉헌(奉獻)으로 세워진 석등 또는 청동등을 말하며, 데미즈야는 경배하기 전 손과 입을 씻는 세면대입니다. 그런데 아리타 도산신사는 이 모두를 청화백자로 만들어 도자기 고을임을 자랑하고 있습니다."

　나의 설명이 끝나자 학생들은 이제 신사의 모습이 한눈에 파악되기라도 한 듯 앞을 다투어 본전으로 향한다. 개념의 힘이란 이렇게 강력한 효과를 갖는다.

아리타의 도산신사는 350여년의 연륜이 있는 고색창연한 신사다. 사라야마(皿山)라는 산 중턱에 있어 진입로에 두 개의 가파른 돌계단이 연이어져 있다. 도산신사라 쓴 돌기둥을 문패 삼아 40여 계단을 올라가면 돌로 만든 도리이가 앞에 나타나고 양옆으로는 돌기둥과 석등이 도열해 있다. 다시 두번째 돌계단 앞에 서면 더욱 가파른 계단이 나오고 계단 끝에는 높이 3.65미터의 도자기 도리이가 화려한 자태를 뽐내고 있다.

안내판을 보니 1888년 10월, 히에코바(稗古場) 마을의 유지들이 기증한 것이라고 한다. 19세기 말이라면 일본의 도자기산업이 정점에 달해 우리나라에서도 왜사기라는 이름으로 도자시장을 석권해갈 때이니 이런 장대한 도자기 도리이를 세울 수 있었으리라. 매끄러운 백자 바탕에 남청색 잿물로 그린 문양이 아름다운 이 도자기 도리이는 세운 지 68년 만인 1956년 태풍으로 무너졌는데 4년 후에 원래 모습으로 복구했다고 했다.

도산신사는 1658년 8월에 세워진 오래된 신사이다. 원래는 아리타에 마을이 형성되면서 신사를 짓자 인근인 이마리의 가미노하라(神之原) 하치만궁(八幡宮)에서 주제신인 오진(應神) 왕의 영(靈)을 옮겨 신사를 세우고 아리타 사라야마 소뵤 하치만궁(有田 皿山 宗廟 八幡宮)이라 했다.

그러다 1917년 이 지역의 유지인 후카가와 로쿠스케(深川六助)가 아리타 요업 300주년을 맞이하면서 이삼평을 도조(陶祖)로 추앙하고, 신사에는 사가번의 초대 번주로 아리타의 도자산업 육성에 결정적 공헌을 한 나베시마 나오시게와 도조 이삼평을 오진 왕과 함께 모실 것을 제안하여 주민들의 동의를 얻어낸 것이다. 이때 신사의 이름도 도산신사로 바뀌었다. 그리고 도산신사 위쪽 능선 자락에는 '도조 이삼평 비'를 세웠다.

| **후카가와 동상** | 도산신사 경내에는 몇개의 기념비와 현창비가 있는데 이삼평을 도조로 추앙하는 것을 추진했던 후카가와 로쿠스케의 동상도 있다. 동상 뒤쪽 도판에 마쓰오 바쇼의 하이쿠가 새겨져 있다.

바쇼의 하이쿠 「달맞이 언덕」

경내에는 몇개의 기념비와 현창비(顯彰碑)가 있는데 그중에는 이삼평을 도조로 추앙하는 것을 추진했던 후카가와의 동상도 있기에 잠시 발길을 그 앞에 멈추었다. 동상 뒤쪽 벽에는 도판에 하이쿠(俳句)가 새겨져 있어 가까이 가보았더니 뜻밖에도 마쓰오 바쇼(松尾芭蕉, 1644~94)의 하이쿠였다.

구름 따라서
사람을 쉬게 하는
달맞이런가
雲折々人を休める月見かな

이 작품은 1685년 바쇼가 42세 되던 해 가을에 지은 것으로 이 하이쿠
비는 1772년에 건립되었다는 설명이 붙어 있었다. 세상에! 그 유명한 바
쇼의 하이쿠를 여기서 보게 될 줄이야. 스스로 놀라 소리내어 한번 읊어
보니 곁에 있던 학생이 무슨 뜻이냐고 물어온다. 바쇼라고 아느냐고 했
더니 모른다고 한다. 하이쿠라는 것을 아느냐고 물으니 들어보긴 했지만
정확히는 모른다고 했다. 조금은 안타까웠다.

그러나 가만히 생각해보니 교토대 미술사학과 학생에게 김삿갓을 아
느냐, 시조를 아느냐고 물으면 아마도 똑같이 모른다고 대답했을 성싶
다. 서로가 서로의 문화에 대해 관심이 있을 때 진정한 교류가 이루어지
는 것인데.

나는 걸으면서 내가 알고 있는 바쇼의 하이쿠에 대해 설명해주었다.

"마쓰오 바쇼는 17세기 일본 도쿠가와 막부 초기의 유명한 방랑시인
이야. 300여 년 전 인물이지만 대중적인 인기가 여전해서 일본에서 작가
를 두고 인기투표를 하면 지금도 10위 안에는 꼭 든다고 해. 이분의 행적
을 따라가는 '오쿠로 가는 길(奧の細道)'은 스페인의 산티아고 가는 길처
럼 열어놓고 있대요. 우리 과 박사과정의 김필규 큰형이 거길 갔다가 너
무 길어서 중도에 왔다잖아.

그리고 하이쿠는 일본 특유의 정형시야. 우리나라 시조는 3·4·3·4 /
3·4·4·4로 이어지는 3행 시이지. 중국은 절구(絶句)가 4행, 율시(律詩)가
8행이잖아. 일본의 하이쿠는 5·7·5의 3구 17자로 된 단시(短詩)야. 아주
짧지. 그리고 그 속엔 반드시 특정한 달(月)이나 계절을 상징하는 단어,
이른바 계어(季語, 기고)가 꼭 들어가야 한대.

그래서 대단히 상징성이 뛰어나고 절제가 심해. 어떤 하이쿠는 마치
날카로운 무언가로 가슴을 찌르는 듯한 짜릿함이 있고, 어떤 하이쿠는

대선사의 한 말씀 같은 선미(禪味)가 있지. 일본의 하이쿠 형식은 바쇼에 이르러 완성되었고 또 전성기를 맞았다고 해. 내가 기억하는 건 딱 하나 있어. '오래된 연못이여. 개구리 뛰어드는, 물소리 퐁당.' 어때?"

도조의 언덕

도산신사에서 우리는 오래 머물지 않았다. 오래 있을 이유도 없었고 또 '도조 이삼평 비'를 보기 위해 산으로 올라가야 하기 때문에 지체할 시간도 없었다. 도산신사에서 왼쪽으로 난 오솔길을 따라가면 아래쪽에서 올라오는 넓은 길과 만나게 된다. 거기서 300미터 위쪽, 걸어서 5분 거리다.

머리핀처럼 휘어진 언덕자락을 돌아서니 비탈진 돌길 저 위쪽으로 오벨리스크 모양의 '도조 이삼평 비'가 거룩하게 하늘을 향해 솟아 있다. 여기를 '도조의 언덕〔陶祖坂〕'이라 부른다. 도조비로 들어가는 진입로가 제법 길지만 멀찍이서 보아도 '도조 이삼평 비'라는 글자가 뚜렷하다. 내가 15년 전에 처음 이곳에 왔을 때는 고즈넉한 인간적 분위기가 있었는데 진입로가 새로 정비되어 반듯한 돌이 층지게 길쭉이 깔리는 바람에 무슨 위령탑이나 현충원에 온 것 같은 관공서적인 분위기로 바뀌었다.

그래도 변함없는 것은 '도조의 언덕'에서 내려다보는 아리타 고을의 아련한 모습이다. 높은 산에 둘러싸인 채 옴팍한 마을을 형성하고 낮은 지붕들이 이마를 맞대듯 이어져가는 모습은 이 심심산골 아리타만이 보여주는 표정이다. 어찌 보면 아늑하고 어찌 보면 단아하다. 그 풍광이 좋아서인지 이곳 사람들은 여기를 아리타 산책로라 부른다.

돌계단길 한쪽으로는 빗돌이 서 있다. 그중 하나에는 1918년에 이곳 군수가 지은 도산(陶山)이라는 제목의 5언 절구를 유려한 일본풍의 행서

| **'도조의 언덕'에서 내려다보는 아리타** | 아리타는 원래 심심산골로 높은 산에 둘러싸인 채 옴팍한 마을을 형성하여 낮은 지붕들이 이마를 맞대듯 이어져 있다.

체로 새겨놓았는데 그 시상(詩想)이 지금 우리가 보고 있는 마음 그대로를 전해준다.

눈 아래 가옥들은 즐비하게 늘어 있고	眼底家如櫛
가마의 연기는 발아래 일어나네	窯煙起脚間
솔바람이 그것을 떨어뜨리듯이	松風自落事
도조 이삼평은 도산에 눌러 계시네	李祖鎭陶山

도조 이삼평 비

'도조 이삼평 비'는 1917년 아리타 자기 창성 300년을 기념하여 도산 신사에 신위를 모실 때 함께 세운 것이다. 그리고 그때부터 매년 4월 말

에서 5월 초 5일간 '아리타 도자기시장(有田陶器市)'이 열리며 5월 4일
에는 도조제(陶祖祭)를 지내고 있다. 일본 자기의 세계를 연 조선 도공
이삼평에 대한 고마움을 아리타 사람들이 그렇게 기리고 있는 것이다.

이 대목을 좀더 자세히 알아보니, 1913년 히젠 도업계에서 이삼평의
일본 이름인 가나가에 산페이 대신에 본명을 되찾아 도조 이삼평이라
부르기로 하고, 신사에 봉안된 이름도 이삼평으로 하기로 결정했다는 것
이다. 당시 일본에서는 대단히 파격적인 일이었다. 1910년대는 일제강
점기 초기로 무단통치를 하면서 조선을 어떻게든 깎아내리려던 시절인
데 이곳 아리타에선 반대로 이삼평이라는 조선 이름을 되찾아 사용했으
니 말이다.

2005년 7월 '이삼평공(公) 현장위원회'에서 새로 청화백자 도판에 일
본어, 한국어, 영어로 쓴 비문의 마지막은 이렇다.

이삼평은 우리 아리타의 도조임은 물론, 일본 요업계의 큰 은인이
다. 현재 도자업에 종사하는 모든 사람들은 그 은혜를 입고 있어 그 위
업을 기리어 여기에 모신다.

그런데 이 비문은 좀 문제가 있다. 그 첫머리를 보면 이삼평의 생애가
이렇게 쓰여 있다.

이삼평공은 조선 충청도 금강 출신으로 전해지며 1592년 도요토미
히데요시가 조선을 침략했을 때 나베시마 군에 붙잡혀 길안내 등의
협력을 명령받은 것으로 추정된다. 이삼평공은 사가번의 시조인 나베
시마 나오시게가 귀국할 때 일본으로 데리고 왔다. 그후 귀화하여 출
신지의 이름을 따서 그 성을 가나가에라고 지었다.

| 도조 이삼평 비 | 비탈진 돌길 위쪽으로 오벨리스크 모양의 '도조 이삼평 비'가 거룩하게 하늘을 향해 솟아 있다. 여기를 '도조의 언덕'이라 부른다.

이 문장은 나를 참으로 화나게 만든다. '…추정된다'는 얘기를 비문에 이처럼 써서는 안 된다. 만약에 일본에 부역했다는 것까지 고마워서 기록했다면 그건 인간에 대한 예의가 아니다. 이 기념비문이 아니었으면 나는 이 '추정되는 사실'을 덮고 지나려고 했다. 그러나 이렇게 공론화되었으니 이에 대해 말하지 않을 수 없다.

이삼평의 일생

이삼평의 일생에 대해 알려진 것은 별로 많지 않다. 이삼평에 관한 가장 오래된 기록으로는 그가 세상을 떠나기 2년 전인 1653년경의 『가나가에(金ヶ江) 구기(舊記)』가 있다. 이는 이삼평 자신이 다쿠(多久) 가문에 올린 기록으로 요약하면 다음과 같다.

이삼평은 정유재란(1597) 당시 가토 기요마사 휘하로 전쟁에 참여했던 히젠국 사가번의 번주 나베시마 나오시게에게 끌려 이곳에 왔다. 일본으로 끌려온 이삼평은 나베시마의 사위이자 가신인 다쿠 야스토시(多久安順)에게 맡겨졌다. 그는 금강도(金江島) 출신이었기 때문에 가나가에 산페이라는 일본 이름을 얻고 다쿠 야스토시 밑에서 도자기를 만들면서 18년을 지냈다.

그는 양질의 백토를 구하기 위해 나베시마 영내 각지를 돌아다녔는데 마침내 1616년경 아리타 이즈미야마에서 최상급의 원료가 되는 백토광을 발견하자 일족 18명을 데리고 가미시라카와(上白川) 텐구다니로 옮겨 백자를 만들어냈다.

이것이 이삼평의 가감 없는 약전(略傳)이다. 그런데 그가 임진왜란 때 부역했다는 얘기는 다쿠 집안에서 나온 『다쿠 구기(舊記)』의 「가나가에 산페이 유서지사(由緖之事)」에 근거하고 있다. 이 글은 나카시마 고키(中島浩氣)의 『히젠 도자사고(肥前陶磁史考)』에도 실려 있는데 그 내용은 기념비와 유사하게 '이삼평이 왜군에 적극 협조한 탓에 나중에 보복당할 것을 두려워하여 일본에 가기를 원했다'는 것이다.

이 부분은 사실일 수도 있지만 납치해온 사실을 정당화하기 위한 그 집안의 기록일 수도 있다. 공식문서가 아니라 남의 집안의 가전문서이다. 그들로서는 이렇게 거물로 성장해버린 이삼평의 도래에 합당한 명분이 필요했을 수도 있다. 한마디로 액면 그대로 받아들일 수 없는 사료인 것이다.

이삼평의 출생지는 충남 공주로 추정되어 1990년 10월 6일에는 공주시 반포면 온천리 산 33-1번지에 한일합동기념비가 세워졌다. 그가 금강 출신인데다 아리타 지역의 초기 도편들이 공주 계룡산 가마와 같다는 점이 근거로 제시되었다.

그러나 아직도 이론(異論)이 있어서 김해 설과 남원 설도 계속 거론된다. 이삼평의 출신지라는 것이 공주의 금강(錦江)과 달리 금강도(金江島)라 했고 또 나베시마 영주는 정유재란 때 경상도를 거쳐 전라도까지만 왔기 때문에 여전히 의문이 남는다.

이삼평 이후 아리타

'도조 이삼평 비'에서는 아리타 시내가 한눈에 들어온다. 검은빛을 발하는 지붕들이 골짜기 속까지 빈틈없이 꽉 들어차 있고 이따금 사세보선(佐世保線) 기차가 긴 기적소리를 내며 시내를 가로질러 달린다. 이름 없는 산골이 이런 산업도시가 된 것은 모두 이삼평 덕이었다. 이삼평의 백토 광산 발견 이후 아리타야키의 상황은 도산신사의 안내문 「아리타야키의 도조의 신─도산신사」에 다음과 같이 쓰여 있다.

(백토 광산 발견) 이후, 1635년엔 노보리 가마 13기, 가마 인원 150호. 1647년엔 가키에몬의 아카에(赤繪) 창시, 1650년 처음으로 일본 도자기 145개가 나가사키에서 해외로 수출되었다. 이어서 1659년 네덜란드 상관(商館)이 무카(al-Mukhā, 아라비아의 항구도시)로 가기 위한 도자기 56,700개의 소성(燒成)을 계약했다. 소성에 성공한 이후 약 40년간에 기술이 향상된 것은 아리타야키의 체계를 만든 이삼평공을 우두머리로 하는 도공집단의 끊임없는 노력이었다.

(…) 1655년 8월 11일 이삼평공이 돌아가시고 당 신사는 약 3년 뒤에 창건되어 공과 깊은 관계가 있다. 공은 '가나가에'라는 성을 하사받고 히젠번으로부터 두터운 비호를 받았다. 도공들의 수장으로서 자기

발전의 공로자로서 중심적인 존재였던 공을 사모하고 애도하며 그 영혼에 제사지내는 것이다.

비문에, 그것도 공덕을 기리는 비문에 쓰려면 이렇게 써야 마땅한 것이다. 이후 아리타야키 가마는 1672년엔 180개소로 대성황을 이루게 되었고 지금도 그 이상을 유지하고 있다.

내가 '도조 이삼평 비'를 답사했을 때는 항상 이슬비가 뿌렸고 나와 답사객 이외에는 아무도 없어 대단히 쓸쓸하기만 했다. 그래서 절로 당신의 영혼을 위로하는 마음이 일어났다. 그런데 지난봄 회원들과 갔을 때는 날도 화창했고 화사한 사쿠라가 만발하여 축제 분위기가 가득했다.

산에서 내려와 늦게 처진 사람을 기다리느라 주차장에서 다시 이삼평 비를 바라보니 저 높은 산꼭대기에 우뚝하기만 하다. 곁에 있던 나이드신 회원이 내 곁에 와 말을 걸었다.

"우리가 저 산꼭대기까지 갔다 왔단 말인가요. 그래서 먼저 도산신사를 들렀군요. 처음부터 저 높은 데까지 간다고 했으면 난 안 갔을 겁니다. 그런데 왜 거기까지 가서 다같이 묵념이라도 올리지 않았어요?"

정말 부끄러웠다. 인솔자이면서 소풍 나온 기분으로만 다녀왔다는 것이.

이즈미야마의 자석장

우리는 다음 행선지인 이즈미야마의 자석장(磁石場)으로 향했다. 아리타 마을 외곽이지만 차로 10분도 걸리지 않는 가까운 거리다.

주차장에 당도하여 버스에서 내리면 앞이 훤히 트여 있는데 오른쪽으

| **선인 도공의 비** | 아리타야키 창업 350년을 맞아 아리타 자기의 발전을 위해 수고한 도공 선조들을 기리며 설치한 기념물로 노보리 가마 형태를 하고 있다. 한가운데 '도공지비(陶工之碑)'라 새긴 도판을 끼워넣었다.

로는 '이삼평 발견 자광지〔李參平發見之磁鑛地〕'라고 쓰인 기다란 기념비가 있고 왼쪽으로는 '선인 도공의 비(先人陶工の碑)'라는 옆으로 긴 벽돌 설치물이 보인다.

이 설치작품은 아리타 자기의 흥륭과 발전을 위해 수고한 도공 선조들을 기리며 아리타야키 창업 350년을 맞아 설치한 것으로 노보리 가마 형태를 본 떠 불구멍 내듯 사이사이에 구멍을 뚫고 그 한가운데 '도공지비(陶工之碑)'라 새긴 도판을 끼워넣은 것이다. 의미도 있고 유적환경과도 잘 어울리니 진정성있는 기념 설치물이라는 좋은 인상을 준다.

나는 제각기 도공의 비 앞으로 가려는 회원들을 가로막고 한자리에 모이게 했다.

"다 오셨나요? 제가 무슨 해설을 하려는 것이 아니라 이제 나타날 엄

청난 광경을 모두 드라마틱하게 느낄 수 있도록 모이라고 한 것입니다. 자, 앞으로 가시지요."

그리고 몇발자국 앞으로 나아가자 이내 모두들 탄성을 지른다. 홀연히 온 산이 무너져 꺼져버린 방대한 구덩이가 나타나는 것이다. 세상에 이렇게 큰 웅덩이가 있을까 싶다. 나무는 고사하고 풀 한 포기 없는 고동빛 땅이 거대한 자배기 모양으로 움푹 파여 있다. 산 하나를 다 파먹고 그것도 모자라 거꾸로 둥근 산 하나를 파들어간 것이다.

제주 다랑쉬오름에 올랐을 때 뻥 뚫린 굼부리나 단양 성신양회의 깊고 깊은 석회 광산도 이런 모양이었고, 그레고리 펙과 오마 샤리프 주연의 「맥켄나의 황금」(Mackenna's gold)을 촬영한 자이언 캐니언(Zion Canyon)도 가보았지만, 이 이즈미야마 자석장처럼 장대하지는 않았다.

'400년에 걸쳐 하나의 산을 도자기로 변화시켰다'는 말이 실감난다.

이런 감동은 시로 읊는 것이 제격이겠다. 그것도 하이쿠가 좋겠다. 이렇게 가슴을 울릴 수 있는 시심이 내게 있으면 얼마나 좋으랴. 그러나 하이쿠로 이 자석장을 읊기는 어려울 것 같다. 계어가 꼭 들어가기로 약속되어 있으니까. 계어 대신 '문화유산 하이쿠'라는 것이 있어 반드시 문화유산을 넣고 5·7·5로 노래하라면 나도 한 수 읊을 수 있을 것 같다.

온 산이 모두
백자로 환생했네,
천산 자석장

이삼평이 발견한 후 이 자석광은 사가번에서 파견한 관리인 대관(代官)에 의해 엄격하게 관리되었다고 한다. 최고로 좋은 자석은 가키에몬과 나베시마 번요가 사용하고, 그외의 자석을 내산(內山)·외산(外山)의 가마들이 구입해갔는데 자석 등급의 구분이 엄격했다. 지금도 한쪽에선 여전히 채석이 이루어지고 있는 듯, 우리가 갔을 때는 굴삭기 한 대가 열심히 움직이고 있었다.

일본 자기의 영광과 승리를 가져다준 이즈미야마 자석장은 1980년에 일본의 국가사적으로 지정되었다.

석장신사의 고려신

이즈미야마 자석장으로 바로 곁 산모롱이에는 석장신사(石場神社, 이시바진자)가 있다. 자석장에서 오른쪽 산자락을 돌아 나무데크로 정비된 탐방로를 따라가면 바로 나온다.

| **석장신사 입구** | 석장신사는 이름만으로도 짐작 가듯 자석장이 발견된 후에 도공과 광산 석공이 세운 마을 신사다. 도산신사에 비하면 아주 작지만 그 의의는 자못 크다.

석장신사는 아주 작은 신사다. '석장'이라는 이름을 보아도 짐작가듯 자석장이 발견된 후에 도공과 광산 석공이 세운 마을 신사다. 도산신사에 비하면 10분의 1도 안 된다. 그래도 여기를 들르지 않는다면 한국인으로서 도리가 아니다. 더욱이 '일본 속의 한국문화'라는 글을 쓰는 사람이 아니다.

본래 이 석장신사는 옆으로 돌아가기보다 정식으로 정문에서 들어가는 것이 제대로 된 답사 코스라 할 것이다. 길가로 나 있는 정문에서 보면 멀리 높직한 붉은색 도리이가 신사로 이르는 길을 유도한다. 가파른 돌계단 위로 작지만 단아한 신사 건물이 한눈에 들어오는 조용한 시골 신사의 한적한 분위기가 있다. 일본인들이 즐겨 말하는 적요(寂寥)의 미, 와비(佗)와 사비(寂)가 있다.

돌계단을 올라서면 본전 왼쪽으로 작은 목조건물에 모셔진 이삼평 조

| 이삼평 조각상 | 석장신사 본전 왼쪽으로 작은 목조건물에 이삼평 조각상이 모셔져 있다. 얼굴의 인상에서는 굳센 도공의 풍모가 있다. 힘겹게 살았음에도 인생을 달관한 분만이 보여줄 수 있는 넉넉한 이미지가 풍겨온다.

각상이 바로 보인다. 이 도예 조각상은 제법인 솜씨다. 얼굴의 인상에서는 굳센 도공의 풍모가 드러나고, 편안히 앉아 있는 자태에서는 넉넉한 인간미가 느껴진다. 힘겹게 살았음에도 인생을 달관한 분만이 보여줄 수 있는 인자한 이미지가 풍겨온다. 말쑥한 한복 차림을 백자로 제작했기 때문에 품위가 있다. 그러면서도 거룩함이 아니라 친근함으로 다가온다. 절로 인사를 드리고 싶어진다.

신사의 본전 오른쪽으로는 자석장으로 가는 오솔길이 나 있다. 그 탐방로 초입에 계란 모양의 큼직한 자연석이 무슨 빗돌인 양 놓여 있다. 그것은 비석이 아니라 이른바 석신(石神)이라고 해서 그 자체가 신상(神像)이다. 돌 한가운데에 반듯하게 다듬고 새긴 글씨가 무슨 신상인지를 알려준다. 세월의 풍상 속에 글씨가 닳고 닳아 희미하지만 자세히 보면 음각으로 새겨진 세 글자가 분명하게 읽힌다.

| **석장신사의 고려신** | 자석장으로 가는 오솔길 초입에 계란 모양의 큼직한 자연석에 '高麗神(고려신)'이라는 글씨가 새겨져 있다. 이는 이른바 석신으로 돌 자체가 신상이다.

高麗神(고려신)

석신 앞에는 누가 세웠는지 철판을 오려서 만든 작은 도리이가 설치되어 있다. 누가 이렇게 정성스럽게 모시고 있을까. 근래에 청화백자로 만든 안내판이 세워져 있어 읽어보니 그 내력이 심상치 않다. 그 전문을 여기 옮겨놓는다.

이 석장신사의 경내에는 여러 석사(石祠)가 봉납되어 있는데 그중 하나로 고려신이 있다. 고려란 조선 반도의 옛 이름이다. 에도시대인 1809년, 사라야마 소뵤 하치만궁(도산신사의 전신)의 제례 때 사람들은 사라야마가 불경기가 된 것은 원조(元祖)의 제(祭)를 소홀히 했기 때문이니 끊어진 '고려춤'을 부활시켜주십사 번에 요청했다.

또 구로무타(黑牟田) 지구에는 1593년이라는 기년이 있는 '고려묘'라는 석탑이 있다. 이처럼 도조 이삼평 이래, 조선 반도와 연관이 깊은 아리타에는 여기저기에 고려의 이름이 남아 있다. 이 신사와는 다른 세이로쿠(淸六)라고 불리는 지구에도 에도시대 노보리 가마터 위쪽에 작은 고려신 비석이 세워져 있다. 어느 경우든 조선 반도에서 도래한 도공이나 그 자손에 의해 권청(勸請)된 것이라고 전한다. 이 신사의 건립연대는 명확지 않지만 1731년에 아리타 사라야마에 대하여 쓴 고문서 가운데 고려신이라는 이름이 나온다.

이런 사연으로 석장신사는 '고려(高麗, 고라이)신사'라고도 부른단다. 글을 읽자니 지금도 재외동포들이 품고 있는 고국에 대한 정을 새겨보게 된다. 이삼평 이래 이미 200년이 지났건만 여전히 고국의 춤, '고려춤'을 부활시켜달라고 했다지 않는가.

덴구다니 가마터

이즈미야마의 자석장과 석장신사의 답사를 마친 우리의 다음 행로는 이삼평이 연 최초의 백자 가마인 덴구다니(天狗谷) 가마터다. 아리타 미술관, 아리타 상공회의소 등이 모여 있는 삼거리부터 우리는 걸어서 아리타댐이 있는 산 안쪽으로 들어갔다. 이 길로 700미터쯤 가면 가마터가 나오고 또 거기서 약 500미터 더 들어가면 이삼평의 묘소가 나온다. 여기가 이삼평이 살던 집이 있던 시라카와(白川) 지구이다.

전형적인 일본의 옛 시골 마을로 한쪽엔 아리타 소학교가 있다. 그 옛날의 모습을 그대로 간직한 채 지금도 사람이 살고 있는 연륜있고 고즈넉한 동네다. 깨끗하기는 또 어쩌면 그리도 깨끗한지.

| **덴구다니 가마터** | 아리타야키의 최초 백자 가마인 덴구다니 가마터는 예상 외로 장대하다. 노보리 가마인지라 경사 10도가량 되는 산비탈을 그대로 이용했는데 가마터는 세월이 흐르면서 계속 보수했기 때문에 다섯 개의 가마가 겹겹이 엉켜 있다.

  안쪽으로 조금 들어가니 사라야마 대관소(皿山代官所) 터라는 안내판이 있다. 여기는 사가현에서 가마를 관리하도록 파견한 대관의 관사가 있던 자리다. 대관은 관리감독뿐 아니라 도자기의 도난방지를 위해 사무라이까지 거느렸다고 한다. 사가현에서 대관을 파견한 것은 1647년이라고 하니 아리타야키 산업이 바야흐로 수출의 시대를 맞이할 때였다.

  조금 더 들어가자 이삼평의 집터라는 청화백자 안내판이 있다. 지금은 옛 모습을 찾아볼 길이 없지만 그래도 집터까지 밝혀놓고 사적으로 지정해놓은 것을 보면 이들이 도조를 모시는 정성이 지극하다는 생각이 다시 든다.

  아리타야키의 최초 백자 가마인 덴구다니 가마터는 예상 외로 장대하다. 노보리 가마인지라 경사 10도가량 되는 산비탈을 그대로 이용했던 가마의 형태가 바로 드러난다. 이 가마는 1630년 무렵부터 60년 무렵까지 약 30년 동안 다섯 번의 대대적인 개축이 있었다. 한 가마에 계속 불을 때면 나중엔 가마 벽이 터져서 이를 헐고 새로 쌓아야 한다. 6년에 한 번씩 새로 가마를 쌓은 셈이다. 그래서 지금 가마터에는 다섯 개의 가마가 겹겹이 엉켜 있다.

백토광 발견 이후 최초로 축조된 E가마는 1630~40년대에 만들어진 것으로 확인되었다. 그리고 마지막 가마인 C가마는 1650~60년대 가마로 이때는 유럽 수출 자기 생산시대였다. 그 중간의 가마들을 보면 생산비용을 낮추기 위해 굽에 유약도 바르지 않고 대량 생산하여 국내시장에 공급하던 시기의 가마도 있다.

이와 같은 발굴 결과는 아리타야키의 편년을 세우고 진위를 감정하는 데 결정적 역할을 하게 된다. 도자사 전공자들은 각 가마마다 생산된 예를 보여주는 안내판의 실물사진을 보면서 공부하기에 여념이 없다. 아마도 학교 수업이라면 한 달을 두고 배워야 할 것을 한순간에 익히는 것이니 미술사학도의 답사란 확실히 여행이 아니라 공부다.

그러나 아쉽게도 이삼평이 제작했다는 명문이 새겨진 도편은 발견되지 않았다. 이 가마터는 1980년 히젠 자기요적(肥前 磁器窯蹟)이라는 이름으로 일본 국가사적으로 지정되었다.

가마를 새로 쌓을 때면 부서진 가마 벽돌이 돌담을 쌓는 데 훌륭한 재료가 되어 당시부터 재활용되었다. 이를 '돈바이'라고 하는데 우리나라 옛말로 벽돌을 돈바이라고 했다고 하니 이는 한국말이면서 일본말인 셈이다. 아리타 미술관 안쪽엔 일본 천연기념물로 지정된 수령 1천년이나 되는 큰 은행나무가 있다. 이 동네 집들의 담장은 이 돈바이 벽돌로 만들어져서 그 또한 아리타의 명물이 되어 있다.

이삼평의 묘소

이삼평 묘소는 가마터에서 약간 안쪽 깊숙한 곳에 있는 공동묘지에 있다. 서양도 그렇지만 일본에서도 공동묘지가 혐오시설이 아니라 일상에서 함께하는 공간이라는 점은 참 부럽다. 죽음이라는 것을 어쩌다 생각해보는 나이가 되면 더 그렇게 느껴지는 것 같다. 이삼평의 묘는 1959년에 윗부분이 잘려나간 채 발견되었다.

○祖 月窓淨人居士, 八月十一日 同名 三兵衛 敬建之
(○조 월창정인 거사, 8월 11일 동명 삼병위 경건지)

떨어져나간 글씨는 아마도 증(曾)이나 고(高)가 아닐까 생각된다. 그런데 1967년, 이곳에서 멀지 않은 아리타 서쪽 용천사(龍泉寺, 류센지)라는 절에서 사망자의 이름과 수계명(受戒名)이 적힌 옛날 장부가 발견되었는데 거기에 산페이(이삼평)가 실려 있었다.

月窓淨人, 上白川 三兵衛 靈 明曆 元年 乙未 八月十一日
(월창정인, 상백천 삼병위 영 명력 원년 을미 8월11일)

이 두 기록을 합쳐보면 이삼평의 수계명은 '월창정인'이고 몰년은 메이레키(明曆) 원년인 1655년 8월 11일이 된다.

공동묘지에는 수백개의 비석이 열지어 있어 길잡이 없이는 찾기 힘들다. 그러나 이곳을 여러번 다녀간 혜산 선생이 앞장서서 우리를 곧바로 이삼평의 묘소 앞에 안내했다. 여느 묘소나 다름없는 이삼평의 묘소에는 부러진 비석 앞에 누군가가 바친 꽃 한 송이가 있었다. 아차 싶었다. 꽃

| **이삼평 묘소** | 이삼평 묘소는 가마터에서 약간 안쪽 깊숙한 곳에 있는 공동묘지에 있다. 여느 묘소나 다름없는 이삼평의 묘소에는 부러진 비석 앞에 누군가가 바친 꽃 한 송이가 있었다.

이라도 사들고 오는 건데.

학생들은 기념촬영을 하고 싶어했다. 그러나 이 비좁은 공동묘지 한 구석에서 우리 40명이 모일 공간이 나오지 않는다. 나는 학생들을 향해 말했다.

"도자사 전공자만 다 모여 윤용이 지도교수하고 기념촬영 해라."

열댓 명이 모여 사진을 찍으려고 열지어 섰다. 나는 힘찬 구령을 외쳤다.

"일동 차렷! 도조 이삼평께 경례!"

비요(秘窯)의 마을엔 무연고 도공탑이

도자기 전쟁 / 조선 여자 도공 백파선 / 쇄환사 이경직의 『부상록』 /
이마리 비요의 마을 / 도공무연탑 / 고려인의 묘 / 이마리야키 /
이마리 항구 상생교

정유재란, 또는 도자기 전쟁

조선 도공의 발자취를 찾아가는 답사는 아리타야키의 이삼평에 초점
을 맞추게 된다. 백토 광산을 발견하여 일본 도자가 비로소 제 길로 들어
서게 한 도조로 추앙받고 있으니 당연한 일이기는 하다.

그러나 임진왜란 때 규슈로 끌려온 조선 도공의 수는——아직 통계로
나온 것은 없지만——몇천명인지 헤아릴 수 없을 정도로 많다. 가라쓰야
키에서 나베시마 번주가 데려온 '우칠(又七, 마타시치)'이가 나카자토(中
里)라는 성을 하사받고 자손들이 대대로 가마를 이어갔다는 것은 이미
보았고, 가고시마 사쓰마야키(薩摩燒)의 심당길(沈當吉)과 박평의(朴平
意)는 훗날 따로 찾아갈 것이다.

그러나 이렇게 몇사람에게만 스포트라이트가 맞춰짐으로써 다른 도

공의 이야기가 묻혀버린다면 그것은 내 잘못이다. 일본에선 임진왜란과 정유재란을 '분로쿠·게이초의 역(文祿·慶長の役)'이라고 부르면서 '야키모노센소(燒物戰爭)' 즉 도자기 전쟁이라고 한다.

특히 정유재란 때 각 다이묘와 번주들은 일본으로 퇴각하면서 조선의 기술자들을 닥치는 대로 데려갔다. 금속공·목공·제지공·섬유직물공 등 기술인력을 집중적으로 잡아갔다. 그중 가장 혈안이 되어 데려간 것이 도공이었다.

당시 일본은 자기(磁器)를 만들 줄 몰라 도기(陶器)의 세계에 머물러 있었다. 그것도 세토(瀨戶)야키 등 거친 질그릇들을 아주 제한적으로 사용했을 뿐이다. 생활용기의 대부분이 목기였다. 심지어 물통조차 나무로 엮어 사용할 정도였다.

한편 15세기 무로마치시대에 형성되기 시작한 다도(茶道)는 지배층의 최고급 문화로 자리잡아 각 다이묘들은 거창한 다회를 열면서 자신의 힘을 과시하곤 했는데 이때 필수로 따르는 것이 다완(茶碗)이었다. 차를 마신 뒤 멋진 다완을 감상하는 것이 다회의 마지막 의식이자 하이라이트였다. 조선과 중국에서 수입한 멋진 다완은 값이 아주 비쌌다. 어떤 다완은 성(城) 하나와 맞바꾸는 일까지 있었다. 그런 다회를 다이묘마다 한 달에 몇차례씩, 심지어 1년에 백여 차례까지 열기도 했으니 그들에게 있어 도공은 황금알을 낳는 오리일 수밖에 없었다.

특히 규슈 지방의 번주들은 경쟁적으로 조선 도공을 나포해갔고 그 도공들이 만들어낸 도자기들이 가라쓰 항구를 통해 일본 전역으로 퍼져나감으로써 일본의 생활문화를 통째로 바꿔놓았다. 그것이 '가라쓰모노 (唐津もの)'라 불리는 것인데, 지금 그 도공들의 자취를 일일이 이 답사기에 담아내지는 못하지만 그분들의 이름과 가마만이라도 열거하는 것이 독자와 조상들에 대한 예의일 듯싶다.

규슈로 끌려온 조선 도공들

구마모토(熊本)의 '아가노(上野)야키'는 1602년 호소카와 다다오키(細川忠興) 번주에게 붙들려온 존해(尊楷)라는 조선 도공이 열었다. 존해는 일본 이름을 아가노 기조타카쿠니(上野喜藏高國)라 했기 때문에 아가노야키라는 이름이 생겼고, 그는 89세까지 살았다고 한다. 존해는 호소카와의 명을 받아 장남, 차남과 함께 1632년에 야쓰시로(八代)에 또다른 가마를 열었다.

야마구치(山口)의 '하기(萩)야키'는 왜장 모리 데루모토(毛利輝元)에게 붙들려온 도공 이작광(李勺光), 이경(李敬) 형제에 의해 1604년에 시작된 가마로 어용 가마가 되어 지금까지 400여년간 그 전통을 유지하고 있다.

오이타(大分)의 '다카토리(高取)야키'는 왜장 구로다 나가마사(黑田長政)가 데려온 팔산(八山)이라는 조선 도공이 아들과 함께 연 가마다. 장인도 함께 일했다고 한다. 그의 일본 이름이 다카토리 하치잔(高取八山)이기 때문에 다카토리야키라는 이름으로 불린다. 그 직계 후손은 10대에 와서 끊겼지만 다카토리야키는 여전히 다기로 유명하다.

그밖에도 구마모토의 '쇼다이(小代)야키'는 가토 기요마사가 데려온 도공에 의해 처음 열린 것이다.

우리가 묵어간 다케오는 온천과 함께 도자기를 자랑삼아 내걸 정도로 가마가 많다. 그중 김해에서 끌려온 김태도(金泰道)라는 도공이 가마를 열어 널리 퍼졌는데 그가 죽자 부인인 백파선(百婆仙)은 아리타로 옮겨와 도자기 가마를 열었다. 아리타의 법은사(法恩寺, 호온지)에는 조선 여자 도공 백파선의 법탑(法塔, 사리탑)이 있다. 다른 곳은 몰라도 아리타에 온 이상 나의 발길은 그쪽으로 향하지 않을 수 없다.

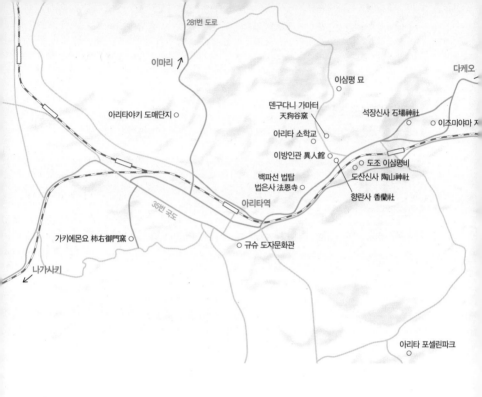

후다노쓰지 삼거리

이삼평 묘소에서 백파선 법탑까지는 1킬로미터가 넘는 제법 먼 거리 지만 그래도 걸어가야 볼 것 다 보고, 즐길 것 다 즐기는 답사의 제맛이 난다. 또 아리타 시내를 관통하는 주도로인 281번 국도는 편도 1차선으 로 아주 좁아서 버스가 주차할 수 없을 뿐 아니라 오래 정차할 수도 없 다. 그래서 한번 이동하려면 답사객이 미리 다 모인 다음 주차장에서 대 기 중인 운전기사에게 전화를 걸어 버스가 오면 신속히 타고 이동해야 한다.

일본 사람들은 질서와 법규를 칼같이 지키기 때문에 이런 교통체계에 도 아무런 불편도 불평도 없다. 그러나 우리 한국 사람들은 불편한 것을 참지 못해 불만도 많고 꾸물대느라 오래 지체하는 바람에 남의 나라 교

| 아리타 도자기 마을 | 1. 후카가와 제자회사 2. 도조 이삼평 가마 3. 도산신사로 올라가는 계단 4. 후다노쓰지 삼거리

통체계를 혼란시키기 일쑤다. 그래서 아리타 답사 때 나는 웬만한 곳은 다 걸어다니게 한다.

내가 다니는 아리타 답사의 거점은 후다노쓰지(札の汁) 삼거리이다. 삼거리에서 남쪽으로 가면 철길 너머로 도산신사와 도조 이삼평 비가 나오고, 북쪽으로 올라가면 이삼평 묘와 덴구다니 가마가 나오니 기준으로 삼을 만하다. 삼거리 모서리에는 아리타 이방인관(異人館)이라는 화풍양옥의 이층집이 있다. 이 집은 아리타야키가 유럽 시장에서 활개를 치자 유럽 바이어들이 아리타를 찾는 일이 늘어나면서 한 거상이 1876년에 외국 상인의 숙박시설로 지은 집이라고 한다.

여기에는 아리타에서 가장 유명한 도자기 회사인 후카가와(深川) 제자(製磁)회사가 있다. 1894년에 설립되어 유럽에 수출하는 무역도자로 유명하고 오늘날은 천황가에 납품하고 있다. 도조 이삼평 비에서 아리타 시내를 내려다보면 산비탈에 새겨놓은 '深川製磁(심천제자)'라는 큰 글씨를 볼 수 있으니 이 회사의 비중을 역력히 알 수 있다.

또 삼거리 한쪽에는 이삼평의 후손이 경영하는 '도조 이삼평 가마'가 도자기상가 틈바구니에 끼어 있는 것을 볼 수 있다. 이삼평 가마라니 궁금해서라도 가보지 않을 수 없다.

그러나 이삼평 가마는 우리에게만 유명할 뿐 아리타 내에서는 큰 명성을 얻지 못하고 있다. 이삼평이 가업으로 물려준 가마는 5대까지 이어지다 이후 12대까지 근 200년간 끊겼다. 더이상 도공의 집안이 아니었던 것이다. 그러다 근래에 와서 13대가 열차 기관사를 정년하고 나서 다시 가마를 열었다. 그러니 가마 이름과 달리 연륜이 얼마 안 된다.

10년 전 나는 한일 문화 교류를 위해 현해인(玄海人)클럽을 만든 유화준(兪華濬)씨의 안내를 받아 13대 이삼평을 찾아갔다. 그때는 점포도 없이 어두운 방에서 새로 시작한 도자기를 보여주셨다. 쓸쓸했다. 유화준씨는 기왕에 이삼평의 이름을 걸었으면 우리 자존심이 걸린 문제라 도와주어야 한다고 힘주어 말했다. 그후 14대가 가업을 이어가고자 팔 걷고 나섬으로써 이만큼 성장한 것이다. 한국 사람들 특유의 인정, '기왕이면' '이래 봬도'라는 친근감과 동정심이 큰 도움이 되었다. 나 역시 이삼평의 14대, 15대가 크게 발전하여 조상의 이름에 값하는 가마로 성장하기를 바라는 마음 간절하다. 그러나 그것은 동포애에 의지해서 될 일이 아니고 모름지기 실력으로 이루어야 할 일이다.

아리타 도자기상가 견문

백파선의 법탑이 있는 법은사는 큰길을 따라 약 800미터 내려가면 나오는데 이 길 양편은 모두 도자기상가로 이어져 있다. 진열창을 구경하면서 가는 것만으로도 한 차례 구경거리라 지루한 줄 모르는 즐거운 아이쇼핑이 된다.

사람의 눈이라는 것이 보면 사고 싶고, 사지 않더라도 들어가서 구경은 하고 싶은 마음이 일어난다. 그렇다고 30~40명이 우르르 몰려 들어갈 수도 없고 제각기 들러보라고 하기도 힘들다. 여기에 나만의 방법이 있다.

삼거리에서 백파선 법탑으로 향하다보면 오른쪽으로 제법 큰 상점이 있다. 이 집은 온갖 종류의 도자기가 비교적 저렴해서 답사객들이 한번 들어가면 잘 나오지 않는다. 무얼 사도 하나는 사들고 나오곤 한다. 여기서 일단 회원들의 구매충동을 진정시키는 셈이다.

그러다 얼마 안 가서 향란사(香蘭社, 고란샤)라는 건물이 나오면 여기에 들어가 옛 도자기도 보고 장도 보라고 한다. 이 집은 1876년 미국에서 개최된 만국박람회에 출품하기 위해 처음으로 회사 체계를 갖추어 조직한 향란사가 모체로 된 도자기회사로 전시관도 갖추고 있다. 양옥건물 2층에는 박람회 출품작들이 전시되어 있으며 아래층에는 여러가지 모양에 다양한 색상의 고급자기들이 상품으로 판매되고 있다.

이 향란사에 들어오면 회원들은 한결같이 아까 그 집과는 격이 다르다며 감탄한다. 그새 눈이 높아진 것이다. 안목을 기르는 가장 좋은 방법 중 하나가 바로 상대평가이다. 그 상대평가는 예술적 안목으로 할 수도 있으나 값으로 할 수도 있다.

본래 미술품을 보는 눈에는 세 가지가 있다. 학(學)으로 보는 눈, 멋으로 보는 눈, 그리고 값으로 보는 눈이다. 학으로 보는 것은 배움으로 일깨워지고, 멋으로 보는 것은 감성의 훈련으로 이루어지며, 값으로 보는 것은 그 두 가지 눈에 상대평가까지 곁들인 것이다. 그래서 재력과 관계

| **법은사** | 아리타 시내에 있는 제법 큰 절이지만 폐불훼석 때 피해를 입어 절 사방이 묘탑으로 둘려 있어 공동묘지에 있는 절 모양이 되었다. 사정을 모르는 답사객은 당황하기 십상이다.

없이 비싸도 사는 게 있는가 하면 싸도 안 사는 것이 있고, 심지어는 거저 줘도 안 가져가는 것까지 생긴다. 그게 안목이다.

향란사에서 나오면서 나는 회원들에게 다음과 같이 안내한다.

"확실히 질이 다르죠. 도자기의 질이 천차만별이라는 것을 여러분 눈으로 확인하셨죠. 그러니까 나중에 아리타 도자기마을 플라자에 가면 큰 점포 몇십채가 늘어서 있어 싼 것부터 비싼 것까지 다 있으니 쇼핑은 그때 가서 형편대로 하시고 어서 백파선 할머니 법탑을 보러 갑시다."

조선 여자 도공 백파선

도자기상가를 따라가다가 아리타 우체국을 조금 지나면 길 건너편으

| **백파선 묘탑** | 백파선은 임진왜란 당시 다케오의 번주에게 끌려온 김해의 도공 김태도의 아내이다. 지도력이 남다른 여성 도공으로 남편 사후 도공들을 이끌고 이곳 아리타로 이주해왔다.

로 꺾어드는 샛길이 나온다. 실개천을 가로지른 작은 다리를 건너 조금만 들어가면 이내 법은사라는 절이 보인다. 법당은 제법 큼지막한데 절 사방이 묘탑으로 둘려 있어 공동묘지에 있는 절 모양이라 답사객은 당황한다. 안내판을 보아도 조동종(曹洞宗)의 사찰이라는 말뿐 다른 설명이 없다.

아마도 메이지정부가 불교를 박해했을 때 큰 피해를 본 절 같다. 당시 폐불훼석(廢佛毀釋)으로 사찰을 예전같이 운영할 수 없게 되자 일본 전국의 사찰들은 민간에 납골당을 분양해 간신히 절을 유지했다. 그래서 사찰이 '장례업자'로 전락했다고 통탄한 적이 있는데 여기서 그때의 상황을 여실히 확인할 수 있다.

법당 앞마당 한쪽에 있는 공동묘지 입구에는 백파선에 대한 안내판이 있고 법탑 앞에도 표지판이 세워져 있어 어렵지 않게 찾을 수 있다. 백파선은 임진왜란 당시 다케오의 번주인 고토 이에노부(後藤家信)에게 끌려온 김해(金海)의 도공 김태도의 아내이다. 이들은 다케오의 우치다(內田) 마을에서 도자기 가마를 열었고 김태도는 후카우미 소덴(深海宗傳)이라는 일본 이름을 얻었다. '심해'는 김해가 구개음화한 것이다. 1618년에 남편 김태도가 세상을 떠나자 백파선은 여장부로 다케오 가마를 운영했다.

그러다 아리타에서 백토 광산이 발견되고 자기 생산이 본격화되면서 1631년 백파선은 아리타의 히에코바(稗古場)로 이주하여 천신산(天神山, 덴진산)에 가마를 열고 백자를 생산했다. 그때 따라온 도공이 960명이라고 하며 백파선이 총감독이었다고 한다. 백파선은 96세까지 장수하다가 1656년에 세상을 떠났다. 이삼평이 죽은 이듬해였다.

이런 사실은 1937년에 법은사에 있는 법탑이 발견됨으로써 알려졌다. 이 법탑은 백파선이 세상을 떠난 지 50년 뒤인 1705년에 그분의 증손자가 세운 것이다. 비석에는 '만료묘 태도파지탑(萬了妙 泰道婆之塔)'이라 새겨져 있다. 만료묘는 법명이고 태도파는 김태도의 아내라는 뜻이다.

법은사 주변에는 백파선이 운영했다고 짐작되는 히에코바 가마터가 있고, 또 뒷산인 관음산(觀音山, 간논산)에는 그 후손들이 조상의 영혼을 추모하여 세운 사리탑 형식의 제례묘가 있다고 한다.

백파선의 생애와 관련해서는 무라타 기요코(村田喜代子)가 쓴 『용비어천가(龍秘御天歌)』라는 전기가 있는데 이 책은 일본 문부대신상도 받고 뮤지컬로도 만들어졌다고 한다. 그리고 문근영이 주인공으로 나오는 MBC 사극 「불의 여신 정이」(2013)가 백파선의 이야기를 허구로 꾸민 것이다.

조선 도공의 발자취를 찾아가는 아리타 답사는 여기까지다. 그리고 조선 도공 도래 이후 아리타는 400여년이라는 세월의 연륜 속에 발전하면서 일본 도자기의 어제와 오늘을 보여주는 메카로서 그 명성과 영광을 지니고 있다. 엄청난 도자기 가마들이 지금도 변함없이 운영되고 있다. 그것을 집약적으로 보기 위해 우리는 두 곳을 가야 한다. 그 옛날을 말해주는 '사가현립 규슈 도자문화관'과 오늘날을 보여주는 '아리타 도자기마을 플라자'이다.

사가현립 규슈 도자문화관

'사가현립 규슈 도자문화관'은 이름 그대로 규슈 지역 도자기만 전시하는 전문박물관으로 조선 도공 도래 이후 아리타를 비롯한 규슈 지역의 도자기 발전 과정을 집약적으로 보여준다. 일반인들과는 달리 미술사학과 학생들이 답사 중 가장 가고 싶어하는 곳은 박물관이다. 그러나 답사 중 가장 고된 것도 박물관 관람이다. 야외답사는 여행 기분이 있지만 박물관은 미술사학도들로 하여금 수술실에 들어가는 의사만큼 긴장하게 만든다.

특히 여기서는 선생이든 학생이든 도자사 전공자들의 눈이 초롱초롱하다. 혜산 선생은 박물관으로 들어오자마자 학생들을 불러모아놓고 개요부터 해설을 시작했다.

"규슈 도자문화관은 1980년에 문을 열었어요. 여기는 이름 그대로 규슈 도자기의 모든 것을 전시한 전문박물관입니다. 이렇게 한자리에서 볼 수 있는 곳은 없습니다. 모두 다섯 개 전시실로 구성되어 있는데 제1실, 제2실은 현대 도자기, 제4실과 5실은 기증 유물 전시실이니까 나중에 따로 보기로 하고 우린 제3실을 집중적으로 봐야 합니다.

제3실은 규슈 각지의 옛 도자기를 모두 볼 수 있어요. 가라쓰, 다카토리, 하기, 아가노 등 우리가 답사 중 들어본 도자기들을 몽땅 볼 수 있습니다.

| **가키에몬 본가** | 가키에몬 본가 주차장에서 바라보면 해묵은 수양벚나무와 단풍나무가 방문객들을 맞이한다. 봄에는 벚꽃이 환상적이고, 가을에는 단풍잎이 새빨갛게 물든다.

자, 내가 차에서 아리타야키에서 특히 주목하라고 한 것이 셋 있죠. 1. 나베시마, 2. 가키에몬, 3. 이마리야키죠. 순서대로 집중적으로 보겠습니다. 나를 따라올 분은 따라오세요."

혜산 선생은 이렇게 일사천리로 개요를 말해주고는 부지런히 제3전시실로 앞장서 갔다. 나베시마 도자기 진열장 앞에서 해설을 시작한다.

"이게 나베시마예요. 나베시마 번주를 위해 특별히 제작된 것입니다. 번주의 전용 가마로 쇼군(將軍)에게 헌상하거나 다른 번주에게 선물했고 일반에는 판매하지 않았답니다.

이즈미야마 자석광의 최양질 자토로 만들어서 그릇이 맑고 깨끗해요. 작품이 아주 정치(精緻)하고, 흠이 없어요. 스케일도 크죠. 특히 나베시

| **가키에몬 본가 안뜰** | 제14대 사카이다 가키에몬은 일본의 인간국보로 지정되어 있다. 가키에몬 본가 저택 안쪽에는 가키에몬 가마의 상징인 감나무 두 그루가 정연한 기품으로 정원을 장식하고 있다.

마는 디자인성이 강합니다. 굽에는 청화로 빗살무늬를 넣거나 푸른 바다를 그려넣었어요. 이걸 청해문(靑海文)이라고 합니다.

나베시마는 청화백자가 기본이지만, 그 위에 금으로 그림을 그리는 기법이 등장하면서 아주 화려해집니다. 이를 염금법(染錦法)이라고 합니다.

하나씩 잘 보세요. 조선 도공의 기술을 바탕으로 명나라 도자 양식도 수용하고 일본의 색상과 문양 등을 적용하면서 일본 도자기로 정착시켰죠. 그리고 나베시마야키라는 하나의 새로운 브랜드를 창출해냈어요."

학생들이 해설을 들으면서 나베시마 진열장을 두루 살펴보고 있는데 혜산 선생은 벌써 가키에몬 진열품 앞에서 다시 해설을 시작했다.

"자, 여기부터는 가키에몬입니다. 보세요. 감빛깔이 아주 아름답죠. 가키에몬은 감빛깔, 연한 적색이 특징입니다. 그리고 천황에게 바치는 어용자기였기 때문에 엄청 고급스럽습니다. 유백색 바탕에 여백을 살린 그림들이 일본화를 보는 것처럼 깔끔하죠. 적색뿐만 아니라 녹·홍·청·갈색이 적당히 사용되어 다양성도 있어요. 일본 도자의 최고급품입니다. 이게 독일 마이센(Meissen) 도자기에 영향을 주었던 거예요.

규슈 도자문화관 관람 뒤 우리는 직접 가키에몬 본가의 전시장을 방문할 겁니다. 거기 가면 세 번 놀랄 겁니다. 우선 값이 엄청나게 비싸서 가격표에서 '0'을 하나 빼야 살 수 있을 정도란 겁니다. 둘째로 놀라운 것은 요즘도 전혀 질이 떨어지지 않고 그 옛날의 수준을 유지하면서 끊임없이 새로운 문양을 개발한다는 점입니다. 제14대 사카이다 가키에몬(酒井田 柿右衛門)은 일본의 인간국보로 지정되어 있다고 해요. 그리고 또 하나 놀랍고 기쁜 것은 저택 안쪽에 이 가마의 상징인 감나무 두 그루가 정연한 기품으로 정원을 장식하고 있는 것입니다. 가키에몬의 가키(柿)가 바로 감이잖아요. 자, 보세요. 감빛깔이 얼마나 밝고 맑고 아름다운가."

그러고는 이마리야키 진열장으로 자리를 옮겨 혜산 선생은 또 설명을 시작하려고 한다. 학생들은 선생을 쫓아다니며 유물 보랴, 설명 들으랴, 필기하랴 정신이 없다. 미처 따라오지를 못한다. 나는 혜산 선생에게 잠시 학생들에게 자유시간을 주어 맘껏 관람한 뒤 다음 전시실로 가자고 제안했다. 혜산 선생이 내 말에 응하자 학생들은 내게 고맙다는 눈인사를 보내고는 미처 보지 못한 나베시마 전시실로 몰려갔다. 내가 말리지 않았으면 혜산 선생은 아마도 제5전시실까지 일사천리로 달렸을 것이다.

혜산 윤용이 선생

나는 잠시 쉬고 싶어 찻집으로 들어갔다. 어딜 가나 박물관 찻집은 깔끔하고 품위가 있다. 이 박물관 찻집 이름을 보니 접천암(碟泉庵, 셋센안)이다. 접(碟)은 접시라는 뜻이고 천(泉)은 샘인데 '접시샘'이 뭘까 도저히 뜻이 잡히지 않는다. 점원에게 물어보니 접은 접시니까 도자기를 뜻하고 천은 이즈미야마(泉山)에서 따온 것이란다. 나는 윤용이 선생을 쉬게 하려고 들어가 차나 마시자고 했더니 정중히 사양하는 것이었다.

"어, 미안해, 난 유물을 좀더 보고 있을게. 그리고 학생들이 나한테 물어보러 오면 대답해야 하니까 유교수는 얼른 가서 좀 쉬고 있어."

윤용이 선생의 저 교육자적 성실성과 친절성은 참으로 감동스럽다. 이미 정년퇴임을 했는데도 어쩌면 저렇게 젊은시절과 똑같을 수 있을까. 학생들 틈에 끼어 그의 뒤를 따라 다니자니 그와 함께했던 지난날이 주마등처럼 지나간다.

혜산은 나보다 한 살 많다. 그러나 나를 벗으로 받아들여주어 우정을 나눈 지 30년이 넘는다. 그의 학문적 진지성과 성실성은 학계가 다 알아준다. 그는 도자사에 관한 일이라면 무엇이든 발 벗고 나선다. 어느 발굴 현장에서 도편이 나왔다고 하면 불원천리 찾아가

| **혜산 윤용이 선생** | 미술사를 공부하면서 윤용이 교수 같은 학문적 도반과 한생을 같이했다는 것은 나에게 큰 축복이다.

편년을 잡아주고 온다.

그는 대학 졸업 후 국립중앙박물관에 도자기 담당 학예연구원으로 들어갔다. 이때 스스로 뜻을 세우기를 『세종실록 지리지』에 나오는 전국의 도기소·자기소 324개소를 다 답사하여 거기서 수습한 도편들을 근거로 각 가마의 시대와 도자기의 특징을 조사하겠다고 마음먹었다.

혜산은 일요일이면 빈 배낭을 메고 경기도 광주 일대의 도요지부터 찾아다녔다. 도마리, 금사리, 우산리, 관음리, 신대리, 번천리… 이미 알려진 백자 가마부터 시작해서 상품리, 산곡리 등 야산까지 그의 발길이 닿았다. 그 수고로움을 조금도 힘들어하지 않고 매주 계속했다. 신혼여행도 도요지로 갔다.

거기서 수습한 도편은 집에 돌아와 깨끗이 물로 씻고 수건으로 닦았다. "당신들에겐 깨진 사금파리에 불과할지 몰라도 내겐 보석보다 더 소중하다"며 도편 옆에는 가마 이름과 날짜를 기록했다.

그로부터 10년 뒤 혜산은 원광대학교 교수로 부임했다. 박물관을 떠나면서 그간 수집했던 도편들을 누구나 이용할 수 있게 분류하여 국립중앙박물관에 남겨두었다. 원광대로 가서도 이 작업은 계속했다. 고흥반도 운대리, 고창 용계리, 해남 진산리… 그리고 2002년 나와 함께 명지대에 미술사학과를 창설할 때 그렇게 모은 도편들을 플라스틱 상자에 담아 학교로 갖고 왔다. 그것이 내 연구실인 수졸당문고에 가득하다.

혜산은 이를 기초로 한국도자사의 편년체계를 세우는 논문과 저서를 계속 발표했다. 그는 우리 도자사에서 많은 새로운 사실들을 밝혀냈다. 지금은 누구나 다 아는 사실이지만 조선시대 가마는 대략 10년을 주기로 이동했다는 것도 혜산의 학문적 열정과 집념이 일궈낸 결실이다.

내가 혜산과 함께 답사하면서 같은 여관방에서 잔 것이 몇십번인지 헤아릴 수 없다. 나는 혜산과 성격도, 미술사의 전공도, 방법론도 다르다.

혜산은 깊이 파고들어갔다면 나는 넓게 보기를 원했다. 회화사를 넘어서
도자사·조각사·건축사도 알고 싶었고, 그것을 낳은 배경과 그 시대 인
간들의 삶의 방식까지 관심을 두었다. 혜산은 나의 이런 모습을 좋아하
고 부러워했다. 서로 다르기 때문에 우리는 친구가 되었다. 나는 그를 배
우려고 했고, 그는 나를 배우려고 했다. 그러기를 30여 년이다. 한생을 살
면서 내게 저런 학문적 도반(道伴)이 있다는 것은 큰 축복이다.

문화는 소비자가 만든다

　규슈 도자문화관 관람을 마친 뒤 우리는 아리타 도자판매장으로 가서
각자 쇼핑을 즐기기로 했다. 수십 채의 점포가 양쪽으로 길게 늘어선 플
라자엔 생활도자기가 각양각색으로 전시되어 있다. 도자기로 못 만드는
것이 없다고 할 정도로 다양하다. 기발한 것도 많지만 수도꼭지 마개까
지 만들어내는 일본인 특유의 섬세함과 정성, 창의력을 엿볼 수 있다.
　일본엔 생활도자 문화가 엄청나게 발달해 있다. 어느 집을 가든, 어느
식당을 가든 주인의 취향에 맞는 도자기를 사용한다. 비싸면 비싼 대로
싸면 싼 대로 얼마든지 선택할 수 있도록 생산된다. 우리처럼 개념 없이
플라스틱 그릇에 아무렇게나 내놓는 문화, 자신의 집에서 사용하는 그릇
이 어떤 그릇인지도 모르면서 밥을 먹는 문화에서는 생활도자가 발전할
수 없다. 나는 아리타 도자판매장을 돌아보면서 역시 좋은 소비자가 있
어야 좋은 작품과 제품이 나온다는 것을 다시 한번 실감했다.
　6년 전(2007)에 덴마크 여왕이 우리나라를 방문한 적이 있다. 여왕이
창덕궁에서 기자간담회를 가질 때 나는 문화재청장으로 그를 영접했다.
그리고 하얏트호텔 그랜드볼룸에서 열린 여왕 주재 파티에 초대받았는
데 테이블에 앉는 순간 깜짝 놀랐다. 600명 규모의 파티 그릇이 덴마크

의 로열코펜하겐(Royal Copenhagen)이었다. 앞접시에서 커피잔까지 풀세트였다. 나는 곁에 있던 주한 덴마크대사에게 물어보았다.

"이 로열코펜하겐은 다 어디서 가져왔습니까?"
"여왕이 올 때 비행기에 싣고 왔습니다."

순간 뒤통수를 맞은 것 같았다. 그래서 또 물었다.

"그러면 파티 끝나고 나면 도로 덴마크로 가져갑니까?"
"대개 다시 세트로 포장해서 팔게 됩니다. 이 그릇은 여왕이 파티에서 쓰던 것이라고 하면 스토리가 생겨서 정가에서 오히려 10퍼센트 정도 더 받을 수 있습니다."

한대 더 맞은 기분이었다. 그리고 달포쯤 지나 덴마크대사를 만나게 되어 여왕이 파티에서 사용한 로열코펜하겐이 잘 팔렸느냐고 물었다. 그러자 돌아온 대답은 나를 완전히 녹다운시켰다.

"아니요. 아직 한국에는 그런 소비문화가 없어서 할 수 없이 '유즈드 디시'(used dish)로 해서 20~30퍼센트 할인해서 팔았어요."

새로운 문화, 고급문화를 일으키는 것은 공급자의 일이지만 그것을 발전시켜 나아가는 것은 소비자이다. 그런 의미에서 문화는 소비자가 만든다.

장인을 존중하라

아리타에 와서 이들의 번성한 도자문화를 보면 나는 은근히 부럽기도 하고 부끄럽기도 하고 원망스럽기도 하고 화가 나기도 한다. 우리가 갖고 있던 기술로, 그것도 무명 도공들이 일본에 와서 이렇게 도자기혁명을 일으킬 때 우린 무얼 하고 있었다는 말인가 하는 역사의 회한이 느껴지는 것이다. 그리고 그 대답은 장인(匠人)을 존중할 줄 알라는 교훈으로 다가온다.

우리는 막연히 생각하기를 일본에 온 도공들은 왜놈들에게 포로로 끌려가 이국땅에서 도자기를 굽는 고된 일에 노예처럼 사역되었고 고향이 그리워도 영원히 돌아오지 못한 불쌍한 인생이라고 깊은 동정을 보내곤 한다.

그러나 그 실상엔 다른 면이 있었다. 조선에 살 때 이들은 지방가마의 도공으로 천민이었다. 이들은 도자기만 만드는 것이 아니라 농사도 지어야 했고, 각종 역(役)에 나가 일도 해야 했다.

하지만 일본에 와서 이들은 도자기 기술자, 즉 장인으로서 대접을 받았다. 그들이 상대한 것은 번주라는 지방 최고통치자들이었다. 가라쓰야키에서는 어용 도자기 선생(御用燒物師)이라고 '선생(師)' 소리를 들었다. 아가노야키의 존해는 5인 가족을 부양할 수 있는 쌀 15석(石)을 녹봉으로 받기로 하고 스카우트되기도 했다. 사쓰마 번주는 조선 도공에게 사농공상에서 사(士), 일본의 사무라이(侍)와 같은 신분을 제공했다. 국내에서는 도저히 상상도 못하던 대접이었다. 그래서 이들은 아예 일본 성(姓)으로 바꾸고 일본인으로 살아갔던 것이다. 그 후손들은 더이상 조선인이 아니다. 다만 '한국계 일본인'으로 대를 이어 살아가는 것이다.

노동에는 생산의 만족이 있고, 예술에는 창작의 기쁨이 있다. 좋은 조건에서 좋은 결과가 나오면 거기서 한없는 희열을 느끼게 된다. 좋은 노

동조건, 좋은 창작여건은 기대만큼, 아니 그 이상의 좋은 결과를 가져온
다. 일본으로 건너온 도공들이 이곳에 와서 성공적으로 가마를 열 수 있
었던 데에는 좋은 노동조건과 장인으로서 전문가 대접을 받았다는 배경
이 있다.

그리고 일본에서는 좋은 도자기에 대한 열망이라는 소비문화가 뒷받
침되었다. 그것이 결국 일본이 세계 도자시장을 석권하는 힘이 되었다.

쇄환사 이경직의 『부상록』

임진왜란이 끝나고 에도시대로 들어서면 도쿠가와 막부는 조선과 다
시 문화적으로 교류하기를 희망한다. 조선은 그들을 외교적으로 달래고
또 정황을 관찰하기 위해 일본의 요구를 들어주게 된다. 그러나 임란 이
전처럼 그들을 서울로 오게 하지는 않았다. 일본 사절의 상경로가 임란
당시 일본군의 침략로로 이용되었기 때문이다. 그 대신 조선의 대규모
사절단을 일본에 파견하는 형식을 취했다. 그것이 이른바 조선통신사다.
'신뢰가 통한다'는 의미의 통신사(通信使)다. 이렇게 조선통신사가 다녀
온 것이 1607년(선조 40)부터 1811년(순조 11)까지 모두 12번이다.

그러나 처음부터 '통신사'라는 이름으로 간 것은 아니다. 통신사라
는 이름으로 일본에 다녀온 것은 뒤의 9번이고 그전, 그러니까 초기 3
번(1607, 1617, 1624)은 '회답(回答) 겸 쇄환사(刷還使)'라고 했다. 회답이
란 외교적 사항에 대한 답례라는 뜻이고 쇄환이란 '모두 데려온다'는 뜻
이다. 일본에 끌려간 사람을 조선정부는 피로인(被虜人)이라고 했다. 쇄
(刷)란 빗자루를 뜻한다. 피로인을 '빗자루로 쓸듯이' 다시 데리고 귀환
하려는 뜻이었다. 전후 20여년이 지났어도 피로인을 다시 고국에 데려
오는 일에 마음쓸 정도로 조선정부는 건강했다.

| 조선통신사 에도성 입성도 | 임진왜란 이후에는 조선의 대규모 사절단을 일본에 파견했다. 이른바 '신뢰가 통한다'는 의미의 통신사(通信使)다. 조선통신사가 다녀온 것이 1607년부터 1811년까지 모두 12번이다.

1617년(광해군 9)에 두번째로 떠난 '회답 및 쇄환사'는 도쿠가와 막부의 쇼군 취임에 맞춰 간 것으로 이때 서장관(書狀官) 자격으로 다녀온 이경직(李景稷, 1577~1640)은 출발부터 귀국까지 전 과정을 일기체로 쓴『부상록(扶桑錄)』을 남겼다. 이 글을 보면 일본인들의 교활한 방해가 있었음과, 그 훼방을 무릅쓰고 조선인을 귀환시키는 데 노력했던 장면이 생생히 기록되어 있다. 그런데 8월 22일자엔 다음과 같은 이야기가 쓰여 있다.

지나오는 도중에 보니 더러 포로로 잡혀온 사람이 있었으나 그 수효가 많지 않았고 왜경(倭京, 교토)에 도착한 후에는 뵙자는 자가 연달아 있었으나 돌아가기를 원하는 자는 극히 적었다.

이미 일본 땅에 20년 가까이 정착한 상태에서 귀국한다는 것은 정부의 생각처럼 쉬운 일이 아니었다. 포로였다가 귀국한 다음 자신들이 받게 될 처우에 대해서 확신이 없기도 했던 모양이다.

남원 선비 김용협의 아들 김길생(金吉生)이라는 이는 정유재란 때 13세 나이로 포로가 되었는데 지금은 부상(富商)의 사위가 되어 돌아가고 싶은 마음이 있기는 하나 쉽사리 결단을 내리지 못해 간곡히 타일러 보냈다고 했다. 또 충청도 정산에 살던 김계용(金繼鎔)이라는 이가 와서 하는 말이 "제가 거주하는 지방에도 조선 사람이 많으나 본국의 사정을 잘 몰라서 모두들 돌아가기를 즐겨하지 않습니다"라고 했다고 한다.

우리는 하나의 사건이 일어났을 때 그 사건의 추이와 당위성만 생각하고 그 변란 속에서 겪어야 했던 인간 개개인의 상황은 잊어버리는 수가 많다. 상황이 이러한데 장인으로 대접받고 살아가고 있던 도공은 어떠했겠는가. 조선 도공은 그렇게 살면서 한 사람의 장인으로 그리고 일본인으로 살아갔고 그 후손은 대를 이어 가마를 지켜왔다. 그들은 외국에 가서 성공한 재외동포들이었으며 일본 땅에 정착한 귀화인이었고, 더 이상 조선인이 아니었다.

조선정부는 피로인의 소환에 힘써 약 9천명을 다시 고국에 데려왔다. 그러나 강원대 사학과 손승철 교수에 따르면 '조선통신사'가 이렇게 데려온 피로인들이 고국에서 새로운 삶을 살아가게 도와주는 시스템은 없었다고 한다. 그것이 조선정부 역량의 한계였다.

이마리 비요의 마을

아리타 답사의 종점은 이마리(伊萬里)이다. 아리타에서 이마리까지는 차로 45분 정도 걸린다. 이마리에 가면 우리는 두 곳을 들러야 한다. 한 곳은 아리타야키가 유럽으로 수출된 항구로, 지금은 상생교(相生橋, 아이

| **이마리 비요의 마을** | 나베시마 가마는 번주의 절대적 지원 아래 수준 높은 자기를 생산해낸 전통을 이어받아 마을 전체가 현대 도예 가마들로 이루어졌다.

오이바시)라는 다리가 놓여 있다. 또 한 곳은 나베시마 가마가 있던 '비요의 마을(秘窯の里)'로, 옛 가마터도 보고 오늘날의 이마리야키도 둘러보아야 한다.

아리타에서 백자 생산에 성공한 나베시마 번주는 1675년에 번요를 이마리의 오카와치산(大川內山)으로 옮겼다. 나베시마 번주는 양질의 자기를 생산하기 위해 노력하면서 그 기법이 밖으로 새어나가지 않게 하기 위해 이 깊은 산중으로 옮기고 엄중히 감시했다고 한다. 이 나베시마 번요는 1871년 폐번치현(廢藩置縣) 조치가 있을 때까지 이어졌고, 번이 폐지된 뒤로는 여러 가마가 그 전통을 이어가 지금은 30여개의 가마가 있는 곳이 '비요의 마을'이다.

비요의 마을 입구에는 넓은 주차장이 있고 그 안쪽 마을 전체가 가마

| **비요의 마을 안동네** | 비요의 마을은 마을 전체가 가마이며 도자기 상점들이다. 고풍스러운 건물에 저마다 특색있는 도자기들을 선보이고 있어 아리타의 거리 상점이나 도자기 플라자와는 달리 예스러운 정취가 물씬 풍긴다.

이며 도자기상점들이다. 산자락을 타고 줄지어 있는 수많은 도자기상점들은 고풍스러운 건물에 저마다 특색있는 도자기들을 선보이고 있다. 아리타의 거리 상점이나 플라자와는 달리 인간적 체취가 물씬 풍긴다.

나는 회원들을 이끌고 마을 맨 위쪽 나베시마 가마터로 올라갔다. 거기를 가야 이 장소의 진정성을 느낄 수 있기 때문이다. 나베시마 가마는 양질의 백토 광석을 우선적으로 공급받아 동시대 다른 도자기와는 질이 다른 수준 높은 자기를 생산해냈다. 일반에는 팔지 않고 천황가와 쇼군에게 헌상하고 다른 번주들에게 선물하는 데에만 썼기 때문에 대량생산은 아니었던 것이다.

다 무너진 옛 가마는 잔편만이 흙 속에서 살짝 모습을 드러내고 있을 뿐이다. 보존을 위해 아크릴로 덮어놓아 그 자취를 명확히 확인할 수 있

| **이마리 가마 유적** | 다 무너진 옛 가마는 잔편만이 흙 속에서 살짝 모습을 드러내고 있을 뿐이다. 보존을 위해 아크릴로 덮어놓아 그 자취를 명확히 확인할 수 있지만 전문가가 아니면 흙더미에 묻힌 사금파리 이상으로 보이지 않는다.

지만 전문가가 아니면 흙더미에 묻힌 사금파리 이상으로 보이지 않는다. 그래도 이 가마터까지 올라온 것은 장소의 역사성도 있지만 바로 곁에 전망대가 있어 '비요의 마을' 전체를 조망할 수 있기 때문이다.

전망대에서 보니 우리가 들어온 입구를 제외하고는 높은 산으로 둘려 있고 산자락 경사는 아주 급하다. 도자 기법의 보안을 유지하기 안성맞춤인 자리다. 그런 내력과 연륜을 간직한 곳이 오늘에 이르기까지 도자기마을로 성장하고 보존되어 있어, 우리 같은 사람이 이 한적하고 외진 곳까지 답사와 여행을 가게 하는 것은 역시 일본의 저력이고 문화 능력이다.

경기도 광주·여주·이천에도 이러한 '비요의 마을' 같은 것이 있을 만한데 고풍 어린 자취가 없어서 이와 같은 정겨움을 연출하지는 못한다. 전통을 사랑한다는 것은 말로, 마음으로 하는 것이 아니라 삶 자체에 녹

아들어 생활 속에서 실천해야 제 빛을 발하게 됨을 이 비요의 마을이 말
해준다.

도공무연탑

비요의 마을에는 조선 도공의 자취가 서린 두 개의 유적이 있다. '도공
무연탑(陶工無緣塔)'과 '매화 동산(梅園)'에 있는 '고려인의 비(碑)'이다.
이마리는 한국인 관광객도 제법 많이 찾아오는데 이 둘은 한쪽 외진 곳
에 있어 들러보지 못하는 경우가 많다.

지난봄에 다시 갔을 때 주차장에서 만난 한국인 관광객 몇이 나를 알
아보고 인사를 하고 떠나려 하기에 지나가는 말로 도공무연탑을 가보았
느냐고 물으니 어디 있느냐고 되물으면서 나를 따라왔다.

도공무연탑은 주차장 맞은편 산자락에 있는 공동묘지 한쪽에 세워져
있다. 멀리서 보아도 개울 건너편에 가지런히 정비된 석축 위로 제법 큰
규모의 공동묘지 석주(石柱)들이 줄지어 있는 것이 보인다. 동네의 연륜
만큼이나 오래된 마을 공동묘지로 가문이나 망자(亡者)의 이름을 새긴
네모난 석주들이 빼곡하다.

그 한쪽에 연고가 없는 묘지의 석주들을 한곳에 모아 네모뿔 모양으
로 차곡차곡 쌓고 맨 위에 스님 모습의 지장보살을 세워놓은 석탑이 있
다. 이를 이름하여 도공무연탑이라고 했다.

안내문에 쓰여 있기를 이 탑은 번요(蕃窯)시대 무연고(無緣故) 도공들
의 묘석을 한자리에 모아 세운 것으로 모두 880개라고 한다. 그리고 안
내문은 다음과 같이 이어진다.

300년에 이르도록 할아버지, 아버지의 비기(秘技)를 계속 이어온

| 도공무연탑 | 연고가 없는 묘지의 석주들을 한곳에 모아 네모뿔 모양으로 차곡차곡 쌓고 맨 위에 스님 모습의 지장보살을 세워놓은 석탑이 있다. 이를 이름하여 도공무연탑이라고 했다.

세공인(細工人)을 비롯하여 도움을 준 가마의 사람들과 이와 인연이 있는 사람들, 그리고 고려인을 모신 묘로 매년 봄이 되면 이곳 오카와치산 구민들은 공양을 올리고 800여 석주의 영혼에 제사를 지내고 있다.

탑만 정성스럽게 세워진 것이 아니라 이름 없는 도공들의 수고로움을 생각하면서 그 영혼을 기리는 후손의 마음도 이렇게 따뜻하게 담겨 있다. 조선 도공, 고려인에 대한 고마움도 잊지 않고 새겨놓은 글귀가 나의 가슴에 뭉클하게 다가온다. 지난봄에도 도공무연탑에는 여전히 꽃다발이 놓여 있었고 개울가에 장하게 늘어선 해묵은 벚나무들은 마지막 꽃잎을 비바람에 흩날리고 있었다. 이국땅에서 살다간 영혼을 위로하는 꽃비 같았다.

| **고려인의 비** | 도공무연탑에서 마을 아래쪽에 있는 조촐한 '고려인의 비'는 설립 취지가 아련하고 고어풍의 문장도 명문이다.

　도공무연탑에서 마을 아래쪽으로 내려가면 '고려인의 비(碑)'가 따로 있는데 여기는 주차장 아래쪽으로 비요의 마을과 반대 방향이어서 사람의 발길이 더욱 닿지 않는다. 그러나 아담한 매화 동산에 세워진 이 비는 고어풍의 문장도 명문이고 그 내용은 처연하기 그지없다.

　옛 집이 있어 고려가(高麗家)라 불린다. 추측건대 도조(陶祖) 한인(韓人)의 형분(塋墳)이다. 나베시마 가마의 이름을 천하에 떨친 오카와치의 영예와 애도가(愛陶家)들이 천인합작(天人合作)의 일품(逸品)이라 칭송한 분들이다.
　애석하도다. 빙렬청자(氷裂青瓷)의 성사(盛事)를 생각하노라니 무한히 큰 혜택을 추억하지 않을 수 없도다. 이에 부근 일대에 매화를 심고 도조를 기린다.

지당산(地當山)이 한눈에 들어오고, 멀리로는 귤강(橘江)의 잔잔한 파도가 바라보이며, 청라연봉(靑螺連峰)의 꿈이 어우러진 이 절호의 유원지에 언젠가 매화나무가 무성해지면 천하의 문인 묵객들을 초대하여 '나부(羅浮)의 꿈'에 연유하여 청유(淸遊)를 즐길 만한 일이다. 마을 사람들 역시 이곳을 관매(觀梅)의 동산(園)이라 부른다.

지금은 그 매화나무들이 노매가 되어 관매의 동산이라 이름하기에 손색이 없지만 갈 때마다 찾아오는 이 없어 나 홀로 그 매화를 보고 있자니 그야말로 '나부의 꿈'이 되고 만다. 옛날 수나라 어느 선비가 나부산의 매화촌에서 꿈속에 깨끗하게 차려입은 미인과 놀다가 깨어보니 차가운 달빛만 교교히 비칠 뿐 미인은 온데간데없었다는 얘기이니 글쓴이는 여기까지 생각하고 '나부의 꿈'이란 말을 넣었단 말인가.

이마리야키라는 것

비요의 마을을 떠나 우리는 이마리 항구로 향했다. 버스에 올라 이마리야키의 현장으로 간다고 하니 한 회원이 내게 질문한다.

"이마리야키, 초기(初期) 이마리야키, 고(古) 이마리야키가 어떻게 다른가요."

질문하는 걸 보면 그 사람 실력이 나오는데 지금 이분은 이번 답사에서 일본 도자사 공부를 제대로 시작한 분이다. 당연히 한번쯤 나올 만한 질문이다.

일반인에게는 좀 어려울 수 있는 이야기인데 이마리야키는 특정 가마

| 고 이마리야키 | 1. 색회모란봉황순호 2. 색회양각화조문접시 3. 청화매죽인물문병 4. 색회화조사자문

를 지칭하는 것이 아니다. 아리타야키가 이마리 항구를 통해 국외로 나
가면서 아리타야키를 통칭 이마리야키라고 했는데 이를 시기적으로 초
기 이마리, 고 이마리, 이마리로 구분한다.

　간단히 설명하여 1616년 이삼평이 백토 광산을 발견한 후부터 1650
년대까지 아직 수출이 본격화되기 전 약 30년을 초기 이마리야키라고
부른다. 이때는 도자기에 조선풍, 명나라 청화백자풍이 많이 남아 있다.

　그후 1650년대에 들어와 유럽과 동남아시아에 대대적으로 수출되기

시작하여 에도시대까지 이어진 도자기를 고 이마리야키라고 한다. 역시 아리타에서 제작된 이 도자기들은 수출 자기이기 때문에 수요자의 취향을 반영해 유럽인들이 좋아했던 중국 취향이 농후하며 또 유럽 냄새가 많이 나는 것도 있다. 처음 네덜란드 동인도회사가 이마리야키를 수출한 것은 1650년이었다. 이렇게 수출된 이마리야키들은 일본엔 거의 남아 있지 않기 때문에 옛 고(古)자를 붙인 것이다.

그리고 메이지시대 이후 이마리에서 제작된 도자기를 이마리야키라고 부르고 있다. 우리가 비요의 마을에서 본 도자기들이 모두 이마리야키이다.

이마리 항구 상생교에서

옛날에 도자기를 유럽에 수출한 이마리 항구는 오늘날 이마리강(江)을 가로지르는 상생교(相生橋) 자리이다. 우리는 이마리 기차역 주차장에 버스를 세워놓고 세 블록 너머에 있는 상생교까지 걸어가기로 했다.

이마리역 광장에서 나는 또 한번 전통을 끔찍스럽게도 아끼는 일본인들의 모습을 확인했다. 아주 작은 옛날 이마리역을 지금도 그대로 유지한 채 도시의 팽창과 함께 역을 확장하여 새 역사는 옛날 역 옆에다 따로 지어 연결해놓았다. 참으로 보기 좋았다.

광장에서 길을 건너기 위해 신호등 앞에 서 있자니 상생교로 가는 길 양쪽에는 이마리야키로 빚어낸 도자기 조각이 장승처럼 우뚝 서서 여기가 도자기의 마을 이마리라고 자랑하고 있다.

상생교에 다다르니 이마리강이 유유히 흐른다. 옛날에는 항구가 아니라 포구(浦口)로 불려 여기에 선착장이 있었고 강변으로는 내로라하는 도자기 상인들이 진을 치고 있었다고 한다. 메이지시대 사진이 그 옛 모

| 옛 이마리역 | 이마리역은 아주 작은 옛날 이마리역 건물과 현대식 새 역사가 나란히 있다. 옛 것을 보존하면서 지금도 사용하고 있는 모습이 참으로 보기 좋았다.

습을 보여주고 있다.

그리고 오늘날에는 이 강을 가로지르는 넓은 다리가 있어 상생교라고 불린다. 다리 난간에는 네덜란드 상인의 주문으로 아리타에서 도자기로 만들었다는 '술독을 타고 있는 인물상'과 도자기의 복제품이 세워져 있다. 그리고 안내판에는 다음과 같은 글귀를 자랑스럽게 새겨놓았다.

여기는 세라믹 로드, 즉 도자기 길의 출발점이다.

상생교에서 바다로 흘러가는 이마리 강물을 바라보자니 만감이 교차한다. 우리도 그 시절에 얼마든지 그럴 수 있는 기술과 능력이 있었는데 세월은 우리에게 그런 기회를 주지 않았다. 서양과 동양을 잇는 네덜란드 상인들이 나가사키까지만 오고 우리나라엔 헨드릭 하멜(Hendrik

| **상생교 가는 길** | 상생교로 가는 길 양쪽에는 이마리야키로 빚어낸 도자기 조각이 거리의 수문장처럼 우뚝 서서 여기가 도자기의 마을 이마리라고 뽐내고 있다.

Hamel)이 표착해왔을 뿐이니 말이다. 안에서도 문을 열고 나가지 않았고, 밖에서도 우리의 대문을 두드리지 않았다. 그것은 조선의 지정학적 운세였고 조선 왕조의 무능이었다.

그러나 과거는 과거일 뿐 지난날의 과오와 운세 같은 것은 잊어버릴 일이다. 오늘날 우리는 현해탄을 박차고 태평양·인도양·대서양으로 나아가고 있지 않은가. 그런 문화적 자신감이 있기에 나는 의연히 상생교에 서서 '그 옛날에 이런 일이 있었지'라며 덤덤히 역사를 회상하는 것이다.

그렇지 않다면 이 상생교 이마리 포구가 얼마나 부러웠겠는가. 그러나 우리가 고려청자·조선백자의 뛰어남을 자랑으로 삼으면서 세계 도자 시장에서 뒤처져 있다는 사실은 여전히 억울할 따름이다.

어떻게 하면 다시 우리 도자기의 영광을 찾을 수 있을 것인가. 우리가 먼저 우리 도자기를 사랑하고 자랑하고 사용해야 한다. 연구하고 개발할

| **이마리 상생교** | 이마리강을 가로지르는 넓은 다리는 상생교라고 불린다. 다리 난간에는 네덜란드 상인의 주문으로 만들었다는 도자기의 복제품이 세워져 있다.

것도 없다. 그 잠재된 DNA를 찾아내기만 하면 된다. 그러면 반드시 우리에게 기회가 올 것이라고 믿어 의심치 않는다.

이마리강을 벗어나 동중국해를 향해 태평양으로 떠나는 배를 보면서 나의 그런 생각이 '나부의 꿈'처럼 허망하지 않기를 바라는 마음 가득했다.

그때 그런 일이 다 있었단 말인가

다케오 온천과 올레 / 미후네산의 낙원 / 혜주원 /
나가사키 만보 / 일본의 신사 / 덴만궁의 유래 / 비매(飛梅) /
백제인이 쌓은 수성 / 백촌강 전투 / 대야성 / 다자이후 청사 /
이노우에 야스시의 『풍도(風濤)』

다케오와 우레시노의 온천

규슈 북부를 답사할 때 내가 거점 도시로 삼는 곳은 다케오시이다. 다
케오에서는 내가 가고자 하는 모든 도시들을 한 시간 안에 갈 수 있다.
동쪽으로는 후쿠오카, 서쪽으로는 아리타와 이마리, 북쪽으로는 가라쓰,
남쪽으로는 나가사키로 연결된다.

그런 교통의 요충지인데다 다케오는 일본에서 가장 유명한 온천 지역
중 하나이기 때문에 여기서 하룻밤은 꼭 묵어가게 된다. 다케오 온천은
1300년 전 기록인 『히젠국(肥前國, 지금의 사가현과 나가사키현) 풍토기(風土
記)』에 나올 정도로 역사가 오래되었고 천황, 도요토미 히데요시, 미야모
토 무사시, 지볼트 등 명사들이 다녀간 것을 자랑하고 있다.

다케오 온천가(街)에는 오랜 역사를 가진 공동욕장이 있다. 여기에는

| 사쿠라문과 원조 다케오 온천 | 다케오 온천가에는 원탕의 구관(오른쪽 위)·신관(오른쪽 아래)을 비롯하여 온천 여관이 여럿 모여 있다. 입구에는 1915년에 사쿠라문(왼쪽)이라는 빨간 누문이 상징 건물로 세워졌다.

모토유(元湯)라는 원탕 외에 도노사마유(殿樣湯)라고 해서 나베시마 영주 전용의 대리석 욕조 독탕이 따로 있다.

여남은 온천여관이 모여 있는 온천가 입구에는 1915년에 건립된 사쿠라문(櫻門)이라는 빨간 누문(樓門, 중요문화재)이 다케오시의 상징 건물로서 있다.

이 사쿠라문은 일본 근대건축의 대가로 도쿄역, 일본은행을 설계한 다쓰노 긴고(辰野金吾, 1854~1919)의 작품이란다. 말하기로는 8세기 텐표(天平) 양식으로 못을 하나도 쓰지 않았다고 하는데 내가 보기엔 육축(陸築)이 가벼워 보여 건축 그 자체가 주는 감동은 없다. 오히려 근래에 복원되어 자료관으로 사용되고 있는 온천 신관 건물(중요문화재)이 엄정하면서도 상큼한 멋을 풍기고 있어 시선이 절로 그쪽으로 향한다.

나는 온천에 대해 별 소견이 없는데다 일본에는 3,893개소의 온천 지역이 있다고 하니 서로 최고라고 하면 그런가보다 하고 지나갈 수밖에 없다. 그런데 다케오에서 멀지 않은 우레시노(嬉野)라는 시골 마을의 온천이 일본에서 가장 오래되었고, 일본인 중에서도 아는 사람만 찾아오는 곳으로 여관값이 저렴하다고 해서 학생들과 답사할 때 한번 묵어갔다. 가서 보니 온 동네가 온천여관이고 입구에는 한 여론조사 결과 일본 온천 마니아들이 가장 좋은 온천으로 꼽았다는 기사를 자랑스레 걸어놓았다. 그런데 내 기억으로는 두 온천 모두 물이 아주 매끄러워 목욕하는 기분이 좋았고 크게 다르지 않았다.

그러고 보면 역사로 보나 평판으로 보나 다케오와 우레시노 온천의 명성은 허명이 아닌 듯싶고 무엇보다도 벳푸(別府)나 이부스키(指宿) 온천처럼 관광객으로 바글거리는 대형욕장이 아니라서 더 좋은 인상을 갖고 있다.

다케오 올레

다케오 온천가 사쿠라문 앞거리에서는 매주 일요일 아침이면 아침시장(朝市)이 열려 한 차례 구경거리가 된다. 우리 시골장터와 마찬가지로 동네분들이 이런저런 먹거리 재료들을 들고 나와 좌판을 벌이는데 일본 시골사람들의 일상을 엿볼 수 있어 뜻깊은 볼거리이다.

지난봄 갔을 때, 나를 기쁘고 놀라게 한 것은 여기가 '다케오 올레'

| 다케오 올레 | 2012년 제주올레가 마침내 일본에 수출되어 '규슈 올레'가 만들어졌다. 그때 가장 먼저 선보인 것이 17.4킬로미터의 '다케오 올레'이다.

의 도착점이 되었다는 사실이었다. 2012년 제주올레가 마침내 일본에 수출되어 '규슈 올레'가 만들어졌다. 제주올레사무국의 지도를 받았고, 제주올레의 상징적 디자인을 그대로 따른 길안내 표식도 로열티를 지불하고 사용 중이다. 그때 가장 먼저 선보인 것이 14.5킬로미터의 '다케오 올레'이다.

본래 다케오는 일본에서는 보기 드문 독특한 자연경관을 갖고 있다. 시내 한쪽 들판 한가운데 우뚝 솟은 미후네산(御船山)은 해발 210여 미터로 높지는 않지만 기암절벽 두 봉우리가 흡사 범선을 연상시켜 그런 이름을 얻었다. 이곳 전설로는 진구 왕후가 삼한정벌 때 타고 간 배란다.

게다가 도시의 역사가 오래되어 유적도 많고, 또 도자기 가마로도 유명하다. 김해 출신의 여자 도공인 백파선 할머니도 본래 여기에 있다가 아리타로 옮겨갔다. 다케오 올레는 여기를 한 바퀴 둘러보는 산책 코스로 개발한 것이다.

이를 보고 있자니 그 또한 한류인지라 흐뭇한 마음이 일어나지 않을 수 없는데, 한편으로는 그네들의 삶을 살지게 한다면 미제(美製)고 중국제고 한국제고 가리지 않는 일본인의 개방적이고 실질적인 생활태도를 엿볼 수 있었다.

미후네산의 낙원과 혜주원

미후네산 기슭에는 『일본의 정원 100선』에 들어 있는 아름다운 정원이 둘 있다. 하나는 19세기에 조성된 낙원(樂園, 라쿠엔)이고, 또 하나는 20세기의 혜주원(慧州園, 게이슈엔)이다.

본래 다케오는 12세기 이래로 나베시마 번주가 다스리던 땅이었는데, 제28대 다케오 번주인 나베시마 시게요시(鍋島茂義)가 자신의 별장을

지으면서 정원으로 꾸민 것이 이 낙원이다. 미후네산의 깎아지른 듯한 봉우리를 차경(借景)으로 삼고 비탈진 산자락 15만평에 5만 포기의 철쭉과 5천 그루의 벚나무, 그리고 단풍나무, 등나무, 석남화(石南花) 등을 3년에 걸쳐 심으면서 1845년에 완성했다고 한다.

자그마치 15만평에 5만 포기의 철쭉이라는 방대한 정원의 규모도 그렇거니와 일본 정원 특유의 가지치기로 포기마다 가마솥을 엎어놓은 모양을 하고 있는데 5월이면 흰 철쭉과 연분홍 철쭉이 개화 시기를 조금씩 달리하면서 포기마다 빨강, 초록, 연두, 하양으로 빛깔을 달리하여 잎과 꽃이 피어나는 그 경관은 놀라운 감동을 일으킨다. 이것을 170년간 이렇게 가꾸며 유지하고 있는 그 정성과 공력에도 혀를 내두르게 된다.

조원(造園) 계획을 세울 때 시게요시는 가노파(狩野派)의 궁중화가를 교토에서 초대해 완성예상도를 주문했다고 한다. 그리고 시게요시 자신

| **미후네산 낙원** | 다케오 번주인 나베시마 시게요시가 자신의 별장을 지으면서 정원으로 꾸민 것이다. 비탈진 산자락 15만평에 5만 포기의 철쭉과 5천 그루의 벚나무, 그리고 단풍나무, 등나무 등을 3년에 걸쳐 심으면서 1845년에 완성했다고 한다.

이 가노파의 화풍을 배워 가이슌사이(皆春齋)라는 아호로 여러 점의 그림을 남겼다고 한다. 그래서인지 이 정원의 모습은 가노파의 산수화 이미지와 많이 닮았다.

이 정원에는 수령 170년의 늙은 등나무가 가로세로 20미터로 뻗어 있어 5월이면 포도송이 같은 꽃이 주렁주렁 피어나니 그 또한 명물이 아닐 수 없다. 그러나 이 정원의 하이라이트는 5천 그루의 벚꽃이 만발할 때이다. 해마다 4월이면 벚꽃이 만발할 때 일주일간 야간개방을 하여 밤벚꽃놀이를 즐기게 해준다.

지난봄 내가 회원들과 함께 바로 그때 여기에 갔는데, 그날 밤 비바람이 몰아치는데다 몸살기가 있어 회원들만 다녀오라 하고 나는 온천욕을 길게 하고 일찍 자리에 들어서 가보지 못했다. 다음날 아침 회원들은 멀

| **다케오 혜주원** | 센추리호텔의 정원인 혜주원은 20세기에 조성된 대표적인 일본 현대 정원으로 손꼽히고 있다. 철쪽과 차밭을 기본으로 하면서 사계절 모두 꽃과 단풍을 즐길 수 있도록 정원수를 배치하여 어느 때 찾아가도 원색의 향연이 있다.

쩡한 나를 보고 푹 쉬어서 괜찮으냐고 안부를 물은 다음 한결같이 어젯밤 환상의 낙원에 다녀왔노라고 즐거워했다. 어떤 광경이 인상적이냐고 물으니 호숫가에 늘어선 수양벚나무들이 물속에 그림자를 드리워 비바람에 일렁이는 모습은 꿈결에도 보기 힘들 것 같다고 했다.

센추리호텔의 정원인 혜주원이라는 현대 정원은 아침 해장 답사로 제격이다. 이 정원은 20세기 정원설계가로 유명한 나카네 긴사쿠(中根金作)의 작품으로 그는 '쇼와 연간의 고보리 엔슈(小堀遠州)'라는 칭송을 받고 있는 현대 조원의 거장이다. 역시 미후네산의 깎아지른 봉우리 다른 쪽 면을 배경으로 삼고 가파른 비탈을 영산홍과 철쭉, 그리고 차밭으로 반듯하게 다듬고 계곡을 이용하여 자연의 멋과 단풍의 아름다움이 어우러지게 조성해놓았다.

| **헤주원의 고풍스런 목조건물** | 흐드러진 자태로 화려하게 핀 수양벚꽃이 고풍스런 목조건물과 어울린 모습은 환상적이어서 보는 이마다 절로 탄성을 지르게 한다.

이 두 정원을 보고 있자면 마치 한라산 영실의 진달래 능선 한 자락을 옮겨다놓은 것 같다. 그러나 영실의 그것은 인공이 아니라 제주의 바람이 상고머리처럼 다듬어놓아 자연스런 멋이 살아 있는데 이 정원들은 인공적인 손길로 만들어진 터라 그런 친화력과 편안함은 없다. 일본인들이 왜 한라산 영실에 그토록 열광하는지 이 정원을 보고 알았다.

내가 이 두 정원에서 특히 깊은 감동을 받은 장면은 조촐한 다실 앞에 자연스럽게 자란 노목 한 그루가 건물과 어우러진 모습이었다. 특히 혜주원에서 흐드러진 자태로 화려하게 꽃피운 수양벚나무가 고풍스런 목조건물과 어울린 모습은 일품이어서 보는 이마다 절로 탄성을 지르게 하는데 일본인들이 시다레자쿠라(枝垂れ櫻)라고 부르는 이 수양벚나무의 아름다움은 교토의 오래된 사찰 정원에 가면 더 많이 느낄 수 있다.

나가사키 만보

다케오에서 묵든 우레시노에서 묵든 나의 다음 행선지는 후쿠오카 다자이후가 된다. 그러나 어쩌다 하루를 더 묵어가면 나가사키를 들르는데 그것은 일본 속의 한국문화라는 주제에서 벗어난 그야말로 한차례 관광여행이 된다. 그것도 일본 역사에서 아주 특수한 경험의 소산들을 구경하는 셈이다. 그래서 느긋이 거닐며 이 생각 저 생각을 해보는 나가사키 만보(漫步)가 되는 것이다.

내가 나가사키에서 가본 곳은 여섯 군데이다. 첫째는 나가사키의 가장 큰 볼거리이자 역사적 상징이기도 한 데지마(出島)이다. 1634년 에도막부의 쇄국정책의 일환으로 항만에 건설한 인공섬이다. 처음에는 포르투갈인, 나중에는 네덜란드 상인에게 임대료를 받은 부채꼴 모양의 섬으로, 전체 넓이는 약 1.5헥타르(약 4,540평) 정도이다. 1641년에서 1859년 사이에 네덜란드와의 무역은 오직 이곳에서만 독점적으로 허용되어 일본 쇄국 시기에 서양과 교류하는 숨통을 터놓았던 곳이다.

그래서 아리타야키가 유럽으로 수출되는 길이 열렸고 네덜란드 동인도회사에 부임한 지볼트(P. F. Siebold, 1796~1866)가 일본의 문화와 동식물을 소개한 7권짜리 『일본』(NIPPON)을 출간하는 계기를 제공하기도 했다. 지볼트는 일본 번주의 딸과 결혼했는데 물물교환으로 일본 지도와 서양 지도를 바꾸었다가 일시 추방되기도 했지만 일본을 유럽에 알린 일등공신이었다고 할 수 있다.

두번째는 데지마에 근무하던 네덜란드인들이 모여살던 '오란다'(Holland) 마을이다. 사실 큰 볼거리가 있는 것은 아니지만 이국 취향을 구경하는 재미가 있다.

세번째는 나가사키의 오우라(大浦) 성당이다. 일본에 기독교가 들어온 것도 나가사키를 통해서였는데 1864년에 세워진 이 성당은 유럽풍에 일본풍을 가미한 것으로 독특한 멋이 있다. 동도서기가 아니라 서도동기의 건물이라고 할 수 있는데 두 개의 이질문화가 만나는 여러 사례 중 하나를 여기서 볼 수 있다. 그래서 이 건물은 원폭으로 무너진 것을 다시 복원했으면서도 일본 국보로 지정되었다.

네번째는 원폭기념관과 평화공원이다. 1945년 8월 9일 두번째 원자폭탄이 투하되어 나가사키의 모든 것을 한순간에 날려보내고 10만명이 사망한 처참한 현장을 녹아버린 강철과 사진으로 생생하게 보여준다. 특히 원폭투하까지 긴박하게 진행된 날짜별 기록을 보면 전쟁의 잔인함이 소름 끼치게 다가온다.

제국주의자들이 벌인 전쟁놀음에서 희생당한 것은 거기 휘말린 백성들뿐이다. 그 억울함으로 말할 것 같으면 전쟁 중 징용으로 끌려간 한국인들이 원폭에 죽음을 맞은 것보다 더한 것이 있겠는가. 그러나 이 원폭기념관에는 이들을 애도하는 표현은 고사하고 이런 사실조차 밝혀놓은 기록을 찾을 수 없다. 일본인들이 과거사에 대해 섬세하게 반성하지 않고 있음을 말해주는 한 단면이라는 생각이 든다. 자신들의 희생을 말하려면 자신들이 피해를 준 것에 대한 반성을 같이해야 더 호소력이 있음을 아직 잘 모르는 것 같다.

다섯번째는 나가사키 현립 미술관에 가서 서양의 무기·과학·종교·학문·의학·미술 등 이질문화가 일본에 들어와 어우러지는 모습을 공부하는 것이고, 여섯번째는 나가사키 짬뽕집과 카스텔라로 유명한 문명당(文明堂, 분메이도) 본점에 가서 맛있게 간식을 즐기는 것이다.

| 나가사키의 볼거리 | 1. 나가사키의 가장 큰 볼거리이자 역사적 상징이기도 한 데지마 안동네. 2. 데지마는 부채꼴 모양의 인공섬으로 되어 있다. 3. 카스텔라로 유명한 나가사키의 문명당 본점. 4. 원폭자료관으로 1945년 8월 9일 두번째 원자폭탄 투하 상황을 생생하게 전시하고 있다. 5. 평화공원에는 10만명이 사망한 처참한 현장에 평화를 기원하는 상징 조각을 세웠다. 6. 오우라 성당은 1864년 준공된 것으로 서양 교회당 건축에 일본 양식이 가미되었다.

나가사키 현상

미술로 말하자면 이른바 '나가사키 화파(畵派)'라는 것이 있는데 대여 섯 가지 경향을 보이는 이 그림들은 예술 그 자체로서 감동을 준다기보 다는 잡종문화의 어지러움이 절정에 달한 느낌을 준다.

일본미술사에는 난반(南蠻)미술이라는 별도의 장르가 있다. 이는 특 정 화풍이라기보다 서양화가 일본에 들어오면서 아직 제대로 정착하지 못하여 서양화도 일본화도 아닌 상태에서 어정쩡하게 혼재된 그림들이 다. 유화도 있고, 동판화도 있고, 일본화도 있고, 수묵화도 있고, 공필채 색화(工筆彩色畵)도 있다. 기독교도상, 세계지도, 동식물도감, 투시도, 초 상화, 장벽화(障壁畵) 등이 어지럽게 뒤섞여 있다. 한마디로 나가사키 짬 뽕 같다. 그것은 외래문화를 받아들이는 데 반면교사가 되기에 충분한 교훈이다

나는 이것을 예술로서 감상한 적도 없고, 예술적으로 감동받은 바도 없지만 문화적 현상으로서 깊이 고찰할 만한 대상이라고 생각한다. 왜 이런 현상이 일어났을까? 그것은 일본이 서양문화를 받아들이면서 근 300년 동안 이곳 나가사키에 묶어두고 밖으로 빠져나가지 못하게 했기 때문이라고 생각한다. 미처 소화할 시간도 없는데 또 새로운 서양문물이 계속 밀려들어오니 어쩌겠는가. 그냥 섞일 수밖에 없었다.

좋다고 받아들였다가 체하고 탈나는 경우도 있었다. 대표적인 예가 기독교 탄압이다. 1549년 포르투갈인들과 함께 들어온 선교사 프란시 스코 사비에르(Francisco Xavier) 신부가 처음 일본에 전파한 기독교는 1637년 신자의 수가 나가사키를 중심으로 30만명이 넘게 늘어난다. 그 렇게 큰 세력으로 확산되며 나가사키 지방에서 반란까지 일으키자 위기 감을 느낀 막부는 포르투갈인을 모두 추방하고 기독교를 탄압하기 시작

| **난반 병풍(부분)** | 서양화가 일본에 들어오면서 일본화와 혼합된 양식을 낳았다. 서양 사람들은 소세지 모양 바지를 입은 것이 특징인데 이를 난반미술이라 부른다.

했다. 사람들의 왕래가 빈번한 다리 위에 예수의 초상화를 펴놓고 행인들로 하여금 밟고 지나가게 하여 이를 피해가는 사람을 기독교인으로 색출했다고 한다.

　외국 문물이 들어올 때 꼭 좋은 것만 들어오지는 않는다. 유명한 피부과 의사로 은퇴 후 미술사학과 박사과정에 들어온 이성낙 박사가 알려주기를 서양문물이 들어올 때 몹쓸 성병인 매독도 같이 들어왔다고 했다. 그래서 매독을 일명 '나가사키 디지즈'(Nagasaki disease)라고도 한단다. 나가사키에 떨어진 원자폭탄 역시 서양문물이 아니고 무엇이겠는가.

　그런 일본이 진짜 서양의 가치를 알게 된 계기는 1871년 이와쿠라 도모미(岩倉具視), 이토 히로부미(伊藤博文) 등 107명으로 구성된 '이와쿠라 사절단'이 2년간 조약 체결국들을 직접 방문하고 43명은 유학생으로 남아 서구 문화와 문명을 체득하고 돌아오면서였다.

이에 비해 서양은 동양 것을 가져갈 때 후춧가루·차·도자기·꽃 등 맛있고 예쁘고 좋은 것만 골라서 '중국 취미'니 '일본 취미'니 하는 이름으로 그네들의 색다른 정서 체험으로 삼았다.

내가 동양인의 한 사람으로서 나가사키에 와서 느끼는 감정은 문화의 일방통행이 막다른 골목에서 일으키는 혼란과 피해, 그리고 이를 극복하기 위해 100여년 전 일본의 지식인들이 보여준 적극적인 자세와 능력 두 가지이다.

서양인들이 일본적인 것의 가치를 알게 된 것은 1890년 파리 만국박람회에서 일본인 목수가 실제로 일본 집을 지으면서 일본의 장인정신을 보여주고, 니토베 이나조(新渡戶稻造)가 『무사도』(Bushido, 1900)를, 오카쿠라 덴신(岡倉天心)이 『차의 책』(The book of tea, 1906)을 쓰는 등 일본의 지성이 직접 영어로 일본의 정신과 미학을 설파하고 난 뒤였다.

일본은 벌써 100년 전에 자신을 그렇게 선전하는 데 성공했다. 이에 비해 우리는 어떠한가. 한국의 선비정신, 한국미의 아름다움을 영어로 쓴 훌륭한 저술이 아직도 나오지 않았으니 그들이 한국적인 것의 가치를 어떻게 이해할 것이며, 그런 이해가 없는데 한국을 어떻게 존경하겠는가. 한국인들이여! 분발할 일이다. 세계화는 점점 멀리멀리 퍼져가고 있다.

일본의 신사

이제 나는 후쿠오카 공항으로 향한다. 그러나 나의 규슈 답사가 끝난 것은 아니다. 가는 길에 다자이후에 들러 백제 멸망 후 백제인들이 쌓은 수성(水城)을 답사하고 또 일본인이고 한국인이고 후쿠오카에 오면 반드시 들러 가는 다자이후 덴만궁(天滿宮)을 관람해야 한다.

덴만궁을 가려면 우선 덴만궁이 무엇인지 알아야 하고, 덴만궁을 알려면 일본 신사의 기본을 알아야 한다. 한국인들은 일본의 신사에 대해 잘 모르고 잘 가지도 않는다. 건축적으로 큰 감동을 주는 것도 아니고, 신사라면 항시 우리 언론에 나오는 야스쿠니(靖國) 신사가 연상되어 썩 내키지 않는 곳으로 각인되어 있다. 도산신사도 이삼평을 신으로 모셨기에 방문했던 것이고 그러지 않았으면 일부러 찾아가지 않았을 것이다.

일본을 답사하면서 가장 알기 힘든 것이 신도(神道)라는 것과 신사를 참배하는 일본인들의 종교의식이다. 현지에서 살아보지 않은 사람은 알 수도 없고 설명할 수도 없다.

학생들과 갔을 때 마침 우리의 현지 가이드 이근혁씨는 오랫동안 규슈에 산 분이어서 이에 대해 특별히 청해 듣기로 했다. 그는 여행 가이드로 일하면서 우리처럼 공부만 하는 팀도 처음 보았고 이런 거 시키는 경우도 처음이라더니 우리 혜산 선생의 영향을 받았는지 청산유수로 설명해갔다.

"일본의 신사는 일본의 고유 종교인 신도에서 신령을 모시는 곳입니다. 신도는 일본인들의 민족신앙으로 정신생활의 기반입니다. 그러나 신도에는 교조(教祖)도 경전도 없습니다. 체계적인 종교가 아니라 일본의 역사 속에서 형성된 일종의 전통문화일 따름입니다. 다른 종교가 경전을 바탕으로 한 교리에 따라 행동하고 살아갈 것을 강조한다면 일본의 신도에는 그러한 교리가 없습니다. 신앙적 믿음이 아니라 마음의 안식을 찾는 정도의 기능만 하죠. 그래서 일본의 신도를 '종교 이전의 원초적 종교'라고 말하는 이도 있습니다.

일본에는 약 8만 5천개가 넘는 신사가 있다고 합니다. 이 신사가 모시는 신은 엄청나게 다양합니다. 하늘의 천신, 땅의 지신을 비롯하여 자

| 여러가지 신궁의 풍경 | 1. 이소노가미(石上) 신사 2. 가미가모(上賀茂) 신사 3. 가스가샤(春日社) 4. 가스가샤에서 의식을 올리는 모습.

연, 사물, 동물, 식물 등이 신의 이름으로 각 신사에 모셔져 있습니다. 불교의 신도 있고, 젓가락신도 있고, 귤신도 있고, 백제신도 있고, 우리가 갈 다자이후의 수성에는 남근을 모시는 신사가 있을 정도입니다. 또 메이지 천황, 도요토미 히데요시, 이삼평 등 인격신을 모신 곳도 무수히 많습니다.

그런 중 신사보다 격이 높은 곳을 신궁(神宮)이라 합니다. 일본 신 중에서 최고위인 아마테라스 오미카미(天照大御神)를 모신 이세신궁(伊勢神宮)은 일본 신사의 총본산입니다. 그리고 하치만궁(八幡宮)과 덴만궁이라는 것이 있는데 워낙 인기 있는 신을 모시고 있어 '전국 체인'으로 퍼져 있습니다. 그래서 이 두 궁 앞에는 지명을 붙여서 부릅니다. 우리가 갈 다자이후 덴만궁, 덕혜옹주 결혼봉축기념비가 있는 것으로 유명한 쓰시마의 이즈하라(嚴原) 하치만궁 등이 그런 식입니다.

하치만궁은 하치만 대신(八幡大神)이라는 무신(武神)을 모시는 곳인데 이 신이 삼존상으로 모셔질 때는 역사상 전쟁을 많이 한 15대 오진 왕과 진구 왕후가 여신상으로 봉안되기도 합니다.

덴만궁은 일본 역사상 최고의 학자로 추앙받는 스가와라노 미치자네(菅原道眞, 845~903)라는 실존인물을 사후 천신(天神)으로 신격화해 '학문의 신'으로 모신 곳입니다. 이것이 다자이후 덴만궁의 기원이며, 이후 전국 덴만궁의 총본산이 되었습니다. 때문에 치열한 대학입시 전쟁을 치르는 일본에선 1년에 7백만명이 여기를 다녀가면서 합격을 기원한답니다. 나머지는 현장에서 말씀드리겠습니다."

예기치 못한 가이드의 명해설, '요점정리, 일본의 신사'에 학생들은 우레 같은 박수를 보냈다. 내 뒤에 앉아 있는 녀석들은 "방언이 터졌다!"며 감탄했다.

덴만궁의 유래

오늘날 규슈의 제1도시 후쿠오카는 하카타항(博多港)으로 흘러드는 나카가와(那珂川) 좌우로 해서 덴진(天神) 지구와 하카타역 지구 둘로 시내가 형성되었지만 그 옛날은 시내에서 훨씬 남쪽으로 떨어져 쓰쿠시(築紫, 이 지역의 옛 이름) 평야를 내다보는 위치에 있는 다자이후시(太宰府市)였다.

다자이후는 7세기 이래로 교토의 중앙정부에서 멀리 떨어져 있는 서일본, 즉 규슈 지역을 다스리는 총독부가 있던 곳이다. 그 때문에 이 지역의 역사유산은 거의 다 여기에 모여 있다. 다자이후 청사(廳舍) 유적, 관세음사(觀世音寺, 간제온지), 계단원(戒壇院, 가이단인), 광명선사(光明禪寺, 고묘젠지), 수성(水城), 대야성(大野城), 그리고 규슈국립박물관.

그중 가장 유명하고 유일하게 제 모습을 간직하고 있는 곳이 덴만궁이다. 덴만궁에 신으로 모셔진 스가와라노 미치자네는 845년 학자의 집안에서 태어나 어려서부터 신동이라 불린 수재였다. 그는 성실한 학자였고 인품이 높았다. 시도 잘 짓고, 글씨도 잘 썼다. 당나라 사신을 접대하는 자리에서 해박한 학식과 뛰어난 문장을 발휘하여 상찬을 받았으며, 우다(宇多) 천황의 신임을 얻어 마침내 특례로 조선시대 우의정 격인 우대신(右大臣)까지 올랐다. 그는 산업을 일으키고 교육을 장려했다.

미치자네는 894년 제20차 견당사(遣唐使)로 임명되자 이제 일본은 더이상 당나라에 갈 필요가 없다는 소견을 올렸고, 이 의견이 받아들여져 견당사는 여기서 끝을 맺었다. 그런 문화적 자신감이 있었다.

미치자네는 이처럼 선정을 베풀고 국민들에게 신망을 얻어 자부(慈父)로 존경을 한 몸에 받았다. 그러나 이를 못마땅해한 당시의 실권자 후지와라(藤原)의 반감을 사서 무고(誣告)의 화를 입고 다자이후의 권수(權帥, 곤노소치)로 좌천되어 교토를 떠나 이곳에서 사실상 유배생활을 하게 되었다. 다자이후로 온 뒤 아들이 죽는 아픔을 겪고, 그 자신도 병으로 고생하다 2년 만에 세상을 떠났다.

미치자네 사후에 천재지변이 잇따라 발생하자 조정에서는 그가 원령이 되어 저주를 내렸다고 믿고 덴만의 천신으로 삼아 신앙의 대상으로 숭배했다. 미치자네의 유해가 묻힌 무덤 위에는 신전이 세워졌으니 그것이 다자이후의 덴만궁이다. 세월이 흐르면서 그는 학문의 신, 성심(誠心)의 신, 글씨의 신으로 신적 이미지가 강화되고 전국적으로 널리 추앙받게 되었다. 역대로 유명인사들이 여기를 참배하면서 규슈 굴지의 유적이

| **덴만궁** | 다자이후에서 가장 유명하고 유일하게 제 모습을 간직하고 있는 덴만궁은 스가와라노 미치자네를 모신 신궁이다.

되었고, 급기야는 전국 각지로 덴만궁이 퍼져나가면서 여기는 덴만궁의 총본산 역할을 하게 된 것이다.

덴만궁의 비매

　다자이후 덴만궁의 본전(本殿, 중요문화재)은 1591년 모모야마시대에 세워진 것으로 마치 미치자네의 인품과 도덕이 느껴지는 듯 품위를 갖고 있다. 본전 앞에는 좌우로 오래된 홍매와 백매가 봄이면 아름답게 꽃을 피우는데 특히 이 백매는 비매(飛梅)라는 전설적인 이름을 갖고 있다.

　본래 덴만궁 주변은 녹나무와 매화가 우거진 숲이었다. 본전 뒤쪽 식당가에는 지금도 수령 1500년을 자랑하는 녹나무가 우거져 있는데 그중엔 나뭇가지가 연결되어 하나로 된 연리목(連理木)이 있어 부부목(夫婦

| **덴만궁에서 소원을 비는 사람들** | 매화꽃 피는 2월에 덴만궁에 가면 바야흐로 입시철인지라 얼마나 혼잡한지 인파에 밀려 꽃구경을 제대로 할 수 없을 정도다. 청동 황소의 코를 만지면 효험이 있다는 전설이 있다.

木)으로 불리며 그 뒤로는 수백 그루의 노매가 매화밭을 이루고 있다. 이 매화밭은 청매, 홍매, 백매 등 여러 품종의 매화가 어우러져 피어나는 일본 굴지의 매화 명소이다.

그중 본전 앞에 있는 비매는 덴만궁에서 가장 먼저 꽃이 피는데 거기에는 하나의 전설이 서려 있다. 스가와라노 미치자네가 고향을 떠날 때는 마침 매화의 계절이었는데 집 앞에 핀 매화를 보고 다음과 같은 와카(和歌)를 지었다고 한다.

동풍이 불면, 향기를 실어 전해다오

매화 주인이 떠났다고 봄을 잊지 말고

東風吹かば 匂ひをこせよ 梅の花主なしとて 春な忘れそ

그때 이 노래에 감응한 매화 한 그루가 교토에서 이곳으로 날아와 먼저 꽃을 피우고 있었다는 것이다. 이는 미치자네의 인품, 그의 쓸쓸한 말년, 그리고 '동풍이 불면…'이라는 명시가 낳은 전설이다.

매화꽃 피는 2월에 덴만궁에 가면 본전 뒤 매화밭에서는 짙은 향기가 풍기고 본전 앞 비매는 앞질러 꽃을 피운 것을 볼 수 있는데 그때는 바야흐로 입시철인지라 얼마나 혼잡한지 인파에 밀려 꽃구경을 제대로 할 수 없을 지경이다. 소원을 빌면 효험이 있다는 청동 황소를 매만지기 위해 장사진을 이루고 학생이고 학부형이고 황소 얼굴을 손으로 비벼대 코가 반짝반짝 노랗게 빛나는 모습을 보면 전설이 위대한지, 입시가 무서운지 가늠치 못할 정도이다.

그렇게 북적이는 바람에 덴만궁의 연못이 마음 심(心)자로 된 심자지(心字池, 신지이케)인 것을 제대로 음미하지 못하고 무지개다리를 건너 정문으로 바삐 빠져나가게 된다.

덴만궁의 야키모치

덴만궁 입구 역시 오가는 인파로 북적이는데 길 양편은 한결같이 야키모치 상점이다. 이 구운 찹쌀떡은 우메가에모치(梅ヶ枝餅)라고 해서 여기에 또한 스가와라노 미치자네의 전설이 들어 있다.

유배지에서 미치자네가 쓸쓸히 지내고 있을 때 가까이 살던 정묘(淨妙)라는 비구니 노파가 그를 위로하기 위해 맛있게 빚은 찹쌀떡을 따뜻

| 덴만궁의 나무와 필총 | 덴만궁 주변은 녹나무와 매화가 우거진 숲이었다. 본전 뒤쪽 식당가에는 지금도 수령 1천 년을 자랑하는 녹나무(왼쪽)가 우거져 있다. '필총'(오른쪽)은 사용하다가 닳아버린 붓을 묻어놓은 무덤으로 문(文)을 숭상하는 곳에는 종종 보인다.

하게 구워 바쳤다. 미치자네는 이 구운 찹쌀떡을 즐겨 먹어 그가 죽었을 때 영구(靈柩)에는 매화 한 가지와 그 위에 구운 찹쌀떡을 얹었다고 한다.

이 노파도 훗날 신으로 추앙받게 되었다. 11세기 초, 다자이후 청사 남 쪽에 미치자네를 기리는 정묘원(淨妙院, 조묘인)이라는 절을 지었는데 이 절에는 팽나무가 많아 에노키샤(榎社)라고 불리며 이 노파를 돈구(頓宮) 대명신(大明神)으로 모시게 되었다. 지금도 이곳 사람들은 이 노파를 '에 노키샤 할머니'라고 친숙하게 부르고 있다고 한다.

우메가에모치는 이처럼 따뜻한 전설을 갖고 있어 덴만궁에 가서 이 찹쌀떡을 하나 먹지 않으면 갔다 오지 않은 것처럼 되어서 중요한 관광 자원으로 자리잡았다. 이 찹쌀떡은 찹쌀과 멥쌀을 8 대 2로 섞고 작은 콩 을 삶아 속에 넣고 구운 것으로 가게마다 찹쌀 피의 두께도 다르고 삶은

콩 맛도 조금씩 다르다. 그중 상점가 중간에 있는 '우산 집(かさの家)'이 가장 인기가 좋아 항상 손님이 줄을 서서 기다리고 있고 연신 기계를 돌려가며 떡을 만들어내는 것을 볼 수 있는데, 20년 전 문밖에서 철판에 직접 구워줄 때가 진짜 맛있었다.

이 덴만궁의 야키모치를 먹다보면, 명소엔 전설이 담긴 맛있는 과자나 음식이 있음으로 해서 더욱 정감이 생긴다는 것을 알 수 있다. 구라시키(倉敷)라는 옛 도시에 가면 단팥죽 한 그릇을 먹어야 간 것 같을 정도로 온 거리가 단팥죽 집이다. 우리나라 관광지도 이것저것 다 차려놓지 말고 비록 전설이 없더라도 그곳 특산에 맞는 진미의 간식거리로 사람을 불러모으면 좋겠다는 생각이 일어난다.

백제인이 쌓은 수성

한국인으로서 다자이후에 오면 모름지기 '미즈키'라 불리는 수성(水城)을 가봐야 한다. 덴만궁에서 후쿠오카 쪽으로 조금만 가다보면 긴 방죽이 길을 가로지르고 그 사이로 난 길가에 '역사유적 수성'이라는 표지판과 함께 주차장이 나온다. 주차장 길 건너편으로는 잘려나간 수성 한쪽 자락의 위까지 올라가 반대편에 있는 수성의 자취를 한눈에 내려다볼 수 있다.

이 수성은 664년, 이른바 백제 부흥군의 마지막 혈전인 '백촌강(白村江) 전투'에서 패한 왜가 나당연합군이 뒤쫓아 쳐들어올 것에 대비해서 쌓은 백제식 토성이다.

지금은 비록 옛 모습이 아니지만 이 수성에 가면 아마도 모두들 우리가 가진 역사지식이 얼마나 편협한지 여실히 깨닫게 될 것이다. 내가 고대 한일 관계사에 대해 새로운 깨달음을 얻은 계기가 바로 이 수성이었

| **수성터 안내판** | 한국인으로서 다자이후에 오면 모름지기 '미즈키'라 불리는 수성을 가봐야 한다. 길가에 '역사유적 수성'이라는 표지판이 있는 성터에 오르면 수성의 옛 자취를 한눈에 내려다볼 수 있다.

다. 수성을 보지 않은 사람은 어쩌면 내가 지금부터 하는 이야기를 들으면서 "그때 그런 일이 다 있었단 말인가" 하고 적이 놀랄지도 모른다.

이 수성이 증언하는 백촌강 전투는 백제·신라·당나라·왜가 뒤엉켜 일대 결전을 치른 동아시아 역사상 미증유의 전쟁으로 이후 동아시아제국의 판도에 결정적 영향을 끼친 엄청난 사건이었다. 그럼에도 "한국 역사 교과서에 딱 한 줄 언급"하고 있는 것에 대해 박노자는 『거꾸로 보는 고대사』(한겨레출판 2010)에서 따끔하게 질타하면서 "대일 관계라면 일단 소홀히 다루는 우리 국사 교과서"의 문제점과 함께 한국인의 역사의식에 일대 각성을 촉구하고 있다.

| 수성 | 663년 백촌강 전투에서 패한 왜와 백제는 나당연합군이 규슈로 쳐들어올 것에 대비해서 성을 쌓았다. 그것이 수성과 대야성이다. 그중 수성은 다자이후 시내를 막는 바리케이드 기능을 한다.

백촌강 전투

대부분의 역사책에서는 백제가 660년에 멸망하고 유민들에 의해 부흥운동이 있었지만 663년에 다 진압되었다고 기술한다. 부흥운동이라는 표현으로, 마치 다 끝난 전쟁에서 맥없이 저항했던 왕조 몰락의 에필로그 정도로 서술하고 있다. 그러나 백제의 멸망 과정은 그렇게 간단하지 않았다.

나당연합군에 의해 사비성(부여)이 함락되고 의자왕이 포로로 끌려갔지만 백제 왕조가 거기서 멸망한 것은 아니었다. 부여와 공주 이외의 백제 지역은 여전히 백제의 신하들이 굳건히 지키면서 수도 회복을 꾀하며 끈질기고도 치열한 전투를 벌였다.

백제 장수 흑치상지(黑齒常之)는 임존성(任存城, 지금의 충남 예산)에서 군사 3만을 모아 한때 주변 2백여성을 회복했다. 의자왕의 사촌동생인 복신(福信, ?~663)과 승려 도침(道琛, ?~661)은 주류성(周留城, 지금의 한산)을 근거로 사비성 탈환을 노리고 있었다.

복신은 왕조를 다시 일으키기 위해 왜국에 가 있던 왕자 부여풍(扶餘豊, ?~669)을 백제왕으로 옹립하고 660년 10월 왜에 왕자의 귀환을 요청했다. 이에 왜는 661년 1월 먼저 화살 10만발과 종자용 벼 3천석을 보냈고, 3월에는 피륙 300단을 추가로 보냈다.(『일본서기』권27 덴지 천황 원년) 그리고 661년 9월 부여풍을 백제로 보내면서 아베 히라후(阿倍比羅夫) 장수 휘하의 병사 5천을 딸려 보냈다.

복신은 왜의 지원군과 함께 사비성을 공격했으나 크게 패해 임존성으로 후퇴했다. 이때 내분이 생겨 복신이 도침을 살해했고, 부여풍은 복신을 죽이는 사태가 벌어졌다. 그리고 부여풍은 다시 전열을 가다듬고 나당연합군과 일전을 벌이기 위해 왜에 구원병을 요청했다. 이에 왜의 야마토 정권은 800여척의 군선과 2만 7천명의 병사를 지원했다.

이리하여 663년 8월 27일과 28일에는 백제·왜의 연합군과 나당연합군이 백촌강(금강 하구)에서 혈전을 벌였다. 결국은 백제와 왜의 참패로 끝나고 말았다. 전선의 반을 잃고 병사 1만명이 전사했다. 『삼국사기』에서는 이때 전선에서 불타는 연기와 불꽃이 '하늘을 환하게 하고 바닷물을 붉게 했다'고 했다. 그것이 백제의 마지막 모습이었다.

이 전투는 동아시아 4개국이 뒤엉킨 일대 혈전이었다. 백촌강 전투에서 회생할 수 없는 참패를 당한 백제의 귀족과 백성들은 대거 일본으로 망명했다. 이들은 규슈로 와서 수성을 쌓고 나당연합군의 침공에 대비했다.

수성 외에도 다자이후의 시오지산(四王寺山)에 대야성(大野城, 오노조)이라는 산성을 쌓았고, 세토 내해에 여러 곳에도 백제식 성을 쌓았다. 그러나 나당연합군은 고구려로 쳐들어갔고 또 나중엔 신라가 당나라 군대를 몰아내는 전쟁을 일으키면서 당나라도 신라도 왜로는 쳐들어오지 않았다. 오히려 두 나라 모두 후방의 왜를 묶어두기 위하여 친선적 제스처를 했다.

이에 왜는 안도의 한숨을 쉬었다. 그리고 이를 계기로 왜는 강성한 율령국가로 나아가는 데 박차를 가해 702년에는 다이호 율령(大寶律令)을 반포하여 천황제를 확립하고 나라 이름도 '일본'이라고 부르며 비로소 고대국가의 면모를 갖추게 된다.

수성의 구조

수성의 구조는 아주 뛰어나다. 다자이후는 동서남북에서 하카타항으로 가는 서쪽만 들판으로 열려 있고 나머지는 큰 산으로 막혀 있다. 그래서 산에는 백제식 산성으로 대야성과 기이성(基肄城, 기이조)을 축조하여 적을 방어할 수 있는 대비태세를 갖추었다. 그러나 한 면은 바다로 열려 있어 완전한 산성 체제를 갖춘다는 것이 원초적으로 불가능했다. 그래서 고안해낸 것이 수성이다. 물을 이용한 바리케이드였다.

수성은 들판을 가로질러 높이 10미터, 길이 1.2킬로미터의 토성을 판축공법으로 공고히 쌓고 그 안팎으로 도랑을 깊게 팠다. 바깥쪽 도랑은 평소엔 비워두었고 안쪽 도랑은 물로 채워두었다. 유사시엔 안쪽 물이 바깥쪽 도랑으로 흘러들어 깊은 해자(垓字)가 되도록 한 것이다. 그래서 수성이라고 이름한 것이다. 이런 사실을 『일본서기』에서는 다음과 같이 전한다.

쓰쿠시에 큰 제방을 쌓고 물을 저장했기 때문에 이름을 수성이라고 한다.

| **수성의 구조** | 수성의 구조는 아주 뛰어나다. 평소에는 해자를 비워두었다가 적이 쳐들어오면 안쪽의 물을 바깥쪽에 흘려보내 물로 바리케이드를 치는 구조였다.

성벽의 구조를 보면 토성 성벽을 가로지르는 긴 목통(木樋)이 세 곳에 설치되어 있어 이 목통 마개를 열면 안쪽 도랑의 물이 바깥쪽 도랑으로 흘러들어 방어벽을 형성하게끔 되어 있다.

수성을 쌓은 다음해인 665년에는 다자이후의 북쪽 산인 시오지산에 대야성을 쌓았다. 이 산성은 백제 장수가 백제식으로 축조한 것으로 둘레가 8킬로미터에 이른다. 충청북도에서 많이 볼 수 있는 산성과 똑같은 콘셉트로 산자락을 타고 절벽을 이용하면서 토성과 석축, 그리고 성문을 배치하고 성 안에는 많은 우물을 팠다. 그리고 다자이후 남쪽에도 똑같은 방법으로 기이성을 쌓았다.

그러나 이 산성, 수성은 단 한번도 전쟁에 이용되지 않고 세월의 흐름 속에 그냥 폐허가 되고 말았다. 도로가 확장되면서 수성의 한 자락은 헐려나갔다. 그리고 산성은 숲속의 공원이 되었다.

대야성에 올라

나는 대야성을 꼭 한번 가보고 싶었다. 무너진 성을 보고 싶어서가 아니라 본래 산성이란 조망이 뛰어나기 때문에 대야성에 올라 다자이후 시내와 멀리 후쿠오카시, 하카타항을 바라보고 싶었기 때문이다. 그러나 내가 가려 할 때마다 관광버스 기사들은 한사코 갈 수 없다고 한다. 이런 경우 일본 사람들은 "안 된다" 또는 "갈 수 없다"라고 하지 않고 "무리데스(무리입니다)"라고 말한다.

가만히 생각해보니 '무리'라는 것은 무리하면 갈 수는 있다는 뜻이 아닌가. 그래서 지난번 규슈 답사 때는 가이드에게 '무리해서라도' 나는 꼭 대야성을 가야겠으니 그렇게 해달라고 부탁했다. 가는 길은 좁아도 산상엔 넓은 주차장이 있다는 사실은 출발 전에 확인해두었다.

역시 기사는 "무리데스"를 연발했다. 일본인들은 거절할 때 똑같은 말을 계속 반복해서 상대방을 질리게 하는 경향이 있다. 나도 "무리인 줄 알지만"이라는 말을 반복해서 3박 4일을 졸랐더니 결국 내 고집이 이겼다.

기사가 물어물어 산길로 들어서서 가파른 비탈을 타고 오르는데, 정말 무리한 코스였다. 그렇게 해서 울창한 숲을 헤집고 오르자 정말로 넓은 주차장과 휴게소 건물이 나왔다. 주위는 온통 엄청나게 큰 삼나무로 둘려 있었다. 그리고 여기는 '시오지 현민(縣民)의 숲〔森〕'이라는 현립산림공원이었다.

휴게소에는 대야성의 자취들을 사진으로 보여주고 있고 산성을 일주하는 안내지도도 비치되어 있다. 그러나 나는 그것을 돌아볼 시간도 성심도 없었고 오직 산성에서 바라보는 조망만이 목적이었다. 그러나 그날은 비가 내리고 안개가 짙어 조망은커녕 몇발짝 앞도 보이지 않았다. 역시 무리한 답사였다. 그러나 현장을 확인했다는 것에 만족하고 버스에 올라 다시 다자이후로 향하면서 안전띠를 단단히 조여맸다.

| **다자이후와 수성, 대야성 복원도** | 후쿠오카에서 다자후에 걸친 복원도를 보면 대야성과 수성의 국방상 위치를 한 눈에 알아볼 수 있다. 1. 수성 2. 대야성 3. 다자이후 청사가 표시되어 있다.

백제와 왜의 혈맹 관계

그러면 왜는 무슨 사연으로 백제를 끝까지 그렇게 지원했고 우리 국사 교과서는 왜 이에 대해 침묵하는가. 박노자는 '숙적' 왜국이 이렇게 백제를 지원했다는 사실이 한국인의 통상적 일본관과 배치되기 때문에 언급을 아예 회피하고 있다고 보았다.

이 점을 우리는 깊이 반성하고 우리의 고대사와 한일 관계사를 있는 그대로 보고 말할 수 있어야 한다. 민족주의의 세례를 깊이 받은 우리로서는 으레 고구려·백제·신라는 동족국가이고 왜는 외적이라는 전제하에 고대사를 인식하고 있지만 그것은 훗날의 이야기다.

한국과 일본이 완전히 남의 나라로 등을 돌리게 된 것은 700년 무렵 통일신라와 일본의 관계가 서먹해진 후의 일이다. 그전, 특히 한반도에 고대국가가 탄생하는 300년 무렵부터 668년 고구려가 멸망할 때까지 고

| 대야성 | 대야성은 전형적인 우리나라 산성의 형태로 자연 지형을 이용하여 성벽을 쌓으면서 곳곳에 토성과 석축으로 방어벽을 보완했다. 비안개 속에 답사객들이 토성 위를 거닐고 있다.

구려·백제·신라·가야·왜 등 다섯 나라의 외교적 친소 관계는 자국의 이익에 맞추어 복잡하게 얽혀 있었다. 누구와 누가 한편이었는지 모를 정도다.

고구려와 백제의 여제동맹, 신라와 백제의 나제연합, 백제와 가야의 연합전선, 가야와 왜의 신라 침공, 고구려의 신라 구원, 왜의 백제 부흥 구원병… 그 합종연횡은 중국 전국시대를 방불케 한다.

백제와 고구려는 서로 왕을 죽이면서까지 싸웠다. 반면에 백제와 왜는 단 한번도 싸운 적이 없다. 백제는 왜에 문명을 전해주었고, 그 대신 수시로 군사적 지원을 받은 맹방(盟邦)이었다. 우방도 그런 우방이 없을 정도로 친했다. 왜는 가야의 철기문화를 받아들여 비약적인 문명의 발전을 이룩할 수 있었기 때문에 가야와 함께 신라에 쳐들어가기도 했다. 고구려·백제·신라가 한편이고 왜는 외적이었다는 선입견이 있으면 이 사실을 이해할 수 없다. 우리가 삼국시대라 부르는 시기는 사실상 오국시대였다.

이는 일본이 아직 고대국가로 나아가지 못한 야마토 정권의 왜로 남아 있던 아스카시대, 나라시대 유적을 답사할 때 더욱 절감하게 된다.

다자이후 청사

이제 우리는 규슈 답사를 마무리하기 위해 다자이후 청사터로 간다. 다자이후는 백촌강 전투 이후 수성, 대야성과 함께 탄생한 것이다. 수성과 대야성은 바로 이 다자이후 청사를 앞뒤로 수호하는 방위시설이었다. 다자이후 청사가 언제부터 세워졌는지는 확실치 않고 오늘날 폐허로 남아 있지만 7세기 말에 축조되었다는 것만은 확실하다.

다자이후는 서일본의 9국 3도(九國三島), 즉 규슈에 있던 9개의 소국(오늘날의 9주)과 쓰시마(對馬島), 이키노시마(壹岐島), 다네가시마(種子島) 등 3도를 다스리는 총독부로서 당시 일본에선 교토 다음으로 중요한 행정기관이었다.

8세기 들어 일본이 바야흐로 율령국가의 기틀이 잡혔을 때 다자이후는 전성기를 맞이하여 청사 앞에는 광장이 형성되고 주변에 20여개의 관아가 배치되었으며 학교 지구도 있었던 것으로 확인되었다. 청사 안에는 종루와 고루(鼓樓)가 배치되었고 누각(漏刻)이라는 물시계가 있어 시각을 알려주었는데 2시간 간격인 시(時)에는 큰 북을 치고, 30분 간격인 각(刻)에는 종을 울렸다고 한다. 우리가 시각을 알린다고 하는 것은 이것을 말한다.

다자이후는 규슈 지역 통치뿐 아니라 외국의 침략을 수호하는 변경방위의 전초기지였고, 외교 업무를 담당하여 견당사를 보낼 때와 당나라와

| **다자이후 청사터** | 다자이후 청사가 언제부터 세워졌는지는 확실치 않고 7세기 말에 축조되었다는 것만은 확실하다. 드넓은 터에 남은 주춧돌들이 옛 건물의 위치를 명확히 말해주고 있다.

신라의 사신을 맞이할 때 의전을 베푸는 곳이었다.

다자이후는 외교적 임무를 수행하기 위하여 하카타항을 통해 들어오는 사신을 맞이하기 위하여 홍려관(鴻臚館, 고로칸)을 따로 지었다. 이 홍려관은 옛 후쿠오카성 자리에 설치했는데 오늘날 마이즈루(舞鶴) 공원이 되어 그 안에 터만 남아 있다.

군사기지로서 다자이후는 백촌강 전투에서 패배하고 664년 수성을 쌓을 무렵부터 방인(防人, 사키모리)이라고 불리는 병사를 주둔시켰다. 이 방인들은 간토(關東)와 주부(中部) 지방에서 징집된 병사였기 때문에 이들이 고향을 그리워하는 노래가 『만엽집』에 많이 남아 있다.

다자이후는 헤이안시대로 들어서 율령제에 의한 정치가 붕괴되면서 그 기구가 서서히 축소되기 시작했고, 관리도 이 지역 사람들이 맡으면서 무사화(武士化)되었다. 10세기 동국(東國)의 다이라(平)씨와 서국(西國)

| **다자이후 청사터의 초석** | 다자이후 청사는 오랫동안 일본정부의 규슈 총독부로서 기능하였다. 지금은 건물 초석만 남은 폐허로 남았다.

의 후지와라씨가 동시에 반란을 일으켰는데 그때 다자이후는 불에 타고 약탈당하면서 초토화되었다고 한다.

그러나 1019년 여진족이 규슈에 쳐들어왔을 때 여기서 방어함으로써 다자이후는 다시 국방상 요충지로 부상했고 송나라와의 외교무역의 거점이 되었다. 여진족의 규슈 침탈을 일본에서는 '도이(刀伊)의 입구(入寇)'라고 하는데, '도이'는 우리가 북방 이민족을 낮추어 말하는 '뙤'놈에서 나온 것이라 한다.

규슈 지역 총독부로서 다자이후의 위상과 권위는 센고쿠(戰國)시대까지 유지되었지만 근세 들어 다자이후가 폐지되면서 청사 자리는 논밭으로 변해버렸다. 그러다가 1968년부터 시작된 발굴조사로 회랑과 정전을 갖춘 아주 방대한 규모였던 것을 확인하고 주춧돌을 제자리에 배치하여 품위있는 유적공원으로 조성했다. 그것이 오늘날의 다자이후 청사터이다.

이노우에 야스시의 「풍도」

다자이후 역사에서 빼놓을 수 없는 것의 하나는 몽골의 침입이다. 1274년 1차 침입 때는 몽골군은 하카타항으로 들어와 후쿠오카 일대를 초토화하면서 일본은 풍전등화의 위기를 맞았다. 일본군은 당시 세계 최강을 자랑하는 몽골군을 당할 수 없었다. 그러나 일본에 행운이 따라주었다. 그때 몽골군은 육지에 진을 치지 않고 모두 배로 돌아가 숙박했는데 그날 밤 갑자기 폭풍이 몰아쳐 몽골 전함들이 거짓말처럼 모두 침몰해버린 것이었다. 일본인들은 이 폭풍을 가미카제(神風)라 부른다.

일본인들은 몽골의 침입을 '원구(元寇)의 침략'이라고 부르고 한편으로는 여몽연합군이었기 때문에 고려가 일본을 침략했다고 생각하기도 한다. 일제강점기 식민사관을 만들면서는 심지어 고려가 몽골의 힘을 업고 일본을 침략했다고 강조하기도 했다. 실제로 여몽연합군의 대다수가 고려 병사였고, 배도 고려가 축조한 것이다. 그러나 이는 어디까지나 원나라의 강압으로 징집된 것이지 고려의 선택이 아니었다.

이노우에 야스시(井上靖, 1907~91)라는 일본의 뛰어난 문필가가 있다. 그의 역사소설은 역사적 사실의 철저한 고증을 바탕으로 쓰였기 때문에 작가가 멋대로 재구성한 거짓말투성이 역사소설들과는 차원을 달리한다. 때문에 그의 『둔황(敦煌)』『덴표시대의 기왓장(天平の甍)』 같은 소설은 일반 역사서술로는 감당할 수 없는 역사적 분위기와 인간적 고뇌가 생생하고도 감동적으로 전해진다.

그가 1964년에 요미우리 문학상을 받은 『풍도(風濤)』(장병혜 옮김, 현대문학사 1984)라는 역사소설이 있다. 그는 이케우치 히로시(池內宏)의 저서 『원구의 신연구(元寇の新硏究)』에 입각해 원사(元史), 고려사 등 역사서와 관련 문집을 정확히 인용하면서 당시 상황을 실감나게 복원했다.

| 몽골군과 싸우는 일본 사람들 그림 | 13세기 가마쿠라시대에 제작된 「몽골습래회사(蒙古襲來繪詞)」의 한 장면이다. 이 두루마리 그림은 폭 약 40센티미터, 길이 약 21미터이다.

그리고 역사소설에서 피치 못하게 들어가는 사관(史觀)으로 말하자면, 몽골의 침입 때 고려 측의 어쩔 수 없었던 처지를 놓치지 않고 고려도 이 전쟁에서 똑같은 피해자였다는 입장을 소설 전편에 견지했다.

그래서 그는 이 소설의 제목을 '원구'나 '신풍'이 아니라 '풍도'라고 했다. 풍도란 원나라에서 고려에 내린 조서(詔書) 중에 '풍도험조(風濤險阻)', 즉 '바람과 파도로 위험하게 가로막혀 있다'고 하여 거부하지 말라고 한 데에서 따온 말이다.

우리말로 옮긴 장병혜 씨는 이 전쟁을 "똑같이 몽골의 피해를 입었던 한민족이라는 역사관에 입각한 서술에 (…) 눈물로 이 책을 읽고" 번역하게 되었다고 했다. 이노우에 야스시는 한국어판 서문에서 이렇게 말했다.

『풍도』가 많은 한국인들에 의해서 읽혀진다고 생각하면 작자로서 꿈을 꾸는 듯한 기쁨을 느끼게 된다. 부디 소설『풍도』가 한일 양국 간의 문화 교류와 상호 이해를 깊게 하는 데 조금이라도 도움이 되었으면 하고 염원하는 바이다.

나는 이 책을 읽으면서 저자의 그런 마음을 깊이 헤아릴 수 있었다. 나 또한 똑같은 마음으로 지금 '일본 속의 한국문화' 답사기를 쓰면서 일본인의 입장이라는 것을 놓치지 않으려고 노력하고 있다. 그러나 나의 일본에 대한 지식이 얕아 미흡할 수밖에 없는 것이 스스로 안타까울 뿐이다.

제2부

남부 규슈

사쿠라지마의 화산재는 지금도 날리는데

가고시마의 풍광 / 시마즈 번주 / 시마즈 요시히로 /
개명 번주 나리아키라 / 상고집성관 / 선암원 / 죽경정 /
사쓰에이 전쟁과 젊은 사쓰마의 군상 / 유신의 고향 /
사이고 다카모리 / 세이난 전쟁 / 가고시마의 화가들 /
사쿠라지마의 화산재

자연 관광으로서 가고시마

'일본 속의 한국문화'를 찾아가든 관광으로 떠나든 남부 규슈 답사는
필연적으로 가고시마(鹿兒島)를 거점으로 하게 된다. 가고시마의 앞바
다 사쓰마만(薩摩灣)은 '동양의 나폴리'라고 자부할 정도로 아름다운 경
관을 갖고 있다. 마치 게가 집게발을 벌린 모양으로 바다를 품고 있어 차
라리 큰 강처럼 보여 비단결 같은 강이라는 뜻으로 긴코만(錦江灣)이라
고도 불린다.

사쓰마만 한가운데 있는 사쿠라지마(櫻島)의 산봉우리 셋 중 미나미
다케(南岳)는 해발 1,040미터의 활화산으로 지금도 하루가 멀다 하고 잿
빛 연기를 뭉게구름처럼 뿜어내고 있다. 가고시마 도심에서 불과 4킬로
미터 떨어진 이 활화산은 역사 이래 약 70여회의 폭발이 있었고 1914년

대폭발 때는 화산재가 캄차카 반도까지 이르렀다고 한다.

이때 세 부락이 매몰되는 참사가 있었으며 사쿠라지마는 가고시마 반대쪽 육지와 연결되었다. 그러나 섬 한쪽에 있는 호숫가가 유채꽃으로 노랗게 물들 때면 화산 폭발의 악몽이 아니라 낙원의 한쪽에 와 있는 듯한 평온을 느낄 수 있고 산에 사쿠라와 철쭉이 떼 판으로 자라나 꽃들이 만개할 때는 환상적인 풍광을 보여준단다.

사쿠라지마는 언제 또 크게 터질지 모르는 자연재앙의 위험을 안고 있지만 이런 독특한 지질로 인해 세상에서 가장 작은 귤과 세상에서 가장 큰 무가 재배되고 여전히 많은 사람들이 아랑곳하지 않고 살고 있으며 관광객들도 쉼없이 드나들고 있다. 가고시마에서 수시로 오가는 페리호로 불과 15분밖에 걸리지 않으며, 긴코만의 아름다움을 보여주는 순환 크루즈는 약 50분간 이곳저곳을 유람하고 돌아간다.

가고시마는 활화산 지대인 만큼 어디 가나 우수한 온천이 있다. 북쪽의 기리시마(霧島)에는 산속 깊은 계곡에서 온천물이 콸콸 솟아오르는 천연 온천탕이 있고, 최남단 이부스키(指宿)는 검은 모래찜질을 겸한 온천으로 유명하다. 또 사쓰마 반도 한가운데 있는 지란(知覽)이라는 시골 동네는 시즈오카(静岡), 우지(宇治)와 함께 일본 차의 3대 산지로 꼽힌다.

이처럼 가고시마는 아름답고 신비로운 자연경관과 질 좋은 온천이 즐비하여 한국인 관광객들도 많이 찾는다. 때문에 진작부터 직항 비행편이 열려 있고 명승지 안내판에는 대개 한글도 곁들여 있다.

가고시마의 역사적 인물들

그러나 아무리 풍광과 온천을 내세운다 해도 문화유산이 없으면 관광지로 힘을 받지 못한다. 문화 관광이 동반되지 않는 자연 관광이란 거의

| **가고시마의 명소들** | 1. 선암원에서 바라본 사쿠라지마 2. 사쿠라지마 호숫가의 유채꽃 3. 기리시마 4. 이부스키의 모래찜질

백치미(白痴美)에 가깝다. 하다못해 사쓰마 이모(고구마)라도 맛보아야
이 고장 문화를 느낄 수 있는 것이다.

그러나 가고시마는 유형의 문화유산은 빈약하다. 우리의 답사 기준에
서 볼 때 조선 도공이 사쓰마야키를 연 미산(美山)마을과 이 지역을 통치
하던 시마즈(島津) 가문의 별저(別邸)인 선암원(仙巖園, 센간엔) 외에는 특
별히 꼽을 만한 것이 없다. 그 대신 가고시마는 일본 근대사에서 뛰어난
역사적 인물들을 많이 배출하여 그들이 남긴 자취는 어느 지역도 따라올
수 없는 무형의 문화유산으로 남아 있다.

일본 열도의 최남단에 위치하여 우리로 치면 해남 땅끝 같은 곳이지
만 사쓰마번은 19세기 중엽, 메이지유신 전후 일본 근대사에서 역사의
주 무대로 부상했으며 이곳 출신들이 보여준 활약상은 화려할 뿐 아니

라 드라마틱하다.

본래 사쓰마는 서구 세력들이 일본으로 들어오는 초입이어서 선교사 사비에르가 기독교를 처음 전래하기도 했고, 포르투갈 상인을 통해 대포와 총이 들어오기도 했다. 그 때문에 개화사상이 일찍이 일어났다.

이때 시마즈 나리아키라(島津齊彬, 1809~58)라는 개명(開明) 번주가 등장하여 제철·조선·방직 등 근대적인 산업을 일으켰고 인재 양성에 온 정성을 다 바쳤다. 그 자취는 선암원 바로 곁에 있는 상고집성관(尙古集成館, 쇼코슈세이칸)에 남아 있다.

1863년 영국과 벌인 사쓰에이(薩英) 전쟁에서 패하자 사쓰마는 더욱 서구 문명을 받아들이고자 했다. 당시 에도 막부가 쇄국정책을 펼치고 있었음에도 사쓰마번은 독자적으로 19명의 청년들을 영국에 유학 보낼 정도로 진취적이었다.

막부를 무너뜨리는 도막(倒幕)에 앞장선 것도 사쓰마였다. 메이지유신 3걸(三傑) 중 영화 「라스트 사무라이」(The Last Samurai, 2003)의 모델인 사이고 다카모리(西鄕隆盛, 1828~77)와 메이지정부 출범의 공로자인 오쿠보 도시미치(大久保利通, 1830~78)가 이곳 출신이다. 3걸의 다른 한 사람은 조슈번(長州藩) 출신의 기도 다카요시(木戶孝允)이다.

러일전쟁 때 해군 제독으로 전쟁을 승리로 이끈 도고 헤이하치로(東鄕平八郞)도 이곳 출신이고, 2차대전 때 두 차례나 외무대신을 지낸 도고 시게노리(東鄕茂德) 또한 이곳 조선 도공 집안 출신으로 한국 이름은 박무덕(朴茂德)이다.

가고시마 시내 곳곳에는 이 역사적 인물들의 동상이 서 있으며 메이지유신의 고향임을 보여주는 '유신의 고향(후루사토ふるさと)' 거리를 조성하여 여기가 가고시마의 대표적인 관광지가 되었다.

가고시마가 내세우는 인물 중 시마즈 요시히로, 사이고 다카모리, 도고 시게노리 등의 행적을 보면 한국과는 악연(惡緣)이라고 말할 수밖에 없다. 그러나 역사는 그렇게 흘러갔다. 가고시마에 왔으면 일본 근대사의 낱낱 장면들을 애써 외면할 것이 아니라 그네들이 어떻게 역사를 기리면서 젊은이들에게 민족혼을 불어넣는가를 배워야 할 것이다.

그 때문에 나의 이번 답사기는 '일본 속의 한국문화'가 아니라 가고시마를 가고시마로 얘기하는 일본 답사기가 될 것이다.

막강했던 시마즈 번주

가고시마의 옛 지명은 사쓰마(薩摩)이다. 가고시마의 모든 역사적 영광은 사쓰마번을 다스려온 시마즈 가문에서 나왔다.

시마즈가(家)는 오랜 역사를 지닌 막강한 다이묘(大名)였다. 16세기 막번(幕藩)체제로 들어가면 1만석 이상의 영지를 가진 영주에게 다이묘라는 호칭이 붙여졌는데 이때 약 200명의 다이묘가 있었다고 한다. 대부분의 다이묘는 몇만석 정도를 소유했으며 10만석이 넘으면 큰 소리를 쳤는데 시마즈 가문은 무려 73만석으로 일본에서 둘째로 넓은 영지를 갖고 있었다. 당시 쇼군가(將軍家)는 400만석이었고, 천황이 쇼군에게 봉록 형식으로 받는 것이 1만석이었다고 한다.

시마즈 가문은 지금부터 약 800년 전, 가마쿠라(鎌倉)시대에 고레무네 다다히사(惟宗忠久)가 가마쿠라 막부로부터 남규슈에 있는 일본 최대의 장원인 시마즈장(島津莊)의 지두(地頭)직을 맡게 되자 성을 시마즈로 바꾸면서 시작됐다. 1274년 몽골 침략 때 3대 시마즈 당주(當主)는 규슈 방어의 임무를 띠고 후쿠오카에 석축 방어벽을 쌓았다. 그리고 4대째가 되면서 본격적으로 사쓰마 영지의 직접 경영에 들어갔다.

1333년 가마쿠라 막부가 무너지고 난보쿠초시대의 혼란이 일어났을 때 쇼군은 지방 장관으로 슈고(守護)를 임명했다. 이를 '슈고 다이묘'라 한다. 이때 시마즈의 5대 당주는 아시카가(足利)의 북조 편에서 싸우며 인근의 오스미국(大隅國)과 휴가국(日向國)을 정벌하여 규슈의 9주 중 3주를 관할하는 거대 슈고 다이묘가 되었다.

그러다 1467년에 '오닌(應仁)의 난'이라는 하극상의 열풍이 일어나면서 일본 열도는 센고쿠시대로 들어가 무력으로 영주가 되는 '센고쿠 다이묘'가 등장했다. 오다 노부나가(織田信長)가 대표적인 센고쿠 다이묘였다. 이때 시마즈 다이묘는 센고쿠 다이묘와 치열하게 다투는 전란에 휩싸이고 당주가 자살하는 집안의 내분까지 겹쳐 멸망 직전까지 이르렀다. 센고쿠시대가 끝나는 1550년에 가서야 천신만고 끝에 시마즈 당주로서 지위를 겨우 회복했지만 그때는 사쓰마국의 반쪽만 차지했을 뿐이었다.

이런 시마즈가를 다시 일으킨 것은 16대 요시히사(義久)였다. 그는 다시 오스미, 휴가, 사쓰마 3주를 차지했고, 여기에 만족하지 않고 규슈의 9주 전체를 제패하려는 꿈을 갖고 북규슈의 센고쿠 다이묘인 오토모씨(大友氏)에게 쳐들어가 멸망 직전까지 몰아갔다. 그러나 이때 오토모씨에게 구원 요청을 받고 출동한 도요토미 히데요시에게 패하고 말았다.

시마즈의 항복을 받아낸 히데요시는 3국을 분산시켜 요시히사는 사쓰마국, 그의 동생 요시히로(義弘)는 오스미국, 요시히로의 아들 히사야스(久保)에겐 휴가국을 나누어 다스리게 했다.

그러나 얼마 안 가서 뛰어난 무장이었던 요시히로가 17대 당주가 되면서 시마즈가는 다시 3주를 통치하며 번성하기 시작했다. 그가 임진왜란 때 조선을 침략한 왜장(倭將) 시마즈 요시히로이다.

시마즈 요시히로의 일대기

시마즈 요시히로는 무장으로 임진왜란, 정유재란, 1600년의 세키가하라(関ヶ原) 전투에서 맹활약을 했다. 사쓰마야키를 연 박평의와 심당길은 정유재란 때 그에게 끌려온 조선 도공들이었다. 요시히로는 무용(武勇)으로 많은 일화를 남겼다. 임진왜란 때 끌려갔다 귀국한 선비 강항(姜沆)은 『간양록(看羊錄)』에서 당시 일본 사람들은 "요시히로가 제 실력을 발휘한다면 일본 하나 집어삼키는 것 정도는 문제도 아니다"라고 했다는 말을 전하고 있다. 요시히로는 일본에서 근래에 만든 비디오게임 '센고쿠 바사라(戰國Basara)' 시리즈에서 용맹스런 캐릭터로 등장할 정도이다.

일본 측 기록에 의하면 그는 정유재란 때 1천여척의 연합 함대를 조직하여 칠천량 해전에서 원균(元均)이 지휘하던 조선 함대를 격파했고, 1598년 봄 사천성 전투에서는 1만명의 병력으로 20만명을 대적하여 승리했다고 한다. 그리고 12월에 순천왜성에 고립된 고니시 유키나가를 구출하기 위해 5백척의 함대를 이끌고 갔다가 이순신 장군에게 참패했으나 퇴로를 확보하고 돌아왔다. 이것이 이순신 장군이 전사한 노량해전이다. 우리 역사서에 나오는 심안돈오(沈安頓吾)가 바로 시마즈 요시히로이다. 우리로서는 악연의 왜장이었다.

도요토미가 죽고 도쿠가와가 정권을 잡은 결정적인 계기는 1600년의 세키가하라 전투였다. 이때 요시히로는 반(反) 도쿠가와파의 서군(西軍)에 가담했다. 전투 막판에 요시히로는 약 1천명의 병사와 함께 10만명의 동군(東軍)에 둘러싸여 사면초가가 되었다. 이때 요시히로는 항복하지 않고 적진을 정면으로 돌파하여 포위망을 뚫고 나갔다. 겨우 300여명만 살아남았고 도망 중에도 계속 동군의 공격을 받아 사쓰마에 도착했을 때는 80여명만 살아남았다고 한다.

| **시마즈 요시히로** | 임진왜란 때 활약한 왜장으로 우리 역사서에 나오는 심안돈오(沈安頓吾)이다. 남원성에서 도공을 사로잡아 끌고 갔고, 이순신 장군이 전사한 노량해전에 참전한, 우리로서는 악연의 번주였다.

구사일생한 요시히로는 화해를 도모했지만 도쿠가와는 이를 거부하고 규슈의 가토 기요마사, 나베시마 나오시게를 주축으로 한 토벌군을 사쓰마로 보냈다. 그러나 요시히로는 번번이 막아냈다. 이렇게 되자 장기전으로 변할 것을 우려한 도쿠가와는 철수 명령을 내리고 1602년 사쓰마를 아들 다다쓰네(忠恒)에게 물려준다는 전제하에 영지 보전을 약속했다. 다다쓰네가 후에 이름을 이에히사(家久)로 바꾼 18대 당주이다.

요시히로는 1619년 85세로 세상을 떠났으며, 시마즈 가문은 계속 번성하여 다네가시마(種子島)와 류큐국(琉球國), 즉 지금의 오키나와(沖縄)까지 관할하는 거대 다이묘로 군림했다. 그리고 19대 당주 미쓰히사(光久)가 1658년에 별저로 지은 것이 오늘의 선암원이다.

개명 번주, 시마즈 나리아키라

그리고 세월이 흘러 19세기 중엽이 되면 개명 번주인 28대 당주 시마즈 나리아키라가 등장하여 근대화를 이끌면서 일본 역사의 전면에 부상하게 된다. 일본 근대의 문턱에 나리아키라 같은 인물이 있었다는 것은 일본의 큰 복이자 자랑이다.

나리아키라는 어려서 근대사상을 갖고 있던 증조부 시마즈 시게히데(島津重豪) 밑에서 자라며 서구 문명에 눈떴다. 시게히데는 학문을 장려하고 인재를 육성하는 데 힘을 기울인 인문 번주였다. 그 자신이 중국어 서적 편찬에 참여하고, 달력을 만들기 위해 천문관을 짓고 의학원도 창설했으며, 『사쓰마 국사(國史)』를 편찬케 했다. 당시 막부는 쇄국으로 일관했지만 그는 사쓰마로 외국인들이 자유롭게 들어오도록 문호를 개방하고 나가사키의 네덜란드 상관장(商館長)과 가까이 지내 '난벽 다이묘(蘭癖大名)'라는 별명을 얻었다.

| **시마즈 나리아키라** | 19세기 중엽, 시마즈가의 28대 당주인 나리아키라는 개명 번주로 근대화를 추진하면서 사쓰마는 일본 역사의 전면에 부상하게 된다. 일본 근대의 문턱에 나리아키라 같은 인물이 있었다는 것은 일본의 큰 복이자 자랑이다.

화란(和蘭, 네덜란드)에 심취하여 서양식을 따르는 다이묘라는 뜻이다.

나리아키라는 이런 증조부 밑에서 자라며 일찍부터 서양문화에 큰 관심을 갖게 되었다. 나리아키라는 영어도 할 줄 알아서 일기를 쓰면서 남들이 알아보지 못하게 일본 발음을 알파벳으로 표기했다. 지금도 남아 있는 그의 일기 중에는 "korosoe beki taira(殺すべき平)" 즉 "죽여버려야 하는 다이라"라고 속마음을 맘 놓고 쓴 것도 있다.

나리아키라는 1840년에 아편전쟁 발발 소식을 접하자 "중국이 졌다!"고 외쳤다. 이때 그는 서양제국에 맞서기 위해 일본은 하나가 되어 근대적인 국가로 개조하여 강력한 힘을 갖추어야 한다, 그러지 않으면 서양의 식민지가 될지도 모른다고 생각했다.

상고집성관

1851년 42세에 번주로 취임한 나리아키라는 선암원 곁에 근대식 공업단지를 조성했다. 그것이 훗날 상고집성관이라 불리는 집성관(集成舘, 슈세이칸)이다. 여기에는 용광로, 대포 공장, 가마솥 제작소, 금속 세공소 등을 세웠다. 또 사쓰마 곳곳에 방직 공장, 도자기·제약·설탕 공장 등을 세워 그야말로 부국강병(富國强兵), 식산흥업(殖産興業) 정책을 밀어붙였다.

그중에서도 괄목할 만한 것은 조선소를 세워 증기선을 건조한 것이다. 그는 가고시마로 들어오는 서양 배를 보면서 일본은 해양국가이니 배를 많이 만들어야 한다고 생각했다. 그래서 범선용 범포를 자급하기 위해 방직산업을 일으켰다.

1854년 4월 마침내 그는 사쿠라지마에서 서양식 군함 '쇼헤이마루(昇平丸)'를 진수했다. 그가 이 배를 막부에 헌상하면서 서양 배처럼 마스트 중앙에 깃발을 올려야 한다며 내건 것이 일장기(日章旗)의 효시였다. 그리고 이듬해에는 증기기관선 제1호 운코마루(雲行丸)호를 건조했다.

그는 서양 문명에 왕성한 호기심을 보여 다이묘 중에 가장 먼저 사진을 찍은 인물이라고도 한다. 또 서양 유리공예를 벤치마크하여 사쓰마 기리코(切子)라는 명물을 만들어냈다. 신분을 가리지 않고 많은 인재를 등용했으며 공업연구소를 세워 기술개발에 전념케 했다. 그는 10년이면 이 사쓰마 공업단지를 완성할 수 있다고 말하곤 했다.

그러나 세월은 그에게 10년을 허락해주지 않았다. 나리아키라는 재임 7년 만인 1858년에 세상을 떠났고 뒤를 이은 새 번주는 막대한 자본이 드는 식산흥업 사업을 거의 다 폐지하거나 축소해버렸다. 그리고 1863년 영국과의 사쓰에이 전쟁 때 집성관은 폭격을 맞아 소실되었다.

영국에 패한 뒤 새 번주로 취임한 다다요시(忠義)는 나리아키라가 옳

| **상고집성관** | 나리아키라 번주는 선암원 곁에 용광로, 대포 공장, 가마솥 제작소, 금속 세공소 등 근대식 공업단지를 조성했다. 그것이 훗날 상고집성관이라 불리는 '집성관'이다.

았음을 깨닫고 집성관 사업을 재건하기 시작했다. 그리하여 1865년에 준공된 기계공장이 지금 남아 있는 상고집성관의 본관이다. 나리아키라는 비록 자신의 뜻을 다 이루지 못하고 세상을 떠났지만 그가 길러낸 인재인 사이고 다카모리, 오쿠보 도시미치 등이 이후 일본 근대사를 이끌어가게 된다.

제주도에 나타난 이양선

돌이켜보건대 당시 근대의 문턱에 선 우리나라엔 시마즈 나리아키라 같은 지도자가 없었다. 1845년 5월 22일 제주도 앞바다에 이양선(異樣船)이 출현했다. 이 배는 에드워드 벨처(Edward Belcher) 함장이 이끈 영국 군함 사마랑(Samarang)호로 뱃길 측정을 목적으로 우도(牛島)에 정박한 것이었다. 제주도민들 사이에서는 양이(洋夷), 즉 서양 오랑캐가 나타났다고 도망가는 소란이 일어났다. 당시 영의정 권돈인(權敦仁)이 제주도에 귀양살이하고 있던 추사(秋史) 김정희(金正喜)에게 이 상황에 대해 물어왔다. 추사는 이렇게 대답했다.

"번박(蕃舶, 서양배)들이 남북으로 출몰하는 것에 대해서는 크게 걱정할 것이 없습니다. 이미 중국엔 서양 배가 1년이면 1만척 가까이 들어옵니다. (…) 저의 어리석고 얕은 식견으로 깊이 근심되는 것은 따로 있습니다.

지난번 영이(英夷, 영국인)들이 남겨둔 지도를 보건대 (…) 그들이 우리 국경의 동서남북을 수삼 차례 돌아보지 않았다면 이토록 세밀히 그려낼 수 있겠습니까. (…) 정희는 이 지도를 보고 크게 놀란 나머지 지금도 망연자실하고 있습니다. (…)

위묵심(魏默心)의 『해국도지(海國圖誌)』는 서양 사정을 아는 필수적인 책으로 저는 보배처럼 아끼고 있습니다. 「성수편(城守篇)」을 보면 우리 이순신이 왜적을 멸살한 병법과 같은 것이 있어 저도 모르게 경이롭고 신묘함을 느낍니다. (…) 나라의 형세를 살펴야 할 사람들은 이를 본떠서 시행할 수도 있을 것입니다. (…) 그런데 여기에 마음 두는 사람이 하나도 없단 말입니까."

— 『완당전집』, '권돈인에게 보낸 편지' 중에서

정말로 그런 인재가 없었다. 게다가 당대의 지성 추사 김정희조차도 아편전쟁이 갖는 의미를 다는 모르고 있었다. 그러니 누가 알았겠는가. 그것이 당시 조선의 사정이다.

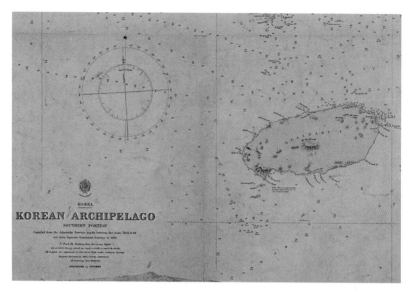

| 영국에서 제작된 제주도 및 남해안 해심 측정 지도(부분) | 1900년에 영국에서 제작된 이 지도는 항해를 위해 측량한 것으로 깨알 같은 글씨가 모두 해심을 나타낸다. 1845년 사마랑호가 측량한 이래 약 35년에 걸쳐 실시한 것이다.

선암원의 철대포

선암원은 일본의 국가명승으로 지정된 명원(名園)이다. 나지막한 산자락에 올라앉아 있는 선암원은 약 5만 평방미터의 대지에 단아한 목조 건물들이 곳곳에 배치되어 있다. 건물과 건물을 이어주는 빈 공간엔 넓은 잔디밭과 인공 연못이 있으며 잘 가꿔진 정원수, 잘생긴 바위, 아담한 석등 등이 깔끔하고 가지런한 일본 정원의 모습을 보여준다.

가고시마에 와서 선암원을 다녀가지 않는다는 것은 진주에 가서 진주성을 보지 않는 것과 같다. 그러나 바로 곁에 있는 상고집성관의 의의를 모른다면 선암원을 제대로 이해했다고 할 수 없다.

선암원 주차장은 시마즈가의 역대 당주를 모신 쓰루가네(鶴嶺) 신사 앞에 널찍이 마련되어 있다. 쓰루가네 신사는 제법 큰 규모로 당당했던

| **선암원의 철대포** | 사쓰마번에서 제조한 최대급 요새포를 충실히 복원한 것으로 사쓰마번 근대성의 상징이자 자랑이다. 사정거리 3킬로미터로 1863년 영국과의 전쟁 때 사용되었던 것이다.

이 가문의 위세를 여실히 보여준다. 신사 왼쪽이 선암원이고, 오른쪽은 상고집성관이다.

때문에 선암원의 입장은 곁문으로 하게 되어 있다. 원래대로 정문으로 들어서면 오른쪽이 선암원의 핵심 공간이고 그 왼쪽은 정원의 서비스 공간이라고 할 수 있으니 관람 동선이 음식으로 치면 디저트부터 먹는 격이다.

그래서 선암원으로 들어서면 처음 관람객이 마주하게 되는 것은 150 파운드(약 68킬로그램)의 거대한 철포이다. 영문도 모르고 온 사람들은 이 예상 밖의 유물에 얼떨떨해한다.

이 대포는 사쓰마번에서 제조한 최대급 요새포(要塞砲)를 충실히 복원한 것으로 사쓰마번 근대성의 상징이자 자랑이다. 사정거리 3킬로미터로 1863년 영국과의 전쟁 때 사용되었던 것이다. 그렇다고 해서 이것을 전쟁 기념 유물로 전시한 것은 아니다.

철대포 바로 위쪽에는 이 대포를 만들던 용광로 터가 있다. 당시 이처럼 거대한 철대포를 만들 수 있는 거대한 용광로를 확보했다는 것은 곧 근대산업 기반시설의 구축을 의미한다. 이 용광로는 몇번의 실패 끝에 반사로(反射爐)라는 기발한 방법을 사용하여 성공했다고 한다. 용광로의 천장 부분으로 불길을 내어 그 반사열로 철을 녹이는 방법이었다. 상고집성관 전시실에는 반사로의 옛 모습을 재현한 모형이 있다.

시마즈가의 문장과 석문

철대포에서 양쪽에 있는 레스토랑과 기념품 가게를 지나 선암원의 원래 정문을 만나면 거기부터 본격적인 답사가 시작된다. 선암원 정문은 우리로 치면 행랑채를 곁들인 솟을대문처럼 우뚝 솟아 있다. 그 정문과 마주한 곳에는 동그라미 속에 십자를 그린 시마즈가의 문장(紋章)을 새긴 돌벽이 있다.

본래 시마즈가의 문장은 그냥 십자가였다. 유명한 「몽골 습래(襲來) 회사(繪詞)」라는 에마키(繪卷, 두루마리 그림)에는 시마즈가 십자 깃발을 휘날리며 몽골군과 싸우는 모습이 등장한다. 그래서 1549년 사쓰마를 방문한 사비에르는 번주가 기독교인인가 하고 놀랐다는 일화가 있다.

선암원의 핵심 공간은 정문 오른쪽에 있는 어전(御殿)이다. 어전으로 들어가는 문은 빨간색 석문(錫門)이다. 주석으로 기와를 올리고 주칠을 한 것이다. 선암원 축조 당시엔 이것이 정문이었는데 어전을 지으면서 중문(中門)이 되었다. 가벼운 경사 위에 오롯이 서 있는 자태가 예뻐 보여 사진을 찍으려는데 마침 여인네들이 지나가고 있었다.

나는 건물 사진을 찍을 때면 거의 반드시 사람을 넣고 찍는다. 그래야

| **시마즈가의 문장** | 원래 시마즈가의 문장은 그냥 십자가여서 1549년 사쓰마를 방문한 선교사 사비에르가 이를 보고 번주가 기독교인인가 하고 놀랐다는 일화가 있다. 훗날 시마즈가는 이 십자가에 동그라미를 두른 문장으로 바꾸었다.

건물의 스케일도 나오고 인간적 체취도 드러난다. 외국에 가서는 그 나라 사람을 넣어 이국의 분위기를 나타내곤 한다. 이번엔 기모노를 입은 여성이니 일본 답사 사진으로는 모델 하나 제대로 만난 것이다. 그런데 여성들마다 넓은 마스크로 얼굴을 가리고 있어서 "웬 감기야" 하고 다음 사람이 나타나기를 기다렸는데 역시 마스크를 하고 있어 도리없이 그냥 셔터를 눌렀다. 이 마스크의 사연은 선암원 답사 후 점심 먹으러 가서야 알았다.

차경 정원의 백미, 어전

어전은 폐번치현 뒤 시마즈의 당주가 거처하던 곳이다. 본래 사쓰마 번주가 거주하던 곳은 이곳에서 10킬로미터 남쪽 시내에 있는 가고시마

| 선암원 어전의 석문 | 어전으로 들어가는 문은 빨간색 석문이다. 주석으로 기와를 올리고 주칠을 한 것이다. 원래
는 선암원의 대문이었지만 어전을 지으면서 중문으로 되었다.

성이었다. 이 성은 쓰루마루조(鶴丸城)라는 미칭(美稱)이 있을 정도로 아
름다웠다고 하는데 1871년 폐성되면서 당시 사쓰마 번주 다다요시는 거
처를 선암원으로 옮겨 살게 되었다. 시마즈가의 별저에서 본가로 바뀐
것이다. 그는 1884년 본가답게 어전을 지었는데 가고시마성에 있던 것
과 놀라울 정도로 똑같았다고 한다. 이 어전은 동네 이름인 이소(磯)를
따서 이소 어전이라고도 불렸고 그 때문에 선암원을 이소 정원(磯庭園,
이소데이엔)이라고도 부르게 되었다. '이소'에는 해변이라는 뜻이 있으므
로 '해변 정원'이라는 의미도 있었음직하다.

이 어소는 시마즈가의 딸로 에도 막부 13대 쇼군 도쿠가와 이에사다
(德川家定)의 정실 아쓰히메(篤姬)의 일생을 그린 NHK의 대하드라마
「아쓰히메」의 무대로 나와 '일드'(일본 드라마)를 즐겨 보는 젊은이들에겐
매우 익숙한 공간일 것이다.

| **선암원에서 보이는 사쿠라지마** | 선암원은 어전 안에서 바라보는 사쿠라지마의 환상적인 풍광을 자랑하는 이른 바 차경 정원이다.

그러나 선암원의 정원적 가치는 건물에 있는 것이 아니라 어전 안에서 바라보는 사쿠라지마의 환상적인 풍광에 있다. 이 정원의 기본 개념은 인공적인 조원(造園)이 아니라 주변의 아름다운 풍광을 정원 안으로 끌어들인 차경(借景) 정원이다.

일본의 정원이라면 흔히는 교토 용안사 방장실(方丈室) 앞에 있는 정원처럼 물을 이용하지 않고 자연석과 백사(白砂)만으로 산수 풍광을 표현한 '마른 산수', 일본말로 가레산스이(枯山水)를 떠올리는데, 그것은 사찰의 정원이고 선암원은 이와는 전혀 다른 미학을 갖고 있는 '다이묘 정원' 중 하나다.

사찰의 정원이 선적(禪的)이라면 다이묘 정원은 권세에 걸맞은 장려(壯麗) 취미가 있다. 그 옛날 막강했던 시마즈 다이묘 역시 명성에 값하는 장대하고 화려한 정원을 경영하면서 사쓰마만의 넘칠 듯한 푸른 물

| **선암원의 어전** | 폐번치현 후 시마즈가의 당주는 선암원에 어전을 짓고 여기에 기거했다. 이곳 해안가인 이소에 있다고 해서 이소 어전이라 불리고 선암원도 이소 정원이라는 별칭을 갖게 되었다.

결과 손에 잡힐 듯한 사쿠라지마를 바라볼 수 있는 뷰포인트에 건물을 앉힘으로써 이 풍광의 가치를 한 차원 높인 것이다.

서양화에서 풍경화란 창을 통해 본 자연이라는 개념에서 출발했듯이 선암원 어전은 사쿠라지마를 가장 아름답게 볼 수 있는 액자인 셈이다. 때문에 선암원 답사는 어전으로 들어가 말차를 마시며 사쿠라지마를 바라보아야 제대로 감상했다고 할 수 있다.

어전의 '끽다거'

선암원엔 별도의 입장료를 받고 기모노를 입은 여인이 정식으로 말차를 대접하는 '저택 투어'가 따로 있다. 10년 전 답사 때 어전에 들어가 말차를 마시는데 풍광도 아름다웠지만 도코노마에 놓인 꽃병과 그들이 가

| '끽다거' | 당나라 때 조주 선사는 차를 배우러 찾아온 사람에게 "끽다거", 즉 "차나 마시고 가게" 하는 차 한 잔을 준 것으로 유명하다. 어전의 도코노마에 걸려 있던 족자 글씨를 필자가 옮겨 써본 것이다.

케모노(掛物)라고 부르는 글씨 족자가 맘에 들었다. 누구의 글씨인지 모르겠으나 제법인 솜씨로 '끽다거(喫茶去)'라고 쓰여 있어 미소를 머금고 한참을 바라보았다.

당나라 때 차로 이름 높은 조주(趙州) 선사에게는 차를 배우러 찾아오는 사람이 많았단다. 찾아와 "스님 다도를 배우고자 왔습니다"라고 말하면 스님은 "끽다거", 즉 "차나 마시고 가게" 하고는 차 한 잔을 주고 돌려보냈다고 한다.

2013년 봄 답사 때 내가 일행들에게 이런 이야기를 해주면서 특별히 말차를 한 잔씩 사겠다고 하자 모두들 기뻐하며 따라왔다. 그러나 이 투어는 1회당 최대 인원이 25명으로 제한되어 있어 30명이 넘는 우리 일행은 받을 수 없다는 것이다. 한번 들어가면 최소 30분은 걸리고 두 팀으로 나누어 마실 시간은 없었다.

회원들은 실망하는 빛이 역력했다. 나는 차선책으로 죽경정(竹徑亭, 지쿠케이테이)이라는 찻집으로 가자며 회원들을 데리고 어전을 나왔다.

죽경정 찻집에서

어전에서 나와서 일단 종려나무 사이로 비껴 보이는 사쿠라지마를 느긋이 감상했다. 그리고 선암원에서 명소로 꼽히는 인공 정원 곡수(曲水)를 둘러보았다. 곡수는 인공적으로 물길을 요리조리 돌아가게 한 것으로 중국 절강성 소흥(紹興)에 위치한 왕희지의 난정(蘭亭)에 있는 유상곡수(流觴曲水)를 모방한 것이다.

곡수 옆에는 역시 중국 정원식으로 죽림(竹林)을 장대하게 조성해놓았고 거기서 뒷산 바위에 새겨놓은 천심암(天尋巖)이라는 글씨가 바라다 보인다. 이 역시 중국 취미의 반영이다. 사쓰마에 중국문화의 유입이 그만큼 강했다는 것을 말해주는 것이다.

곡수를 둘러본 다음 우리는 돌다리를 건너 죽경정 찻집으로 들어갔다. 20년 전 처음 선암원에 와서 크게 배운 것은 이 서비스 공간의 활용이었다. 철대포와 정문 사이에는 한눈에 레스토랑이라는 것을 알 수 있는 예쁜 현대식 건물이 있고, 오른쪽으로는 지역 토산물을 파는 아담한 기념품 가게가 있다.

이번이 나의 네번째 답사인데 한번은 송풍헌(松風軒, 쇼후켄) 레스토랑에서 사쿠라지마를 바라보며 이곳 명물인 흑돼지요리를 즐겼다. 한번은 선물가게 사이에 있는 작은 집에서 사쓰마 라면을 먹어보았고, 또 한번은 이곳 죽경정 찻집에서 잔보모찌(兩棒餅)를 맛보았는데 된장으로 만든 소스가 독특했다. 모두가 가고시마의 특산물로 자랑하는 것이었고, 자랑할 만했다. 문화유산을 폐쇄적이고 냉랭한 볼거리로 두지 않고 현대적으로 활용함으로써 그 옛날에는 시마즈 가문의 본가였지만 지금은 대중이 즐길 수 있는 공간으로 전환된 것이다.

선물 가게에 압도적으로 많은 사쓰마야키와 사쓰마 기리코는 관광상품이지만 조잡하기는커녕 하도 예뻐서 만지작거리다가 결국 값이 만만한 작은 사쓰마야키 병을 두 개 사고 말았다. 그렇게 관광객 주머니를 터는 것도 문화 능력이다.

그러나 죽경정에 간 것은 나의 큰 실수였다. 일본에서 차를 마시려면 대단한 참을성을 요한다. 30여명이 들이닥치니 종업원들이 정신을 차리

| 선암원 곡수 정원 | 선암원에서 명소로 꼽히는 곡수는 인공적으로 물길을 요리조리 돌아가게 꾸민 것으로 중국 절강성 소흥에 있는 왕희지의 난정에 있는 유상곡수를 모방한 것이다.

지 못했다. 마냥 기다려도 차가 나오지 않는다. 마음 같아서는 그저 종이 컵에 녹차라테나 한 잔씩 들고 나갔으면 좋겠는데 일본엔 그런 '민첩한' 정서가 없다.

차를 갖고 올 때도 종업원은 한 잔씩만 들고 나와 나와 손님에게 정중하게 인사하고 가지런히 놓고 또 허리 숙여 인사하고 뒷걸음으로 물러난다. 그러기를 서른 번을 하는 것이다. 시간을 거기서 다 잡아먹었다.

그런데 뒤 테이블에 앉은 팀들은 그사이 젠자이(善哉)라고 하는 단팥죽을 한 그릇 시켜 나눠먹고 있는 것이 아닌가. 나는 단팥죽을 아주 좋아한다. 구라시키(倉敷), 유후인(由布院)에서 정말로 맛있게 먹었던 기억이 있다. 한때는 서울 삼청동 단팥죽집인 '서울서 둘째로 잘하는 집' 단골이었다.

에라 모르겠다, 나도 단팥죽 한 그릇을 시켜버렸다. 맛을 보니 죽경정 단팥죽은 국물이 달달하고 맑은 것이 특징이었고 속에 든 찹쌀떡이 아

| **레스토랑 송풍헌** | 선암원엔 예쁜 현대식 건물의 레스토랑인 송풍헌이 있어 한번은 여기서 사쿠라지마를 바라보며 이곳 명물인 흑돼지요리를 즐겼다.

주 쫀득쫀득했다. 그렇게 시간을 다 소비하는 바람에 우리 일행은 내가 그렇게 중요하다고 강조한 상고집성관을 주차장에서 건물만 바라보고 떠나야 했다.

그것이 못내 서운했는지 답사팀의 창비 백영서(白永瑞) 주간은 길 건너 상고집성관 대문 앞에 있는 문화재 안내판을 열심히 읽고 돌아왔다. 나는 위로의 말을 건넸다.

"거기 써 있는 게 다야. 들어가봤자 쇳덩이, 유리 그릇, 면포 조각, 문서 뭉치 같은 150년 전 공산품만 있어."

그러나 그것은 본 적 있는 사람이기에 하는 말이고 못 본 사람은 여전히 궁금한 것이다. 오늘 신문 볼 것 없다는 것은 본 사람만이 하는 말이다.

사쓰에이 전쟁과 젊은 사쓰마의 군상

한국인의 입장에서 가고시마 답사는 선암원에서 끝날 수도 있다. 그러나 우리는 일본인들이 역사를 기리는 모습을 보기 위하여 '유신의 고향'이라는 역사공원으로 향했다.

가고시마 외곽을 흐르는 고쓰키강(甲突川)을 건너면 가고시마 중앙역이 나오고 역 앞 로터리에는 '젊은 사쓰마의 군상'이라는 조각 군상이 있다. 이는 1865년 일본 최초로 영국에 유학을 갔던 19명의 사쓰마 젊은이들을 기린 동상이다. 인솔자와 통역을 제외한 유학생은 15명으로 대부분 20세 전후의 엘리트였으며 13세 소년도 한 명 있었다. 당시 막부에서는 해외 도항을 금지했지만 사쓰마 번주는 이름을 바꾸면서 밀항시키듯 유학을 보냈다.

사쓰마에서 이처럼 과감히 영국에 유학생을 보낸 것은 1863년에 일어난 사쓰에이 전쟁의 영향이었다. 1862년 8월 막부에서 돌아오는 번주의 아버지 시마즈 히사미쓰(島津久光)의 행렬이 요코하마(橫濱)를 지날 때 일본 관습을 잘 모르는 영국인들이 말에 탄 채로 있는 것을 번사(藩士)가 칼을 휘둘러 세 명의 사상자를 낸 사건이 일어났다.

영국정부는 번사의 처형과 2만 5천 파운드의 배상금을 요구

| 젊은 사쓰마의 군상 | 가고시마 외곽을 흐르는 고쓰키강을 건너면 가고시마 중앙역이 나오고 역 앞 로터리에는 '젊은 사쓰마의 군상'이라는 조각 군상이 있다. 가고시마가 일본 근대화의 선봉이었음을 자랑하는 기념조각이다.

| **사쓰마의 영국 유학생** | 1865년 사쓰마 번주는 일본 최초로 영국에 유학생을 보냈다. 인솔자와
통역을 제외한 유학생은 15명으로 대부분 20세 전후의 엘리트였으며 13세 소년도 있었다.

했다. 막부는 이 요구에 응하려 했지만 사쓰마번은 거부했다. 이에 이듬
해 8월 영국 함대가 사쓰마만으로 들어와 배상액보다 비싼 증기선을 나
포했다. 그렇게 하면 배상금을 낼 줄 알았던 것이다. 그러나 사쓰마는 이
에 저항하여 포격전이 벌어졌다.

자체 제작한 대포를 쏘아댔지만 사쓰마는 영국의 상대가 되지 않았
다. 함포의 사정거리와 명중률이 훨씬 떨어졌고 사쓰마 폭탄은 폭발하지
도 않았다. 그러나 하늘이 도와 돌풍이 일어나는 바람에 영국군은 나포
한 배를 불지르고 바다로 물러갔다. 이틀간의 전투에서 양측 모두 큰 피
해를 입었다. 수십 명이 죽었고 집성관 등 많은 건물이 폭격을 맞아 소실
되었다. 영국군도 63명의 사상자가 나왔다.

이 전투로 영국군의 전투력을 확인한 사쓰마번은 배상금을 지불하고
범인을 수사하는 것으로 화해를 했고 이후에는 영국을 배워 힘을 길러

야 한다는 생각과 의지가 일어나 젊은 유학생을 보내게 된 것이다.

이들은 귀국 후 일본 근대화에 앞장서는 인재가 되었다. 외교관, 정부 관리로 크게 활약했고 도쿄대학(당시 도쿄 가이세이開成학교) 초대 총장 하타케야마 요시나리(畠山義成), 초대 도쿄박물관장인 마치다 히사나리(町田久成) 등이 이 유학생이었다.

역사공원 '유신의 고향'

가고시마 중앙역 광장에서 고라이바시라고 불리는 고려교(高麗橋)까지 강을 따라 난 길은 풍광이 아름답고 깨끗하여 나폴리 거리라 불린다. 이 다리를 고려교라고 하는 것은 이 강 건너에 고려인(조선인)들이 모여사는 마을이 있고 도자기 가마도 있었기 때문이라고 한다. 고려교 건너 나폴

| 고려교 | 고려교라는 이름은 이 강 건너에 고려인들이 모여사는 마을이 있고 도자기 가마도 있었던 것에서 유래한다.

리 거리와 마주한 강변길은 '유신의 고향'이라는 역사공원으로 조성되어 있다. 사이고 다카모리가 태어난 곳도 있고, 오쿠보 도시미치가 성장기를 보낸 곳도 있다. 그 중간엔 '유신 후루사토관(고향관)'이 있어 메이지유신 전후 숨가쁘게 돌아갔던 일본 근대사의 여러 장면들을 실감나게 보여주고 있다.

한결같이 사쓰마의 자랑과 영광이 담겨 있다. 실물대인 사이고 다카모리, 오쿠보 도시미치와 사진 찍는 곳도 있는데 다카모리의 군복, 도시미치의 코트를 입고 촬영할 수도 있게 해놓았다.

영상실에서는 15분짜리 동영상 두 편이

| 유신 후루사토관 | 가고시마가 메이지유신의 고향(故鄕, 후루사토)임을 자랑하는 역사공원이다. 사이고 다카모리, 오쿠보 도시미치 등 메이지시대의 인물들이 나고 자란 곳에 역사기념관이 세워져 있다.

번갈아 상영되고 있다. 한편은 「유신에의 길」이고 또 한편은 「사쓰마 학생들, 가자 서양으로」였다. 지난번 답사 때 영상실을 슬쩍 들여다보니 수학여행 온 일본 고등학생들이 숨소리 하나 없이 숙연하게 동영상을 보고 있었다.

부럽고 무서웠다. 그리고 우리나라에는 이런 역사공원이 왜 없는가 생각해보았다. 우리가 기릴 만한 역사가 없는 것인가 역사공원이 없는 것인가. 중국에서 많이 사용하는 표어가 생각난다.

"인인유책(人人有責)."

즉, 누구 하나가 아니라 우리 모두에게 책임이 있는 것이다.

라스트 사무라이, 사이고 다카모리

가고시마 시내엔 시로야마(城山) 공원이라는 야트막한 동산 아래에 역사문화거리가 있고 그 한가운데에 사이고 다카모리의 우람한 동상이 서 있다. 또한 이 공원에는 사이고의 자살동굴이 있어 관광명소이다. 사이고 다카모리의 일생을 모르면 가고시마 답사는 할 수 없을 정도로 곳곳에 그의 자취가 남아 있다.

사이고 다카모리는 1827년 사쓰마의 하급무사 집안에서 태어났다. 그는 키가 거의 180센티미터, 몸무게는 90킬로그램이나 되는 거구였다. 그는 경천애인(敬天愛人)을 삶의 모토로 삼을 정도로 유교적 학식도 있었고 용기, 관용, 과감한 결단력 등 사무라이가 지녀야 할 덕목을 두루 갖추어 주위에는 항상 추종자들이 몰려들었다.

40세도 안 되어 사이고는 수도 교토에 파견된 사쓰마번 군대의 대장이 되었고 도막 세력과 폭넓은 유대를 갖고 있었다. 막부를 없애는 데 사쓰마번은 점진적이었고 조슈번은 급진적 입장이어서 사이가 좋지 않았다. 그런데 사카모토 료마(坂本龍馬)라는 풍운아가 삿초동맹(薩長同盟)을 성사시켜 둘이 힘을 합치게 되었다.

1868년 1월 3일 새벽 마침내 사이고 다카모리의 군대는 황궁을 장악했고, 이어 소집된 귀족회의에서 메이지유신이 선포되었다. 이에 쇼군의 막부가 반발하면서 내전이 벌어졌다. 사이고는 황군(皇軍)의 참모장으로 1868년 5월 막부가 있던 에도를 성공적으로 함락했다. 그리고 11월에는 북부 지방의 쇼군 지지세력까지 모두 토벌했다.

1869년 논공행상에서 사이고 다카모리는 최고의 훈작을 받았지만 새로운 정부에 참여하지 않고 사쓰마로 돌아왔다. 그러나 2년 뒤인 1871년 새 정부에서 창설한 약 1만명 병력의 황실 근위군 사령관에 임명되었다.

군사력을 장악한 메이지정부는 폐번치현이라는 과감한 조치를 내렸다. 이때 사이고는 태정관(太政官)의 일원으로 기도 다카요시와 함께 이 정책을 완수하는 책임을 함께 맡았다. 오쿠보 도시미치도 메이지유신의 과감한 정책을 펴나갔다. 여기서 메이지 3걸이라는 말이 나온 것이다. 개혁정책들은 순조롭게 진행되어 각 번의 군대는 해산되었고 사이고 다카모리는 1872년 육군대장으로 승진했다.

| **사이고 다카모리 동상** | 사이고 다카모리의 일생을 모르면 가고시마 답사는 할 수 없을 정도로 곳곳에 그의 자취가 남아 있다. 시내 역사문화거리에 세워진 육중한 동상이다.

사이고 다카모리의 최후

그런데 이때 새 징병제의 도입을 둘러싸고 심각한 의견 대립이 일어났다. 한쪽은 국민개병제를, 한쪽은 사무라이 전통을 살린 군대 조직을 주장했다. 이 논쟁에서 사이고는 침묵했고 신정부는 국민개병제를 채택했다. 이로 인해 사무라이들은 크게 위축되었다.

1873년 여름, 사이고는 사무라이 계급의 활성화라는 목표를 실현하기 위해 기발한 제안을 내놓았다. 바로 정한론(征韓論)이었다. 메이지정부를 공식적으로 인정하지 않고 일본의 사절단을 세 번씩이나 물리친 조선의 모욕적인 태도를 응징해야 한다며 기왕에 퍼져 있던 정한론을 등에 업고 나온 것이었다.

사이고 다카모리는 자신이 특사 자격으로 조선을 방문한 뒤 일부러 무

| **사이고 다카모리** | 사이고 다카모리는 드라마틱한 삶을 보여줌으로써 일본인들이 가장 사랑하는 역사 인물의 하나로 꼽힌다. 영화 「라스트 사무라이」는 그의 일생을 그린 것이다.

례한 행동을 하여 조선인에게 피살당함으로써 일본이 조선에 선전포고를 할 수 있는 정당한 구실을 확보하겠다고 했다. 반대 의견이 많았지만 그는 여러번에 걸친 탄원 끝에 1873년 8월 18일 천황의 재가를 받았다.

그런데 바로 이때 구미 선진 문명을 시찰하러 떠났던 이와쿠라(岩倉) 사절단이 막 돌아왔다. 이들은 영국에서 군주제를, 독일에서 교육제도를, 스위스에서 공업을 배웠다. 일본의 천황제, 독일식 학제, 스위스식 견실한 기업 육성은 그때 배운 것의 결실이었다. 이 사절단의 부단장이 이토 히로부미였다. 사절단은 귀국하면서 해외 정벌보다 국내 발전이 우선이라며 이 결정을 취소시켰다. 그러자 다카모리는 모든 지위를 사임하고 사쓰마로 돌아갔다.

사쓰마로 돌아온 지 몇개월 안 되어 사이고는 군사학교를 설립했다. 이에 각지의 사무라이들이 몰려들어 나중에는 학생 수가 2만명에 달했다. 메이지정부는 사쓰마가 대규모 반란의 중심지가 될지도 모른다고 우려했다. 정부는 권위를 세울 목적으로 사이고의 군사학교에 몇가지 강압적인 조치를 취했는데, 이것이 도화선이 되어 1877년 1월 29일 사이고의 제자들이 사쓰마의 무기고와 해군 창고를 공격하며 반란을 일으켰다. 사이고는 어쩔 수 없이 반란의 지도자가 되었다. 이것이 세이난(西南) 전쟁이다.

사이고의 부하들은 정부에 불만사항을 제출하겠다며 2월 15일 도쿄를 향해 출발했다. 그러나 정부군은 구마모토에서 이를 봉쇄했고 그후 6개월에 걸쳐 전면전이 벌어졌다. 사이고의 군대는 여름 내내 패배를 거듭했고 9월이 되자 사이고는 부하 수백명만 데리고 가고시마로 돌아와 지금의 시로야마 공원에 진을 치고 최후의 저항을 시도했다.

그러다 9월 24일 정부군의 공격에서 사이고는 치명상을 입고 자결했다. 사무라이가 할복할 때 고통을 빨리 끝내도록 뒤에서 목을 쳐주는 사람을 가이샤쿠닌(介錯人)이라고 한다. 충직한 부관이 약속대로 그의 목을 쳐주었다. 양측에서 1만 2천명의 사망자를 내고 세이난 전쟁은 끝났다. 이로써 사무라이는 역사 속으로 퇴장했다.

한편 오쿠보 도시미치는 사이고가 죽은 이듬해 번의 폐지에 앙심을 품은 세력에 의해 암살되었다. 메이지 3걸이 이렇게 세상을 떠나자 조슈번 출신의 이토 히로부미 등 제2세대들이 메이지정부를 이끌어가게 되었다. 사이고 다카모리의 최후는 이처럼 비극적이었지만 그는 의리의 상징, 야마토다마시(大和魂)의 상징으로 받들어지며 일본인들이 가장 사랑하는 사나이가 되었다.

여명관과 미술관에서

시로야마 공원 아래쪽 가고시마 성터에는 현립도서관, 시립미술관, 현립역사자료관인 여명관(黎明館, 레이메이칸) 등 문화시설이 모여 있다. 일반인들은 여명관 쪽에 관심이 많아 지난번 답사 때 나는 회원들을 여기로 안내했다.

그러나 미술사를 전공하는 내게 더 관심이 가는 곳은 미술관이다. 여기는 향토화가들의 작품을 전시하고 있는데 이들 또한 일본 근대미술사

| 구로다 세이키의 유화 「호반(湖畔)」 | 구로다 세이키는 프랑스에 유학한 초기 서양화가로 외광파라는 일본화된 서양화풍을 보여주었다. 이 작품은 1897년 작으로 일본에서 우표로도 제작되었다.

를 이끈 대가들이라는 사실에 놀라게 된다. 예술에서도 가고시마는 근대 일본의 선구였다.

　일본 서양화단에 첫번째 등장하는 대가인 구로다 세이키(黑田淸輝, 1866~1924)가 바로 이곳 출신이다. 그는 메이지정부 고관의 아들로 법학을 공부하러 프랑스에 유학했지만 화가가 되었다. 외광파(外光派)라는 일본화된 서양화풍으로 신선한 충격을 일으키고 도쿄미술학교에 서양화과를 설치한 화가로 우리나라 초기 서양화가들은 거의 다 그의 영향을 받았다.

　도코나미 마사요시(床次正精, 1842~97)는 본래 일본화를 배웠지만 영국 함선에 있는 유화를 보고 서양화가로 전향하여 1879년 그랜트

264

(Ulysses S. Grant) 미국 대통령이 일본을 방문했을 때 그의 초상화를 그릴 정도로 유명했다. 그래서 그의 유화엔 일본화풍의 분위기가 있다.

와다 에이사쿠(和田英作, 1874~1959)는 그림보다도 이력으로 큰 감동을 준다. 그는 정통하지 않은 경로로 그림을 배워 1896년에 도쿄미술학교 조교수가 되었다. 그러나 본격적으로 유화 공부를 더 하겠다며 다음 해에 사직하고 바로 그 학교 학생으로 입학하여 공부하고, 졸업한 뒤 조교가 되었다. 참으로 대단한 의지의 사나이라 하지 않을 수 없다.

사쿠라지마의 화산재

가고시마에선 이렇게 정치·군사·산업·학문·예술 등 모든 분야에서 근대 일본을 일으킨 인물들이 배출되었기 때문에 일본인들은 지금도 존경하는 마음으로 가고시마를 찾는다. 가고시마인들의 그 투지와 열정이 어디서 나오는 것일까 궁금하지 않을 수 없는데, 사쿠라지마 활화산의 정기를 받았던 것이 아닐까 언뜻 생각해보게 된다.

2013년 봄 답사 때 여명관을 답사하고 나오는데 나의 둥근 모자에 갑자기 우박 떨어지는 소리가 '투두둑' 하고 나더니 검은 바지가 금세 잿빛으로 변했다. 답사팀원들은 모두들 놀라 이것이 무엇인가 어리둥절해하는데 마스크를 쓴 동네 사람들이 우산을 받쳐들고 지나가는 것이었다. 사쿠라지마에서 뿜어댄 화산재가 날아오는 것이다. 선암원에서 만난 일본 여인들이 마스크를 끼고 있었던 것이 바로 이 때문이었다.

식당으로 걸어가는데 화산재는 그칠 줄을 모른다. 길가엔 화산재 쓰레기 봉지들 놓는 곳이 군데군데 지정되어 있고, "다른 동네 화산재 봉지는 여기에 놓지 마시오"라는 경고문도 붙어 있었다. 도대체 얼마나 자주 이런 일이 벌어지는가.

| **사쿠라지마의 화산재** | 사쿠라지마의 활화산은 하루에도 몇차례씩 화산재를 뿌린단다. 가고시마 길가엔 화산재를 쓰레기 봉지에 넣어 모아두는 곳이 군데군데 지정되어 있다. 다른 동네 화산재는 놓지 말라는 경고문이 붙어 있는 곳도 있었다.

식당 주인에게 물어보니 하루에도 두세 차례 뿜어댄단다. 그래서 빨래를 내다걸 수도 없고 집과 자동차 유리창을 매일 닦아야 한단다. 그건 대개 아이들 차지란다. 이틀 전에는 불꽃까지 벌겋게 피어올랐다고 한다.

듣고 보니 그것은 사쿠라지마의 빛과 그림자였다. 그렇다면 가고시마가 이룩한 영광의 뒤안길에는 매일 화산재를 뒤집어쓰는 시련을 이겨낸 그 힘이 있는 것인가. 그저 물음일 뿐이다.

나에게 가고시마는 정녕 사쿠라지마보다도 신비로운 고장이다.

고향난망(故鄕難忘)

가고시마의 미산마을 / 시바 료타로의 「어찌 고향이 잊히리오」 /
다치바나의 『서유기』 / 사쓰마야키의 계보 / 심수관 /
박무덕 또는 도고 시게노리 / 미산마을 / 옥산신사 /
박평의 기념비

가고시마의 미산마을

인연이라는 것은 강력한 접착력이 있어서 잘 끊어지지도 않고 아주
오래간다. 그것은 인간관계에서만이 아니라 땅에 대해서도 마찬가지다.
세상 사람들이 강원도 평창을 무어라 말하든, 어떤 이미지를 갖고 있든,
평창의 상징으로 무엇을 꼽든, 나에게 평창 하면 가장 먼저 떠오르는 것
은 처갓집이다. 그것을 누구도 비이성적 태도라고 힐난하지 않는다.

가고시마가 동양의 나폴리라며 사쿠라지마와 해안 풍광을 자랑하고,
메이지유신의 고향이라며 근대 일본사의 주무대였음을 내세운다 해도
한국인인 나에게 가고시마가 남다른 고장으로 각인되어 있는 것은 조선
도공이 사쓰마야키를 개척한 미산(美山)마을이 있기 때문이다. 미산마
을을 현지에서는 '미야마'라 부르지만 나는 아마도 도공들이 붙였을 듯

| **미산마을 가는 길** | 미산마을은 사쓰마야키의 고향으로 심수관 가마를 비롯하여 10개의 가마가 지금도 도자기를 굽고 있다.

한 아름다운 뜻을 살려 그냥 미산마을이라 부르겠다.

내가 가고시마에 네 번이나 오게 된 것도 미산마을 때문이며, 이부스키 온천에 푹 쉬러 왔다가도 사람들을 안내해 들르지 않고는 돌아갈 수 없는 곳이 미산마을이었다.

같은 조선 도공의 발자취가 서린 곳이지만 아리타나 가라쓰에 갔을 때와 달리 미산마을에 오면 마음이 편해진다. 그것은 정유재란 때 끌려온 도공의 후손들이 이국땅에 뿌리내리고 살아가는 모습이 자랑스러울지언정 애잔함과는 거리가 멀기 때문이다.

심당길(沈當吉)의 후손 심수관(沈壽官)은 지금도 당당하게 조선 도공의 후예임을 자랑하며 사쓰마야키 가마를 대대로 이어가고 있고, 박평의(朴平意)의 후손들은 일본인으로 완전히 귀화하여 일본 외교가의 명문으로 변신했다. 두 가문의 길은 달랐지만 모두 나름대로 성공담을 담고 있어 마음이 편하고 발걸음도 가벼워진다.

그러나 그들의 오늘이 있기까지 4백년간의 긴 이야기는 비극으로 시작된다.

시바 료타로의 「어찌 고향이 잊히리오」

정유재란 때 시마즈 요시히로에게 끌려온 도공 박평의와 심당길이 미산마을에서 사쓰마야키(薩摩燒)를 열고 그 후손들이 4백년간 대를 이어 살아온 이야기는 시바 료타로(司馬遼太郎, 1923~96)의 소설 「어찌 고향이 잊히리오(故鄕忘じがたく候)」(1968)에 아주 생생하게 그려져 있다.

국사(國師)라고 칭송받았던 시바는 살아생전 60여편의 소설과 70여편의 평론, 에세이 등을 발표했으며, 밀리언셀러만 20종이 넘는 뛰어난 작가이자 당대의 지성이었다. 시바는 『가도(街道)를 가다』 시리즈를 20여 년간 총 43권을 펴내 그가 세상을 떠났을 때 일본의 서점가에는 '시바가 있어서 우리 일본인은 행복했습니다'라는 포스터가 붙었다고 한다.

『료마(龍馬)가 간다』(1963~66) 『세키가하라 전투』(1966) 등 시바의 역사소설은 박진감있는 묘사와 민족혼을 불러일으키는 호소력이 있었다. 그의 역사관은 시바 사관(司馬史觀)이라는 말까지 낳았는데 메이지시대를 찬양하는 국수주의적인 요소가 있어 우리나라에선 비판적으로 보는 시각도 있다. 그런가 하면 다이쇼·쇼와시대는 한창 우리 정치권을 시끄럽게 했던 귀태(鬼胎)라는 말을 써가면서까지 비판했다. 특히 러일전쟁을 다룬 소설 『언덕 위의 구름(坂の上の雲)』(1969~72)에서는 일본은 이겨서는 안 되는 전쟁을 이김으로써 현대 일본의 비극을 낳았다는 소견을 피력했다.

시바의 역사소설은 이노우에 야스시와 마찬가지로 사료에 입각하여 역사적 사실을 왜곡하지 않고 충실한 취재와 성실한 현장답사를 바탕으로 하는 것으로 유명하다. 소설 「어찌 고향이 잊히리오」에서도 유성룡의 『징비록(懲毖錄)』, 다치바나 난케이(橘南谿)의 『서유기(西遊記)』, 아메노모리 호슈(雨森芳洲)의 『교린수지(交隣須知)』, 심수관 가문에 전래돼온 『표민대화(漂民對話)』 같은 어학 학습서까지 정확히 인용하고 있다. 여기에 14대 심수관의 증언에 근거하여 기술했기 때문에 역사 다큐멘터리를 읽는 듯한 박진감이 있다. 그래서 나의 사쓰마야키 이야기는 이 소설에 많이 의지하게 된다.

남원성에서 끌려온 도공들

4백여년 전, 정유재란이 한창이던 1597년 8월 13일 일본군은 대대적으로 남원성을 공략했다. 시마즈 요시히로, 고니시 유키나카, 가토 기요마사 등 내로라하는 일본의 무장들이 5만 6천 대군을 이끌고 총공격해 들어왔다. 이때 남원성을 지키고 있던 조선군과 명나라의 병력은 4천명 뿐이었다.

사흘 밤을 항전한 끝에 8월 16일, 빗속을 뚫고 일본군이 남문을 부수고 쳐들어와 남원성을 불바다로 만들었다. 이때 남은 가옥은 몇채밖에 없었다고 한다. 남원성 외곽을 지키고 있었기 때문에 살아남은 김효의(金孝義)는 이 처참했던 남원성의 상황을 유성룡에게 전하여 『징비록』에 이 사실이 상세히 기록되어 있다.

이 전투에 참가했던 시마즈 요시히로는 남원성 외곽, 만복사(萬福寺) 터 뒤쪽에 살던 도공들을 집단으로 사로잡아 사쓰마로 보냈다. 그는 무장이면서도 학문·의술·다도에도 조예가 깊었다. 그가 다성(茶聖)이라 불리는 센노 리큐(千利休)와 다도에 관해 주고받은 50가지 문답이 지금

| 시마비라 해변 | 남원성에서 끌려온 조선인들이 탄 배가 거센 풍랑을 만나 표류하다 표착한 곳은 가고시마 구시키노의 시마비라라는 인적 없는 해변이었다.

도 전하고 있을 정도다. 그가 조선 도공을 데려간 것은 다완 때문이었다. 당시 일본은 도자기가 아주 귀해서 번주들조차 나무 그릇을 사용하고 있었고 물통도 나무로 만들 정도였다. 그 때문에 조선에서 수입해간 다완은 금값이었다. 도공은 황금알을 낳는 오리였던 것이다.

남원성에서 끌려온 조선인은 박평의, 심당길 등 17성(申·李·朴·卞·林·鄭·白·車·姜·陳·崔·盧·金·丁·何·朱·沈) 80여명이었다고 한다. 이들에게는 사쓰마로 오는 과정부터가 고난의 연속이었다. 전하기로는 일본에서 조선에 보낸 군량선(軍糧船)이 빈 배로 돌아가면 너무 가벼워 배의 무게 중심을 맞추기 위해 이들을 선창 아래에 수용했다고 한다.

이 배가 거센 풍랑을 만나 표착한 곳은 가고시마 구시키노(串木野)의 시마비라(島平)라는 인적 없는 해변이었다. 이때 살아남은 사람은 43명이라는 기록이 있다. 이들은 일단 사람이 살지 않는 산으로 들어가 거처

| **시마비라 마을의 다리** | 시마비라 마을 신사로 건너가는 다리로 일본에선 새빨간 페인트가 칠해진 건축물들을 종종 볼 수 있다. 이처럼 강렬한 원색을 사용하는 것을 보면 일본인의 색감은 우리와 사뭇 다르다는 것을 알 수 있다.

를 마련했다. 황무지에 밭을 일구고 오두막을 세웠다: 그리고 생활용기로 도자기를 구웠다.

그러나 원주민들은 이 외지인들을 달갑게 보지 않고 쫓아내려고 했다. 번번이 흙발로 일터에 들어와 그들의 작업을 방해했다. 이를 제지하려 했으나 언어도 통하지 않아 뜻을 이룰 수 없었다. 당시 시마즈 요시히로는 세키가하라 전투 이래로 생사가 걸려 있어 조선 도공들이 어떻게 되었는지 신경쓸 겨를이 없었다.

지금도 구시키노 항구 시마비라 마을 신사 입구에는 이들이 처음 표착했던 사실을 알려주는 빗돌이 세워져 있다. 그리고 해안가 절벽 위에 있는 신사에 오르면 태평양 망망대해가 끝없이 펼쳐진다.

| **조선 도공 표착비** | 시마비라 마을 신사 입구에는 이들이 처음 표착했던 사실을 알려주는 빗돌이 세워져 있다. 그리고 해안가 절벽 위에 있는 신사에 오르면 태평양 망망대해가 끝없이 펼쳐진다.

단군을 모신 옥산궁

이들의 리더는 박평의였다. 박평의는 일행들에게 사쓰마번에 가서 탄원하자고 1603년 정월, 남부여대하고 길을 떠났다. 모진 추위 속에 무작정 길을 재촉한 지 얼마 안 되어 오늘날 미야마라 불리는 미산마을 근처에 당도했을 때 너나없이 탄성을 질렀다. 주변의 풍광이 고향 남원의 산천과 너무나도 비슷했기 때문이다. 일행들은 멀리 갈 것 없이 여기에 살자고 했다. 당시 이곳 이름은 나에시로가와(苗代川)였다.

이들은 낮은 산자락에 둘러싸인 아늑한 이곳에서 땅을 일구고 도자기를 만들며 살았다. 그런데 밤이면 산자락에 불빛이 일어나는 것이었다. 점을 쳐보니 단군이 이들을 보호하기 위해 밤마다 혼불로 나타나는 것이라고 했다.

이들은 그곳에 옥산궁(玉山宮, 교쿠잔구)을 지어 단군을 모시고 고국을

| **옥산궁 입구와 마을 풍경** | 시마비라에 표착한 조선인들이 번주에게 청원하러 가는 도중 고향땅과 비슷하여 머물게 되었다는 미산마을 풍광이다. 그들이 단군을 모시고 고국을 향해 제사지냈다는 옥산궁 입구에서 바라본 모습이다.

향해 제사지냈다. 추석에는 다같이 조선 옷을 입고 고려병(高麗餠)이라는 콩 섞인 시루떡을 차려놓고 조선말로 된 축문을 읽고 조선 노래와 춤을 추면서 고국에 돌아갈 수 있게 해달라고 빌었다고 한다. 지금도 양력 9월 15일이면 제사를 지내는데 제기와 장구, 징, 꽹과리 등이 모두 조선 것이라고 한다.

심수관가에 전하는 『사쓰마야키 도감(圖鑑)』에는 그때 부르는 노래가 다음과 같이 적혀 있다.

오나리 오나리쇼서(오늘이 오늘이소서)

마일에 오나리쇼서(매일이 오늘이소서)

졈그디도 새디도 마라시고(저물지도 새지도 마시고)

새라난(새더라도)

마양 당직에 오나리쇼셔(늘 변함없이 오늘이소서)

이 노래는 『청구영언(靑丘永言)』에 나오는 「오늘이 오늘이소서」이다.
바로 여기에서 '더도 덜도 말고 한가위만 같아라'라는 말이 나왔다.

'조선 계열'이라는 신분

도쿠가와의 전투가 끝난 시마즈 요시히로 번주는 그제야 남원성의
도공들을 기억해내고 찾아보라고 했다. 관리가 이들의 사정을 자세히 알
아보고 번주에게 보고하자 번주는 이들을 사쓰마 성내로 들어와 살도록
하라고 다시 관리를 보냈다. 그러나 뜻밖에도 이들은 한사코 떠나기를
거부했다.

이유는 두 가지였다. 하나는 성내에는 남원성이 함락될 무렵 왜군의
앞잡이 노릇을 한 주가전(朱嘉全)이라는 자가 있으니 그런 배신자와 함
께 살 수 없다는 것이었다. 그리고 또 한 가지 이유는 고향이 그리워서
라고 했다. 이에 관리가 여기서 성까지는 불과 6리인데 여기서는 망향의
정이 달래지고, 성으로 들어가면 그게 안 되느냐고 물었다. 그러자 그들
은 이렇게 대답했다고 시바 료타로는 전하고 있다.

"저 언덕을 보시오. 저 언덕에 오르면 바다가 보입니다. 그 바다 너머
로 조선의 산하가 있습니다. 우리는 운이 나빠 조상의 무덤을 떠나 이 나
라에 끌려왔으나 저 언덕에 올라 거기에 제단을 모시고 제사를 지내면
아득히 먼 조국의 산하도 감응하여 그곳에 잠든 조상의 넋을 달랠 수도
있지 않겠습니까."

그러면서 눈물을 글썽였다. 관리가 이를 번주에게 보고하자 번주는 크게 감동하여 특별히 명을 내려 나에시로가와의 조선인들에게 영지와 녹을 내리고 17개 성씨의 신분을 '조선 계열'로 분류하면서 사농공상에서 '사'에 해당하는 사무라이(武士) 계급과 동등하게 대우하도록 배려했다고 한다. 이후 이들은 안정된 삶 속에서 도자기 제작에 전념할 수 있게 되었다.

사쓰마 백자의 탄생

이제 조선 도공들은 가마를 만들고 본격적으로 도자기 제작에 들어갔다. 이들은 올 때 도자기를 만드는 데 사용할 흙과 유약도 가져왔다고 한다. 성심으로 도자기를 구운 결과 마침내 백자를 만드는 데 성공했다. 조선백자처럼 맑지는 않았지만 백자의 기품은 들어 있었다. 이들은 이 백자를 '히바카리(火ばかり)'라고 했다. '불뿐'이라는 뜻이다. 이 백자를 만들어내는 데 사용한 일본 것은 불밖에 없었다는 뜻이다. 조선 도공의 프라이드가 그렇게 서려 있는 이름이다. 지금도 심수관가의 전시실에는 이 '히바카리' 다완 한 점이 전시되어 있다.

이들은 이 백자를 번주에게 바쳤다. 번주는 크게 기뻐하며 "조선 웅천(熊川) 백자와 비슷하다"고 했다. 웅천 백자는 진해 웅천 가마의 막사발로 일본에서는 '고모가이'라 불리며 다완으로 이름 높았다.

도공들은 더욱 열심히 도자기를 구웠다. 백토를 구할 수 없어 백자 대신 철분이 많이 담긴 흙을 이용하여 검은 도기인 구로몬(黑物)을 만들었다. 그러나 박평의는 설백색으로 빛나는 조선백자 같은 것을 만들어내고 싶어했다. 노숙한 도공 박평의는 아들 박정용(朴貞用)과 백토를 찾아나섰다. 그리고 결국 이부스키 해안가와 기리시마 산중에서 백토를 찾아냈다. 조선의 백토만은 못하여 역시 흰빛깔이 제대로 나오지 않았다. 박평

| 사쓰마 백자 | 조선 도공들이 처음으로 만들어낸 사쓰마 백자를 '히바카리(火ばかり)'라고 했다. '불뿐'이라는 뜻이다. 이 백자를 만들어내는 데 사용한 일본 것은 불밖에 없다는 뜻이다

의는 연구에 연구를 거듭하고 많은 시행착오를 겪은 다음 백토를 얇게 덧발라 굽는 방법으로 계란색 같은 백자를 만들어내는 데 성공했다. 대단히 기품있고 우아한 흰빛깔의 백자였다. 이것이 시로몬(白物)이라고 불리는 사쓰마 백자의 탄생이었다.

박평의가 이렇게 구워낸 백자를 번주에게 바치자 그는 더욱 기뻐하며 박평의에게 세이우에몬(淸右衛門)이라는 이름을 내려주고 나에시로가와 초대 장옥(庄屋, 쇼야)으로 임명했다. 번주는 이 사쓰마 백자를 쇼군에게 헌상하고 또 여러 다이묘에게도 선물했다. 이렇게 해서 사쓰마 백자가 세상에 알려지게 되었다.

사쓰마야키의 계보

사쓰마에 끌려온 도공은 이들뿐이 아니었다. 나에시로가와의 박평의

| **사쓰마야키 계열** | 사쓰마야키는 대여섯 계열로 퍼져나갔고 각 계열마다 10여개의 가마가 있었다. 1. 사쓰마계 2. 다테노계(堅野系) 3. 요카마치 가마(八日町窯) 4. 류몬지계(龍門司系) 도자기이다.

가마 이외에 마에노하마(前之兵)에 20여명, 히가시이치키(東市來)에 10여명, 가세다(加世田)의 고미나토(小湊)에도 여러 명이 끌려왔다고 한다.

박평의의 나에시로가와 가마에 뒤이어 1601년에는 김해에서 끌려와 긴카이(金海)라는 이름을 가진 도공에 의해 우토 가마(宇都窯)가 열렸다. 이 우토 가마는 우수한 백자를 만들어 다테노계(堅野系)라 불리며 주로 귀족들이 좋아했다고 한다. 또 초사(帖佐)라는 곳에는 요카마치 가마(八日町窯)가 있었다. 이 가마는 주로 일용잡기의 구로몬을 만들었는데 류몬지계(龍門司系)라고 했다.

내가 지금 이 복잡한 가마의 계보를 열거하는 것은 우리에게 사쓰마야키로 알려진 것이 심수관 가마뿐이어서 그것이 사쓰마야키의 모두인

양 잘못 알고 소개하는 글을 많이 보기 때문이다.

이렇게 시작된 사쓰마야키는 번주의 적극적인 지원으로 더욱 발전하게 된다. 요시히로는 도공 긴카이를 세토(瀨戶)와 미노(美濃)에 파견하여 연수하고 돌아오게 했다. 그의 뒤를 이은 18대 당주 이에히사(家久)는 긴카이의 아들 김화(金和), 김림(金林) 형제를 히젠(肥前)의 아리타에 보내 아리타야키를 배워오게 했다. 또 19대 당주 미쓰히사(光久)는 가타노 가마(片野窯)의 도공을 교토의 노노무라 닌세이(野々村仁淸)에게 보내서 금(金)장식을 가하는 이른바 금수(錦手) 기법을 배워오게 했다.

이처럼 사쓰마의 역대 번주들이 적극 지원을 아끼지 않음으로써 사쓰마야키는 점점 발전했다. 조선백자에 기반을 두면서 일본 각지의 유행과 기법을 모두 수용하는 다채로운 사쓰마야키로 나아간 것이다. 일본에 끌려간 조선 도공들의 성공에는 번주의 이런 적극적인 지원이 있었다.

고향난망

그리고 2백년이 지나서 이야기이다. 18세기 말, 다치바나 난케이(橘南谿)라는 의사는 여행을 좋아하여 동서 각지를 여행하고는 『동유기(東遊記)』(1795)와 『서유기(西遊記)』(1795)라는 기행문을 남겼다. 『서유기』에는 다음과 같은 증언이 들어 있다.

> 나에시로가와라는 고장은 온 마을이 고려인이다. (…) 조선 풍속을 그대로 계승하여 복색에서 언어에 이르기까지 모두가 조선식이며 날로 번창해 수백호를 이루고 있다. 처음 납치되어온 성은 모두 17성이었다.

—『東西遊記』(平凡社 1974)

그는 미산마을을 찾아와 그 마을 어른들과 주고받은 많은 얘기를 전하고 있다. 그중엔 신(伸)이라는 특이한 성씨가 있어 그 유래를 물어보니 본래는 신(申)씨였는데 '신'자에 원숭이(사루)라는 뜻이 있어 일본 관리가 '신상'이라고 부르지 않고 '사루상' 하고 불렀다는 것이다. '원숭이씨'라고 부른 셈이다. 그래서 성을 고쳐 신(伸)이라고 하니 그제야 '신상'이라고 부르더라는 것이다.

그리고 마을 사람들과 나눈 다음과 같은 처연한 얘기도 전하고 있다.

"당신께서는 일본에 오신 지 몇대째가 됩니까?"

"5대째입니다."

"그러면 이제 와서는 고국을 그리는 일은 좀처럼 없으시겠죠?"

"천만에요. 번주께서 보살펴주신 공을 잊은 것은 아니지만 지금이라도 만약 귀국이 허락된다면 돌아가고 싶은 마음이 간절합니다. 고향난망(故鄕難忘)이라는 말을 누가 한 것인지……"

다치바나는 노인의 숙연한 말에 슬픈 마음이 가득했다면서 다시 한번 "고향난망이라!" 쓰고는 글을 끝맺었다.

사쓰마야키의 전성기

그리고 또 1백년이 흘러 19세기 후반으로 들어오면 재정 위기에 놓인 사쓰마번에 즈쇼 쇼자에몬(調所笑左衛門)이라는 유능한 재무관이 등장하여 긴축과 절약이 아니라 무역확대, 산업증진이라는 적극적 정책을 펴게 된다. 이때 미산마을에는 대규모 백자 공장이 세워지고 12대 심수관

| **심수관가 사쓰마야키 작품들** | 사쓰마야키는 12대 심수관이 중흥조라 할 수 있다. 그는 파리만국박람회에 대형 화병을 출품하여 큰 인기를 얻었다고 한다. 왼쪽은 12대 심수관, 오른쪽은 14대 심수관의 작품이다.

이 주임으로 임명되어 커피잔 등 생활자기를 제조하기 시작했다.

이것이 나가사키를 경유하여 해외로 수출되었다. 러시아·미국 등에 수출하는 길을 터 막대한 이익을 남겼다. 사쓰마의 도자기산업은 번의 재정 위기를 타개하고 뒷날 막부를 무너뜨리는 중요한 재원이 되었다.

그러나 메이지유신이 일어나면서 상황이 돌변했다. 1871년 폐번치현으로 사쓰마야키를 지원해주던 번(藩)이 없어진 것이다. 1872년 호적을 재편성할 때 사족 대우를 받던 '조선 계열' 도공들은 평민으로 전락했다.

1877년 사이고 다카모리의 반란으로 세이난 전쟁이 일어났을 때 전쟁에 참가하면 신분을 상승시켜준다고 해서 조선 도공의 후예 2백명도 참전했다. 그러나 전쟁은 사이고 다카모리의 할복자살로 끝났고 그 희망은 물거품이 되었다.

번요가 폐쇄된 이후 조선 도공의 후예들은 생활 토대를 잃게 되었다. 어떤 사람은 시내로 들어가 야채 장사를 했고, 또 어떤 사람은 구루마꾼, 짐꾼을 하면서 입에 풀칠하며 살았다. 삶을 비관하여 술로 세월을 살았다는 분도 있다. 이때 박씨와 심씨 집안은 서로 다른 길을 걸었다.

심당길의 후손, 심수관

심당길의 자손들은 개인 가마를 열고 대대로 사쓰마야키를 지켰다. 12대인 심수관은 뛰어난 도공이었다. 그는 항아리 5개를 이어붙인 높이 약 122센티미터의 대형 화병을 1876년 파리만국박람회에 출품하여 크게 인기를 끌었다. 또 1873년 오스트리아 세계도자기전회에 높이 155센티미터짜리 대형 화병을 출품하여 역시 이목을 끌었다고 한다. 그는 심수관이라는 이름을 후손들이 대대로 사용하며 가업을 이어가게 했다.

13대 심수관은 교토대 법학과를 나와 총리 비서까지 지낸 수재였다. 그러나 아버님 유훈대로 가업을 이어 도공이 되었다. 14대 심수관 또한 와세다대학을 나온 인재였다. 그 역시 가업을 잇기 위해 도공이 되었다. 신식 교육을 받은 14대는 자신의 예술성을 추구해보겠노라고 도예 그룹전에 창작 도예를 출품하려고 했다. 이때 아버지는 못하게 말렸다. 이에 아들이 아버지에게 대들듯 물었다. "그러면 저는 무엇을 하라는 겁니까?" 이에 아버지는 아들 14대에게 이렇게 대답했단다.

"네 아들이 도공이 되게 하라. 그게 네가 할 일이다."

그 아들이 현재의 15대 심수관이다. 1998년 8월 일민미술관에서 140점의 사쓰마야키가 전시된 '400년 만의 귀향—일본 속에 꽃피운 심수관가 도예전'이 열렸다. 테이프 커팅에는 김대중 대통령이 참석했다. 그것은 기나긴 세월 이국땅에서 고군분투한 조선 도공 후예에 대한 조국의 환영이었고 심수관 가문의 영광이었다.

박평의 후손, 도고 시게노리

이에 반해 박평의의 후손은 전혀 다른 길을 갔다. 박평의의 12대손 박수승(朴壽勝, 1855~1936)은 사족 신분을 유지하기 위해 도자기로 번 돈으로 도고(東鄉)라는 일본 성씨를 사서 완전히 귀화해버렸다. 그의 다섯살 난 아들 박무덕(朴茂德, 1882~1950)은 도고 시게노리(東鄉茂德)라는 이름으로 도쿄대학에 입학했다.

시게노리는 대학에서 독문학을 전공했으나 아버지의 기대대로 서른한 살에 외무고시에 합격하여 외교관이 되었다. 그는 스위스, 독일, 미국 등에서 외교관으로 근무하고 1941년 도조 히데키(東條英機) 내각의 외무대신으로 입각했다. 평화주의자였던 그는 태평양전쟁을 하루빨리 끝내야 한다고 주장했지만 군부세력에 부딪혀 뜻이 관철되지 않자 사임해버렸다. 그리고 패전이 가까워 도조 내각이 총사퇴하고 스즈키 간타로(鈴木貫太郎) 내각이

| 박무덕 또는 도고 시게노리 | 박평의의 12대 손은 '도고'이라는 일본 성을 사서 완전히 일본인으로 귀화했다. 그의 아들인 13대 박무덕은 '도고 시게노리'라는 이름으로 바뀌게 되었는데 그는 태평양전쟁 때 두 차례에 걸쳐 외무대신을 지냈다.

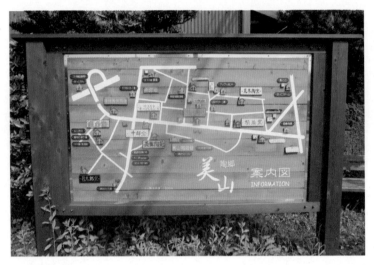

| **미산마을 안내판** | 미산마을 주차장에는 이곳에 있는 10여개 가마의 위치를 가마마다 특색있는 도편으로 표시해 놓은 아주 예쁜 안내판이 있다.

들어섰을 때 전쟁을 종결로 이끌 수 있는 사람은 도고 시게노리밖에 없다고 하여 다시 외무대신에 임명되었다.

포츠담선언을 두고 시게노리는 군부세력과 정면으로 대립했다. 그는 어전회의에서 천황에게 직접 건의하여 무조건 항복을 선언하게 함으로써 전쟁을 종결로 이끌었다.

그러나 전범재판에서 그는 진주만 폭격 당시 외무대신으로서 선전포고를 하지 않았다는 죄목으로 20년 금고형을 받았다. 그리고 2년 뒤 옥중에서 황달이 악화되어 1950년 7월, 67세로 세상을 떠났다. 감옥에 있을 때 13대 심수관은 면회를 가 위로했다고 한다. 도고는 A급 전범으로 현재 야스쿠니 신사에 봉안되어 있다.

도고 시게노리는 조선총독부 청사의 설계자문을 맡아 기초설계를 했던 G. 랄란데(G. de Lalande)의 미망인 에디타와 1921년 베를린에서 결

| **미산마을 거리** | 미산마을은 아주 깔끔한 시골 마을로 거리는 한산하지만 정감이 깃든 곳이다. 큰길 안쪽으로는 각 가마의 전시장들이 들어서 있다.

혼했다. 그리고 그의 자손들은 모두 외교관이 되었다. 장녀의 남편은 모토시로(本城)씨였으나 도고가로 입적했다. 그는 주미대사와 외무차관이 되었고, 아들 쌍둥이를 낳는데 그중 하나가 외무성에 들어가 주 네덜란드 대사를 역임하게 된다. 도고 집안은 일본 외교가의 명문이 되었다.

미산마을에서

이렇게 조선 도공의 자취가 서려 있는 미산마을은 지금도 도자 마을로 10여개의 가마가 들어서 있다. 마을 주차장에는 미산마을의 유적과 가마를 하나하나 특색있는 도편으로 표시해놓은 아주 예쁜 안내판이 있다. 그모두가 한차례 볼거리지만 역시 팔은 안으로 굽는다고 우리는 심수관가와 박평의 집안의 도고 시게노리 기념관으로 발길을 옮기게 된다.

| **심수관가** | 심수관가는 옛 가마터에 자리잡고 있으며 전시관도 갖추고 있다. 1. 심수관가 대문 2. 수관도원(壽官陶苑) 3. 전시관 내부 4. 옛 노보리 가마이다.

심수관가는 100년 전이나 지금이나 25명의 도공이 일하고 있다. 공방 한쪽에는 그 옛날의 노보리 가마(登窯)가 남아 있고, 전시관에는 사쓰마 야키의 역사와 역대 심수관의 작품들이 진열되어 있다.

전시관에서 가장 먼저 눈길을 끄는 것은 2층 초입에 진열된 '히바카리' 찻잔이다. 노란빛을 머금은 통형 백자를 보면 천신만고 끝에 그것을 구워낸 내력이 먼저 다가와 가슴을 뭉클하게 한다. 슬픈 역사를 간직한 사연이 외적 형식을 압도해버린다. 여기에서 빛깔과 형태를 따지며 아름 다움을 논한다는 것은 부질없는 일이다. 그것이 '히바카리'라는 사실 하나로 어떤 아름다움도 뛰어넘는 예술적 감동을 받게 된다.

사쓰마야키의 아름다움을 보여주는 것은 12대 심수관의 화려하고 장 대한 백자 채색 화병들이다. 일본의 전통 장병화(障屛畵, 쇼헤이가)에 보이

| **도고 시게노리 기념관** | 미산마을 안쪽에는 시교육위원회에서 세운 도고 시게노리 기념관이 있다. 기념관에는 그의 일생이 연대기로 전시되어 있고 그의 자서전 『시대의 일면』이 놓여 있다.

는 금박 장식을 도자기에 이용하고 서구인들의 웅장하고 화려한 취향을 반영하여 만국박람회에서 인기를 모았다는 그 화병이 가장 사쓰마야키다움을 보여준다. 거기에서는 조선 도공의 혼과 이국 땅에서 대를 이어 살아간 후손들의 긍지가 함께 느껴진다.

심수관가에서 마을 안쪽으로 조금만 들어가면 시교육위원회에서 세운 도고 시게노리 기념관이 있다. 기념관 입구 키 큰 나무 아래에는 작은 동상이 서 있고 아담한 기념관 안에는 그의 일생을 보여주는 사진이 함께 전시되어 있다.

기념관 한쪽 빈 공간의 통유리창 너머로는 그의 선조들이 일하던 노보리 가마터가 보인다. 홀에는 몇개의 테이블이 있고 자료를 자유롭게 열람할 수 있게 해놓았다. 그가 옥중에서 쓴 수기인 『시대의 일면(一面)』(改造社 1952)도 있고 기념관에서 발간한 각종 팸플릿도 있다. 거기엔

| **기념관 정원의 가마터** | 도고 시게노리의 기념관은 박씨 집안의 가마가 있던 곳에 세워졌다. 기념관 한쪽 휴게실에서 바라보면 통유리창 너머로 그의 선조들이 일하던 노보리 가마터가 보인다.

"도자기 마을〔陶鄕〕에서 태어나 격동의 세계를 무대삼아 누비던 외교관의 발자취"라고 쓰여 있다.

얼마 전까지만 해도 이 미산마을 입구엔 "미야마(美山)의 아이들아 지지 말아라. 힘없는 자들을 불쌍히 여겨라. 도고 선배를 본받아라"라는 표지판이 붙어 있었고 학생들이 행진할 때는 운에 맞추어 이 구호를 외쳤다고 한다. 도고 시게노리는 조선 도공 후예의 또다른 변신이었다. 누구도 그에게 박무덕으로 살았어야 한다고 말할 자격은 없다.

옥산궁에서

조선 도공들이 단군을 모신 옥산궁은 미산마을 반대쪽 산기슭에 있다. 기록에 의하면 이 옥산궁은 1605년에 지어졌다. 그런 옥산궁이 1917년

| **옥산신사로 가는 길** | 큰길에서 옥산신사 가는 길로 접어들면 키 큰 삼나무가 방풍림으로 둘러쳐진 차밭이 나오고, 차밭이 끝나면서 그 옛날에 세운 작고 아담한 도리이가 다시 나온다.

에 일본 신사 모양으로 개조하고 옥산(玉山, 다마야마)신사로 바뀌었다.

이번이 네번째다. 신사에 가보았자 어떤 감흥도 일어날 리 없는 줄 알면서도 미산마을에 온 이상 여기를 다녀가야 한다고 생각하는 것은 무슨 까닭일까. 단군의 혼불이 나를 부르는 것인가. 아니면 한 민족이라는 인연의 강력한 접착력 때문일까.

나는 일행을 이끌고 큰길을 따라 옥산신사로 향했다. 어느 만큼 가다가 신사 입구를 알려주는 도리이를 보고 꺾어들어갔다. 그때나 지금이나 키 큰 삼나무가 방풍림으로 둘러쳐진 차밭이 나오고 차밭이 끝나면서 그 옛날에 세운 작고 아담한 신사 도리이가 다시 나온다. 도리이 안쪽으로 길게 뻗은 숲길이 호젓한 정취를 자아낸다.

나는 일행들을 여기에 모아놓고 한참 동안 숲길만 바라보고 아무도 신사로 들어가지 못하게 했다. 내 마음 같아서는 여기에서 옥산궁 답사를 끝

| **옥산신사 입구 도리이** | 옥산신사 입구에 있는 작은 도리이는 주변 환경과 어울리는 아담한 모습이다. 도리이 안쪽으로는 길게 뻗은 숲길이 호젓한 정취를 자아낸다.

내고 싶다. 새로 지었다는 옥산신사 본전 건물이 맘에 들지 않아서이다.

옥산신사 본전은 좋게 말해서 시골 신사치고는 제법한 규모이다. 그러나 터에 비해 건물이 너무 커서 답답하기 그지없다. 애당초 옥산궁일 때는 그렇지 않았을 것이다. 아마도 아담하고 정겹고 친숙하고 착하게 생긴 신당이었을 것이라고 내 맘대로 생각해보았다.

무조건 커야 좋다고 생각하는 천박한 정서가 이런 건물을 세웠다고 속으로 흉보았다. 거기다 이 건물 건립에 돈을 낸 사람들 이름을 새겨놓은 기념비는 더욱 가관이다. 내가 이렇게 비판하는 것은 이 우람한 건물 때문에 단군의 혼불을 보고 지었다는 그 옛날 도공의 얼이 보이지 않는 데서 나온 실망의 다른 표현이다.

신사 마당 한쪽에는 커다란 대포알에 글씨가 쓰여 있다. 41세 동갑계를 연 기념비였다. 20년 전에 처음 왔을 때 이를 보고 하도 신기해서 조

| **옥산신사 경내의 기념물** | 신사 마당 한쪽에는 커다란 대포알로 만든 41세 동갑계 기념비가 있다. 그리고 신사 진입로 한쪽에 있는 사쓰마야키를 산업화시켜준 즈쇼 쇼자에몬(調所 笑左衛門)의 작은 묘탑이 있다.

사해보니 일본에선 남자 41세, 여자 32세 때 신사에 와서 액막이 행사를 하고 간다고 했다. 그것을 야쿠바라이(厄祓い)라고 한단다. 대포알로 기념비를 세우는 기발한 발상에 동의하면서 사쓰에이 전쟁, 세이난 전쟁을 치른 이 지역이 아니고서는 있을 수 없는 향토적 시대양식이라고 웃으면서 넘겼다.

옥산신사가 조선 도공과 연관있다는 것을 알려주는 자취는 신사 진입로 한쪽에 있는 작은 묘탑이다. 앞서 얘기한 즈쇼 쇼자에몬의 묘로, 그가 사쓰마야키의 양산체제를 위해 난킨사라야마야키(南京皿山窯)의 창설과 발전에 이바지한 것을 여기에 기린다고 쓰여 있다. 이 가마는 1846년에 연 것으로 미산마을 산자락에 있는데 이 지역 가마 중 최대 규모로 백자 전용이었다고 한다.

그리고 조선 도공과의 인연을 보여주는 또다른 유물이 도리이 곁에

| **옥산신사 본전** | 새로 지은 옥산신사의 우람한 건물 때문에 단군의 혼불을 보고 지었다는 그 옛날 옥산궁의 얼이 보이지 않아 적이 실망스러웠다. 아마도 입구의 도리이에 걸맞은 아담한 신당이었을 것이다.

있는 조촐한 기념비이다. 이 기념비는 1868~69년 메이지정부 수립군과 구 막부군 사이에 벌어진 보신(戊辰) 전쟁 때 참가한 사람들의 이름이 쓰여 있는 종군 기념비인데 그중에는 신(仲)씨 이름이 들어 있다. 신(申)씨를 '원숭이씨'라고 불러 한자를 바꾸었다는 바로 그 조선 도공의 후예임을 알 수 있다.

그리고 그 곁에는 '메이지 100년 기념비'라는 또 하나의 대포알 기념비가 있다. 그런데 이번에 다시 와서 이 대포알 기념비를 보니 신기하게도 개미들이 줄지어 대포알 위로 올라가는 것이었다. 가만히 살펴보니 대포알 끝에 구멍이 있어 개미들이 그 속으로 들어간다. 아! 개미들이 대포알에 집을 지은 것이다.

영민한 개미들이다. 대포알 꼭대기에 구멍이 있는 걸 어떻게 알고 집을 지었단 말인가. 자손만대로 물려줄 철제 개미집이 아닌가. 나는 그 개

| **옥산신사 내부** | 옥산신사 본전의 내부는 넓은 홀로 되어 있다. 신사에서의 의식은 여기서 행해진다.

미들이 이 옥산신사에 깃든 조선 도공들의 영혼을 지켜주는 수호신이기를 기원했다.

박평의 기념비

옥산궁 답사는 신사에서 내려와 마을 입구 공동묘지에 있는 '박평의 기념비'에서 마무리하는 것이 우리의 마음을 편하게 해준다. 이 공동묘지에서 마을을 바라보면 낮은 산자락이 아늑히 감싸고 있어 그들이 처음 고향땅 같아서 눌러앉았다는 나에시로가와가 바로 여기였으리라 짐작할 수 있다. 묘비 앞면 박평의 이름 위에는 '사쓰마야키 창조(創祖)'라는 매김말이 붙어 있다. 그리고 비문은 이렇게 쓰여 있다.

| **박평의 기념비** | 옥산신사로 들어가기 전 마을 입구 공동묘지에 있다. 이 공동묘지에서 마을을 바라보면 낮은 산자락이 아늑히 감싸고 있어 그들이 처음 고향땅 같아서 눌러앉았다는 나에시로가와가 바로 여기였으리라 짐작할 수 있다.

그는 침식을 잊고 고뇌하면서 멀리 산야를 누비다가 마침내 백토를 발견했다. 그 흙으로 도자기를 구웠더니 우아하고 기품있는 그릇이 만들어졌다. 그는 머리끝까지 솟아오르는 환희로 몸 둘 바를 몰랐다. (…) 그때부터 도자기를 굽는 집들이 수백호가 되었으며 사쓰마야키의 이름이 세상에 전해지게 되었다.

이 비문을 보니 1885년 12월에 후손이 세운 것이라고 했다. 그때 박씨 집안에 무슨 일이 있어 뒤늦게 이 비를 세웠을까? 가만히 헤아려보니 박평의 집안이 도고라는 성을 샀던 때가 된다. 그렇다면 이제 일본인으로 귀화하지만 그래도 조상을 잊은 것이 아니라는 마음의 징표였을 것이다.

"어찌 조상을 잊을 수 있으리오."

거기에 그곳이 있어 나는 간다

기리시마 온천 / 에비노 고원 / 가라쿠니다케(한국악) /
창비 답사 / 남향촌으로 가는 길 / 남향촌 백제마을의 유래 /
남향촌의 전설 / 시와스마쓰리 / 화가들의 그림 부채 /
'유어예(遊於藝)'를 위하여

기리시마 온천

미산마을의 사쓰마야키 답사를 마친 우리는 서둘러 숙소로 잡은 기리시마(霧島)로 향했다. 어둡기 전에 차창 밖으로 기리시마의 풍광을 보면서 올라가기 위해서였다.

기리시마는 가고시마 북쪽, 해발 1,500미터 전후의 높은 산봉우리가 23개나 연이어 있는 웅장한 화산으로 세토 내해, 운젠(雲仙)과 함께 1934년에 일본 최초로 국립공원으로 지정된 곳이다. 정식 명칭은 기리시마야쿠(霧島屋久) 국립공원이다.

기리시마란 '안개 속의 섬'이라는 뜻이니 옛사람들이 가고시마 바닷가에서 이 산을 올려다보면서 그런 이름을 지었나보다. 산상엔 분화구와 천연 호수가 있고 높은 고원지대엔 산진달래가 무리지어 피어나며, 가을

| 사카모토 료마 부부의 조각상 | 일본 근대사의 풍운아 사카모토 료마가 신혼여행을 왔던 기리시마의 온천 앞에는 실물대 동상이 있어 온천객들은 너나없이 기념촬영을 하고 간다. 료마는 일본에서 최초로 신혼여행을 간 인물이라고 한다.

단풍은 불타는 듯하고, 눈 덮인 겨울 산엔 눈꽃이 영롱하여 우리나라 산 악인들도 즐겨 찾아간다고 한다.

기리시마는 또한 우수한 온천지대로 일본 근대사의 풍운아라 일컬어 지는 사카모토 료마(坂本龍馬, 1836~67)가 신혼여행 왔던 곳으로 그가 다 녀간 온천 앞에는 실물대 동상이 있어 너나없이 기념촬영을 하고 간다. 료마는 일본에서 최초로 신혼여행이라는 것을 간 인물이라고 한다.

일본의 모든 산들이 그렇듯이 기리시마 산길은 경사가 아주 가파르 다. 그래서 찻길은 지리산 노고단 가는 길만큼이나 구절양장(九折羊腸) 으로 돌고 돌아 숨가쁘게 올라간다. 따뜻한 남쪽인지라 윤기나는 잎을 가진 늘푸른나무들이 빼곡히 들어서 있고 햇살을 조금이라도 더 받으려 고 경쟁적으로 자라 키 큰 나무들이 짙은 숲을 이루고 있다.

호텔에 들어와 창문을 열어젖히니 우리가 어지간히 높이 올라온 듯

| **기리시마 온천** | 기리시마는 1,500미터 전후의 높은 산봉우리가 23개나 연이어 있는 웅장한 화산으로 일본 최초로 국립공원으로 지정된 곳이다. 우수한 온천지대로도 유명하다.

산자락이 멀고 길게 뻗어내려간다. 그리고 여기저기 온천에서 뿜어내는 김이 뭉게구름처럼 피어오른다. 기리시마 국립공원 내 숙박단지에는 14개의 호텔과 여관이 있다. 모두 제각기 온천을 갖고 있는데 노천탕은 기본이란다. 그중 우리가 묵은 기리시마 이와사키(いわさき) 호텔에는 '녹계탕원(綠溪湯苑)'이라는 천연 온천탕이 있었다. 산속 깊은 계곡에 온천물이 콸콸 솟아오르는 둠벙이 여럿 있어 관광객들이 삼삼오오 유카타를 입고 달빛 별빛 아래 온천을 즐기기도 한다.

규슈에 오면 이 특색있는 온천이 별미인지라 답사를 와서 온천을 즐기는 것인지, 온천을 즐기자고 답사를 온 것인지 모를 정도다.

남향촌 백제마을이라는 곳

지난번 가고시마 답사 때 숙소를 기리시마에 잡은 것은 온천도 온천이지만 내일 우리가 떠날 미야자키 남향촌(南鄉村, 난고손)에 좀더 가까이 머물기 위해서였다. 남향촌은 여기에서도 버스로 네 시간 걸리는 먼 거리다.

나도 남향촌은 이야기만 들었지 가본 적이 없었다. 처음에는 답사기에 넣지 않을 생각이었다. 어차피 내가 일본 전지역을 쓸 것도 아니니 꼭 써야 할 의무는 없다. 그리고 남향촌은 워낙 오지인데다 갔다가 혹 실망할지도 모른다는 우려가 있었다.

남향촌이 우리에게 알려진 것은 불과 20년 내의 일이다. 간간이 매스컴을 통해 전해지는 것을 보면 백제마을이 있어 거리 간판이 한글로 쓰여 있고 부여 객사(客舍)를 본뜬 백제관이라는 자료관과 부소산성의 백화정(百花亭)을 본뜬 마을 정자도 있다. 또 부여군과 자매결연을 하고 긴밀히 교류하면서 교류단과 학생들이 서로 오가고, 한국의 국무총리가 기증한 장승이 마을 입구에 세워져 있다.

남향촌 사람들은 이곳이 백제마을임을 열심히 알려왔다. 1993년 대전엑스포 때는 마을 소장 유물을 전시하면서 대대적으로 남향촌을 한국에 알리고 돌아갔다. 이때 남향촌 주민 1백여명은 마을 신사에 있는 백제왕의 신위를 모시고 부여에 있는 백제 왕릉인 능산리 고분에 와서 고유제(告由祭)를 지내기도 했다. 그리고 오래된 신사에 발견된 유물을 전시하는 건물을 짓고는 서정창원(西正倉院)이라는 거창한 이름을 붙였다.

미루어 생각해보건대 대대로 내려오는 백제마을이 아니라 근래에 조성된 것이기 때문에 굳이 가볼 의무감 같은 것이 없었다. 그럼에도 내가 가봐야겠다는 마음을 갖게 된 것은 한 가지 이유 때문이었다. 남향촌에 관한 학술 심포지엄이 한차례 있었는데 이 자료집을 보니 학자들이 주목하는 것은 마을이 아니라 여기를 백제마을로 조성한 근거가 되는 시와스마쓰리라 불리는 사주제(師走祭)였다. 1천년을 두고 행해지는 이 마쓰리의 민속학적 가치와 의의를 모두 높이 인정하고 있었다. 특히 얼마 전 작고하신 민속학자 임동권(任東權) 선생이 조사 보고한 내용을 보면 진정성에서 신뢰가 갔다. 그래서 가보기로 했다.

내가 문화유산을 답사하는 기준은 아주 간단하다. 거기에 그곳이 있기에 나는 간다. 그리고 목적지에 있는 문화유산을 보는 것만이 아니라 오가는 과정까지 답사라고 생각한다. 남향촌이 아니라면 내가 언제, 왜 일본 열도의 오지 중 오지를 가보겠는가. 그리고 마침 거기를 찾아갈 좋은 명분과 계기도 있었다.

'유어예(遊於藝)'를 위하여

20년 전, 『나의 문화유산답사기』 첫권이 출간된 이래 출판사 창비는 각 권이 발간될 때마다 1박 2일로 책에 나온 코스로 답사 가는 것을 관례로 만들었다. 그러다가 '답사기 시즌 2'로 제6권을 펴낼 때부터는 책에 나올 곳을 미리 가는 것으로 바꾸었다. 나로서는 그것이 훨씬 생산적이었다.

그리하여 일본 답사기를 출간하기 앞서 2013년 5월 24일, 창비 식구와 내 식구 합쳐 30명이 2박 3일로 가고시마와 미야자키로 답사를 갔다. 단장은 창비 백영서 주간이고 멤버는 창비와 내가 반반 나누어 구성했는데 내 식구 중에는 '절친' 3명과 화가 2명이 고정이고, 이번엔 사안이 사안인지라 남향촌 사주제 심포지엄에 참석한 바 있는 민속학자 이종철(전 한국전통문화대학교 총장) 선배, 한일 교류사 전공의 손승철 교수(강원대)와 일본문학이 전공인 오찬욱 교수(명지대)를 초대했다. 그리고 특별히 나의 박사학위 지도교수이신 상허(尙虛) 안병주(安炳周) 선생님을 모셨다.

내가 상허 선생님을 초대한 것은 해외여행을 한번 모시고 싶은 마음이 있었기 때문이지만 현실적으로 더 중요한 이유가 있다. 여행은 사람을 가깝게도 만들지만 싸우게도 한다. 고만고만한 또래의 개성적일 수밖에 없는 학자·예술가들 이삼십 명이 여행을 하다보면 반드시 티격태격하는 일이 생긴다. 이런 땐 마을로 치면 느티나무 같은 원로 선생님이 한 분 계셔야 답사의 중심이 잡혀 감정을 절제하며 싸우지 않고 잘 따라온다.

상허 선생님은 학교에서 동양 고전을 가르치셨다. 내가 선생님께 들은 강의 중 아직도 머릿속에 인상 깊게 남은 것은 동양의 예술철학이다. 그중 '논다'는 의미의 '유(遊)' 개념은 그냥 노는 것이 아니었다. 공자는 이렇게 말했다.

> 도(道)에 뜻을 두고, 덕(德)에 근거하고, 인(仁)에 의지하고, 예(藝)에 노닐라.
>
> 志於道 據於德 依於仁 遊於藝

유어예(遊於藝)! 얼마나 멋있고 의미 깊고 즐거운 말인가. 그리고 또 공자는 이렇게 말했다.

> 아는 사람은 좋아하는 사람만 못하고, 좋아하는 사람은 즐기는 사람만 못하다.
>
> 知之者 不如好之者, 好之者 不如樂之者

이는 또 얼마나 신나는 얘긴가. 항상 답사라는 명분으로 놀러만 다닌다는 자책감이 있던 나에게는 구원의 말씀 같은 것이었다. 나는 그렇게 '유어예' 하는 기분으로 선생님을 모시고 떠났다.

에비노 고원

이튿날 아침 일찍 우리는 남향촌을 향해 떠났다. 어젯밤과 오늘아침 온천욕들을 해서인지 회원 모두 얼굴에 윤기가 나고 화색이 감돈다. 어디를 가는지 알 턱이 없는 임옥상 화백이 안전띠를 조이면서 묻는다.

"얼마나 가유?"
"네 시간 반."
"그렇게 멀리?"
"그래서 심심할까봐 일감을 가져왔지."

나는 가방에서 흰 합죽선을 꺼내 임옥상과 김정헌 화백에게 주면서 숙제를 내듯 돌아갈 때까지 그림을 그려 누군가에게 선물하든지 나에게 주든지 하라고 했다. 화가들은 항시 내게 당하는 일인지라 말없이 부채를 받아들었고, 상허 선생님은 뻔뻔스럽게 부탁성 지시를 하는 나를 보면서 미소를 짓고 계셨다. 나는 미안한 값으로 "나도 하나 그릴 거야"라고 했다.

출발하면서 참으로 밝고 친절한 가이드인 박인숙씨에게 답사선곡집 CD를 주고 틀어달라고 하니 오장육부까지 시원스러운 이은주 명창의 「정선아리랑」 가락에 맞춰 우리의 버스는 산길 속으로 깊숙이 빨려 들어간다. 오던 길로 내려가는 것이 아니라 사뭇 굽은 길을 맴돌며 올라간다. 어제저녁 오던 길보다도 더 가파르고, 길가는 여전히 원시림 같은 숲이 울창하다. 거친 숨소리를 내고 오르는 것 같던 버스가 한 모롱이를 돌아나오면서 서서히 시야가 넓어지더니 마침내 드넓은 고원이 나타났다. 에비노(えびの) 고원이라는 곳이다.

해발 1,200미터에 위치한 에비노 고원에는 넓은 주차장과 함께 휴게소가 있고 낮은 온도의 온천물이 흐르는 것을 이용한 노천 족욕탕이 있다. 우리는 잠시 쉬어가기로 했다. 버스에서 내리자 눈앞에는 저 멀리 위쪽으로 불쑥 솟아 있는 민둥산 두 봉우리가 무덤덤한 문인화풍의 산수화를 연상시켜 나는 열심히 카메라에 담았다. 회원들이 어디 갔나 둘러보니 젊은이들은 아이스크림을 사먹으러 갔고 여자들은 기념품 가게로 몰려간다.

가이드에게 우리 선생님 어디 가셨느냐고 물으니 저쪽에서 족욕을 하고 계시단다. 나는 달려가 선생님 곁에서 양말을 벗고 발을 담갔다. 미지근한 물길이 매끈하게 발목을 적시는 촉감이 싫지 않았다. 선생님은 일본에는 냇물도 드물고 거기에 발을 담그긴 더욱 힘든데 오랜만에 별격의 탁족(濯足)을 해본다고 즐거워하셨다. 손수건을 꺼내 발을 닦으려고 하는데 가이드가 발수건 세 개를 가져와 선생님과 나에게 주고 또 하나를 뒤로 가져간다. 정헌이형이 거기서 그림을 그리고 있었던 것이다.

"거기 계셨수? 그림 그리고 있었구먼."
"응, 늙은 교수가 연로하신 은사(恩師) 모시고 발 닦는 게 보기 좋네그려."

정헌이형은 수건을 받아들고는 가이드에게 저 산이 무슨 산이냐고 물었다.

"가라쿠니다케, 한국악(韓國岳)이라고 해요."

아! 저 산이 말로만 듣던 한국악이구나!

| 에비노 고원의 주차장 | 해발 1200미터에 위치한 에비노 고원에는 넓은 주차장과 함께 휴게소가 있고 낮은 온도
의 온천물을 이용한 노천 족욕탕이 있다. 여기서 바라다 보이는 산이 가라쿠니다케라고 불리는 한국악(韓國岳)이다.

한국악을 바라보며

기리시마 연봉에서 가장 높은 한국악은 표고 1,700미터의 활화산으로
정상에는 직경 약 900미터, 깊이 약 300미터의 화구호(火口湖)가 있어
비가 계속되면 호수로 변한단다. 이를 칼데라라고 하는데 여기를 찍은
항공사진을 보니 기리시마에는 칼데라가 8개나 있어 아주 신비로워 보
였다. 마치 제주 오름의 굼부리마다 물이 고여 있는 형상이니 장관이 아
닐 수 없다.

한국악의 유래에 대해서는 여러 얘기가 있지만 그 전거는 일본『고사
기』상권에 나오는 이야기에 두고 있다.

이때 니니기노 미코토(邇邇藝命)가 말하기를 '이곳은 한국(韓國, 가
라쿠니)을 향(向)하고 있고, 가사사(笠沙)의 곶〔岬〕과도 바로 통하여 아

| 한국악에 핀 산진달래 | 한국악은 화산이기 때문에 식물의 다양성은 없고 여기에 적응한 산진달래가 떼 판으로 피어난다. 마치 제주도의 한 자락을 옮겨다놓은 듯하다.

침 해가 바로 비치는 나라, 저녁 해가 비치는 나라이다. 그러므로 여기는 정말 좋은 곳이다' 하며 그곳의 땅 밑 반석에 두꺼운 기둥을 세운 훌륭한 궁궐을 짓고 하늘〔高天原〕을 향해 치기(千木, 신사 건물 위로 가로지르는 나무 봉)를 높이 올리고 그곳에 살았다.

천황제를 확립할 목적으로 712년 무렵에 쓰인 일본『고사기』는 상중하 편으로 나뉘어 상편은 신화의 시대이고, 중하편은 초대 진무(神武)부터 스이코(推古)까지 인간의 시대로 구성되어 있다.

신화의 시대에서 인간의 시대로 전환되는 것은 아마테라스 오미카미(天照大神)의 손자인 니니기노 미코토가 3종의 신기(거울·칼·곡옥)와 8명의 신을 데리고 하늘〔高天原, 다카마노하라〕에서 다카치호(高千穂)로 내려와 가사사에서 아름다운 여인을 만나 몸을 나누었는데 하룻밤 만에 회

| **기리시마 연봉의 칼데라** | 기리시마 연봉 정상에는 화구호가 있어 비가 계속되면 호수로 변한단다. 이를 칼데라라고 하는데 이를 찍은 항공사진을 보니 제주 오름의 굼부리마다 물이 고여 있는 형상과 비슷해 장관이다.

임하여 불 속에서 낳았으며, 그의 자손들이 천황가를 이루게 되었다고 한다. 초대 천황 진무는 니니기노 미코토의 증손자가 된다.

현재 그가 하늘에서 내려왔다는 다카치호라는 곳은 여럿 있지만 그중에도 한국악 바로 옆에 있는 1,574미터의 다카치호봉(峰)이 유력하게 지목되고 있다. 또 가사사는 조선 도공이 표착한 구시키노 항구 남쪽에 삐죽 나온 노마곶(野間岬)으로 추정되며 현재 기리시마 신궁에서는 니니기노 미코토를 신으로 모시면서 그의 설화와 연관된 의식을 치르고 있다고 한다.

이 신화에서 주목되는 것은 '한국(韓國)을 향(向)하고 있다'고 한 대목이다. 한국과 연관이 있음이 분명한데 천손강림(天孫降臨)은 단군신화와 비슷하고 또 가야 김수로왕의 7왕자 이야기와도 비슷하여 신화의 뿌리가 여기에 있다고 생각되기도 한다.

이 얘기가 여러번 돌고 돌아 와전되면서 심지어는 가야에서 도래한 사람들이 고향이 그리워 여기에 오르면 가야 땅이 보인다고 해서 한국악이라는 이름을 갖게 되었다는 설까지 나왔다. 실제로는 보일 리 만무하며 『고사기』에서도 다만 그쪽을 향하고 있다고 했을 뿐이다.

오찬욱 교수에게 일본어 표기에서 '가라'의 한자 표기가 가라(伽羅), 한(韓), 신(辛), 당(唐) 등 여러 가지로 나오는 이유를 물어보았더니, 어떻게 쓰든 일본 사람들이 외국이라는 의미를 나타낸 표현이며 심지어는 서양도 '가라'라고 한단다.

남향촌으로 가는 길

에비노 고원을 떠나 다시 갈 길을 재촉하니 우리의 버스는 미야자키 자동차도로를 타고 신나게 달린다. 가는 버스 안에서는 전문가들의 강의가 이어졌다. 오찬욱 교수는 이제까지 한국인이 보아온 일본에 대한 시각에 대하여, 손승철 교수는 조선통신사와 한일 문화 교류사를, 이종철 선배는 남향촌의 시와스마쓰리의 개요 설명과 함께 유아무개라는 괴이한 후배와 한생을 살아온 이야기를 했다.

버스 속 강의는 참으로 재미있고 유익하다. 졸 수는 있어도 도망가지는 못하기 때문에 수강자의 집중력도 높다. 그렇게 즐거운 강의가 끝날 무렵 우리의 버스는 미야자키 시내를 곁에 두고 곧장 달리고 있었다. 그리고 얼마 안 되어 자동차 전용도로를 벗어나 2차선 좁은 국도로 들어섰다. 그러고는 풍광이 변하기 시작했다.

차창 밖으로는 울창한 산과 평화로운 들판이 번갈아 나타나고 어쩌다 다리를 건널 때 보면 일본의 강치고는 제법 풍부한 수량의 물길이 유유히 흘러간다. 때는 신록이 한창인지라 군대 사열대보다도 반듯하게 가로

| **남향촌 가는 길** 남향촌으로 가는 미야자키의 도로는 평화롭고 아름답다. 차창 밖으로는 울창한 산과 아늑한 들판이 번갈아 나타나고 어쩌다 다리를 건널 때 보면 일본의 강치고는 제법 풍부한 수량의 물길이 유유히 흘러간다.

세로로 열 지어 자란 삼나무들이 연한 연둣빛을 띄고 있는데 유난히도 청명했던 그날 눈부신 햇살은 새순에 닿자마자 바스러지면서 아련한 광채를 발한다.

버스가 앞으로 나아가며 도심에서 멀어질수록 풍광은 더욱 가까이 다가와 안기고 이따금 나타나는 시골집들이 사이좋게 지붕머리를 맞대고 있다. 일본의 시골은 궁기가 하나도 없어 가히 전원이라는 표현도 가능하다. 도시보다도 더 깨끗해 보인다. 일본의 좁은 2차선 국도의 정겨움은 아무리 칭찬해도 지나치지 않다.

버스 속 스피커에서는 '답사선곡집'에 담긴 안드레아 보첼리와 메리 J. 블라이즈의 환상적인 듀엣이 흘러나온다. 그렇게 창밖을 바라보는 것만으로도 행복했다. 아! 참으로 잊을 수 없는 아름다운 여로였다.

우리는 휴가시(日向市) 못미처에 있는 해변 마을 히라이와(平岩)에서

점심을 먹기로 했다. 히라이와로 들어가기 위해 다리를 건너는데 바다로
흘러든 강변 풍광이 정말로 멋졌다. 지도를 펴보니 여기를 미미쓰(美美
津)라고 한다. 이름 그대로 아름답고 아름다운 나루터이다.

우리가 식사한 곳은 대합조개로 유명한 곳이어서 해물 요리를 먹었는
데 그릇이 대합 모양이어서 즐거웠다. 일본의 식당들은 크든 작든 자기
들만의 특색있는 그릇을 내놓는다. 일류 식당조차 플라스틱 반찬 그릇에
스테인리스 밥 그릇을 사용하는 우리네와는 다르다. 그런 도자기문화가
있기 때문에 일본이 지금도 세계 도자시장을 석권하고 있는 것이다.

식사를 마친 뒤 저마다 식당에 붙어 있는 종합상가를 취미대로 둘러
보는데 대합조개 껍데기로 만든 바둑알을 판매하고 있었다. 조개껍데기
로 이처럼 두툼한 바둑알을 만든다는 것이 신기했다. 샘플이 있어 알을
잡아보니 내 생전 이처럼 부드러운 촉감의 좋은 바둑알은 본 적이 없다.
검은 알은 까만 자갈을 갈아서 만들었는데 광택이 아주 좋았다. 값을 보
니 한 세트에 우리 돈 30만원 정도로 고급 바둑알치고는 아주 비싼 게 아
니었다. 사고 싶었다. 그러나 이 바둑알을 샀다가는 또 공부 안하고 바둑
만 둘 것 같아 억지로 참고 핸드폰 고리만 사서 달았다.

매장 뒤쪽으로 바둑알 공장이 있어 가보니 어떻게 조개껍데기를 잘라
흰 바둑알을 만드는가 제작 공정을 단계별로 보여주는 전시대가 있었다.
나는 아마도 자르고 갈고 다듬는 3단계일 것으로 생각했다. 그런데 와서
보니 3단계가 끝난 다음 다시 광택을 내고 또 다듬는 두 과정이 더 있었
다. 3단계와 5단계의 결과물은 비슷하긴 하지만 전혀 다른 모습이었다.
두 단계를 더하는 정성과 노력이 제품의 질을 그렇게 향상시킨 것이다.

남향촌의 전설

남향촌은 첩첩산중의 마을로 규슈 산맥 끝자락 해발 1,000미터가 넘는 험준한 산으로 둘러싸여 있다. 미야자키시에서 100킬로미터, 해안에서 40킬로미터 떨어져 있다. 휴가시에서 가자면 동향촌 너머에 서향촌, 서향촌 아래에 남향촌이 있다. 이 마을을 잇는 관통도로는 목재 운송로로 닦였던 것이라고 한다.

남향촌은 90퍼센트가 산지로 구성되어 농지 면적이 380헥타르 정도여서 촌민들은 임업과 식품가공, 원예에 종사하고 있으며 인구는 1955년 통계에 의하면 7,800명이었으나 산업화와 함께 도시로 인구가 유출되기 시작하면서 2005년에는 2,370명 정도가 살고 있는 아주 평범한 산골이다. 여기를 백제의 마을로 조성하게 된 근거인 시와스마쓰리는 다음과 같은 전설에서 나왔다.

663년 백촌강 전투에서 나당연합군에 패하면서 백제 왕족과 많은 귀족들이 이제 우리는 일본으로 가는 수밖에 없다며 바다를 건너 일본에 망명했다. 『일본서기』에 의하면 "백제인 400명은 오미국(近江國) 간자키군(神前郡)에 거주하도록 했으며 (…) 도래한 2천여명에게 3년간 관식을 급여했다"고 했다. 이 가운데 백제 왕족인 정가왕(禎嘉王) 일행도 있었다.

그리고 세월이 흘러 672년, 야마토 정권에서는 삼촌이 조카를 죽이고 왕위에 오르는 '임신의 난'이 일어났다. 아마도 이때 이들은 난리통에 일이 잘못되어 배를 타고 오사카를 떠나야만 했던 것으로 보인다.

이들은 북규슈를 거쳐 항해하다가 풍랑을 만나 지금의 휴가시 해안까지 쓸려와 정가왕과 그 둘째아들 화지왕(華智王), 유모, 궁녀, 하인 등 10여명은 가네가하마(金ヶ浜)에, 장남 복지왕(福智王)과 그의 비, 왕후 일행은 가구치우라(蚊口浦)에 표착했다.

정가왕이 정착할 터를 잡기 위해서 점을 쳤더니 이곳에서 서쪽으로

| **미카도 신사 입구** | 신사 입구에는 백제 왕족인 정가왕과 그 일행들이 정착했다는 남향촌의 유래를 알려주는 안내판이 설치되어 있다.

70리(우리의 130리)에 있는 산중 오지가 좋다는 점괘를 받고 가는 도중 뜻밖에도 좋은 분지가 있어 일단 정착했다. 그곳이 미카도(神門)라는 곳으로 오늘날의 남향촌이다. 도중에 한 궁녀가 출산을 하게 되어 오로시고(御子)라는 지명이 생겼고, 출산 후에 물을 데워서 쓴 곳을 우부유(産湯)라고 한다.

한편 장남 복지왕은 공을 던져 길지를 점치니 공은 히키(比木)까지 굴러가서 멈추었다. 그래서 이곳을 택지로 정하고 살았다. 이렇게 정가왕은 미카도에, 아들 복지왕은 히키에, 200여리를 떨어져 살았다.

그런데 끈질기게 뒤따라온 추격군이 미카도의 정가왕을 공격해왔다. 부왕이 위기에 처했음을 알게 된 아들 복지왕은 군사를 거느리고 미카도로 달려와서 합세했다. 이때 토착 호족이 군량을 지원해주어서 추격군을 물리칠 수 있었으나 정가왕은 화살을 맞아 사망하고 말았다.

| 미카도 신사 본전 | 정가왕을 주신으로 모시고 있는 미카도 신사의 본전은 고풍이 완연하고 단아한 기품을 보여주고 있어 만만치 않은 이 고장의 내력을 여실히 느끼게 한다.

훗날 정가왕은 미카도 신사의 주신(主神)이 되었다. 왕비는 해변에 있는 오토시(大歲, 또는 大年) 신사, 장남인 복지왕은 히키 신사, 차남인 화지왕은 이사카(伊佐賀) 신사에 모셔졌다.

이후 주민들은 12월이면 정가왕과 복지왕 부자의 상봉을 재현하는 사주제를 벌였다. 사주(師走)란 음력 12월을 말한다. 이 시와스마쓰리가 1300년간 이어져 오늘날에도 12월이면 축제로 열리고 있고 이를 근거로 백제마을이 조성된 것이다.

백제마을의 실체

현장에 당도해보니 남향촌의 백제마을은 역시 대대로 내려온 마을이 아니라 1986년에 남양촌 사람들이 주민운동으로 '백제마을 만들기' 사

| 남향촌의 모습들 | 1~2. 미카도 신사의 지붕에서 발견된 동경 등의 복제품을 전시한 건물로 서정창원이라 이름
지었다. 3. 부여 객사를 본떠 지은 자료관으로 백제관이라 불린다. 4. 남향촌 마을 거리 모습으로 거리의 간판에는
백제와 연관된 이름이 한글로 붙어 있다.

업을 추진하여 꾸민 마을이었다.

계명대 황달기 교수의 「일본 지방자치단체의 관광개발에 관한 사례연
구——남향촌의 '백제마을 조성사업'을 중심으로」라는 논문에는 그 자초
지종이 자세히 나와 있다.

1980년대 일본은 농촌 인구가 고령화되고 점점 줄어들면서 지역활성
화 대책으로 '마을 일으키기(무라오코시)' '마을 만들기(무라즈쿠리)' 운동이
일어났다. 일본정부는 30년 동안 세 차례에 걸쳐 약 60조 엔을 쏟아부었
다고 한다.

이때 남향촌 사람들은 '백제마을 만들기' 사업을 벌여 정부에서 예산
지원을 받아 지금처럼 가꾸어놓은 것이다. 그래서 건물과 간판만 백제의

분위기를 따랐을 뿐 백제의 향기를 느낄 수는 없었다. 일종의 '테마관광마을'이다.

서정창원이라는 전시관에 가보니 건물은 동대사의 정창원을 그대로 옮겨다놓은 듯 장하게 지었다. 안에는 지금부터 50년 전, 1960년 초에 이곳 미카도 신사의 지붕을 해체 수리하는 도중 발견된 동경(銅鏡) 24점과 계란 모양 말방울인 마령(馬鈴) 1점, 종 모양 말방울인 마탁(馬鐸) 1점이 전시되어 있다고 했다. 그러나 진품이 아니라 복제품이었다.

자료집을 보면 이 동경은 대부분 중국 동경을 모방해서 만든 방제경(倣製鏡)이거나 복제경(複製鏡)으로 원형(圓形), 능화형(菱花形), 팔판연화형(八瓣蓮花形) 등이 있고 문양으로 보면 신수경(神獸鏡), 포도경(葡萄鏡), 육화경(六花鏡), 봉황경(鳳凰鏡) 등이 있다. 학자들은 대개 4~5세기 고분시대 유물이고 그중엔 9세기 헤이안시대 것으로 추정되는 것도 2점 있다. 마령과 마탁은 6세기 내지 7세기 유물로 생각된다. 어디에도 백제왕과 연관된 유물은 없다.

대체로 예상한 바이기는 했지만 좀 심하다는 생각이 들었다. 이 정도를 갖고 정창원이라는 이름을 붙여도 되는가 의아스럽기만 했다. 우리나라에서도 각 지자체가 역사 관광지를 윤색하는 일이 있기는 하지만 이토록 심하지는 않다. 실망을 넘어 허망한 마음을 달래기 힘들었다.

그래도 내가 여기까지 오게 된 것은 사주제 때문이었기에 나는 회원들과 15분짜리 기록영상을 감상하기 위해 자리에 앉았다.

사주제는 음력 12월 14일 아들 복지왕의 신주를 모신 제관 일행이 히키 신사를 출발하여 닷새 만에 아버지 정가왕을 모신 미카도 신사에 도착하면 이틀간 제사의식을 갖고 23일에 히키 신사로 돌아오는 것으로 끝난다고 한다. 본래 9박 10일 동안의 의례인데 2차대전 이후 2박 3일로 단축하여 지금도 계속 이어지고 있다.

| 사주제 행렬 | 사주제의 행렬은 들길로 가다가 해변 길을 따라 걷기도 하고 산을 넘어가기도 하는 긴 여정이다.

　일찍이 남향촌의 사주제에 주목해온 임동권 선생은 이 제의가 1300년 간 지속되면서 변질·첨삭된 것이 있기는 하지만 부여의 은산별신굿, 청양 정산의 동화제(洞火祭), 공주 탄천의 대보름제 등 백제 고토의 민속과 유사한 점이 많음을 고증했다. 민속박물관장을 지낸 이종철, 국립부여박물관장을 지낸 신광섭 등도 비슷한 견해를 제시했다.

　사주제 동영상은 상봉과 이별의 장면이 아주 감동적이었다. 그 내레이션에 기초하여 이 시와스마쓰리를 지상 중계해본다.

　2박 3일에 걸쳐 약 90여 킬로미터를 이동하는 축제를 지금부터 소개합니다. 음력 12월. 시와스마쓰리의 시작입니다. 마을 사람들은 이 계율을 1천년이 넘도록 굳게 지켜왔습니다.

　이른 아침 히키 신사에 마쓰리 참가자들이 모이면 미카도 신사를

| 사주제 | 사주제는 음력 12월에 아들 복지왕의 신주를 모신 제관 일행이 히키 신사를 출발하여 80킬로미터 떨어진 남향촌의 미카도 신사에서 아버지 정가왕을 만나고 돌아가는 축제이다. 옛날에는 9박 10일, 현재는 2박 3일간 열린다.

향한 행렬이 시작됩니다. 일행은 18명으로 정해져 있습니다. 미카도로 향하는 90킬로미터 남짓의 긴 여행입니다.

일행이 40킬로미터를 나아가면 이윽고 부왕이 도착한 휴가시 해변(가네가하마)에 도착합니다. 제사를 지내는 사람들은 혼백을 모시고 엄동설한의 바다에서 목욕재계를 합니다. 옛날에는 실오라기 하나 걸치지 않고 목욕재계를 했다고 합니다.

해변에서 서쪽으로 산을 향해 나아갑니다. 아름다운 산줄기를 따라갑니다. 왕족을 모시고 미카도로 피하던 도중 궁녀가 아들을 낳았다고 전해지는 오로시고입니다. 올해도 여지없이 사람들이 나와 멀리서 온 신을 맞이합니다. 정감있고 따뜻합니다. 백제 전설에 따라 들에 불을 지핍니다. 들어온 길의 흔적을 없애나봅니다.

신의 행렬은 전설과 관계가 있는 지역을 순례하면서 나아갑니다.

| 사주제 모습 | 1. 히키 해변에서 목욕 재계하는 장면이다. 2. 헤어질 때 슬픔을 감추기 위해 얼굴에 검정칠을 해주고 있다.   3. 제관의 의식은 아주 엄숙하게 진행된다.   4. 행렬이 보이지 않을 때까지 '오사라바'(살아서 다시 보자)라고 외친단다.

이곳 사람들은 어릴 적 마쓰리 행렬이 마을 앞을 지나갈 때면 매우 추운 날이지만 이를 쫓아다니는 것이 큰 즐거움이었습니다.

이 무렵 미카도 신사는 히키 신사를 맞이하기 위해 출발합니다. 8킬로미터 동쪽 남향촌 입구에 있는 이사카 신사로 갑니다. 여기는 둘째 왕자인 화지왕을 모시는 곳입니다. 이곳까지 아버지 정가왕이 히키 신사에서 오는 아들 복지왕을 마중 나가는 것입니다. 참으로 가족적인 마쓰리입니다.

여기서부터는 아버지의 신위가 선두에 서서 미카도 신사까지 8킬로미터를 전부 걸어서 이동합니다. 혼백을 비롯한 제례용품은 모두

| 사주제의 신령맞이 불 | 사주제 첫날의 저녁이 되면 어둠 속에 웅장한 불기둥이 일어난다. 이날을 위해 마을 사람들이 손수 만든 신령맞이 불을 붙이는데 30개 이상의 불기둥이 일제히 타오를 때 마침내 복지왕이 신사에 도착한다.

왼쪽 어깨에 짊어집니다. 이 또한 완고하게 지켜온 풍습입니다.

아버지 정가왕의 무덤이라고 알려진 고분 앞에서 미카도 사람들은 신을 맞이합니다. 무덤 사당에 혼백을 안치하고 엄숙한 분위기 속에 제사를 지냅니다.

마을 사람들은 멀리서 온 사람들을 따뜻하게 대접합니다. 관례에 따라 들에 불을 지피면서 행렬은 곧장 미카도 신사로 갑니다. 미카도 신사의 경내에 들어가기 전에 다시 한번 목욕재계를 합니다. 히키 신의 혼백은 정해진 장소에서 갓을 꺾는데, 부왕의 성역에 들어갈 준비를 하는 것입니다. 관계자의 얼굴에서는 긴장감이 느껴집니다.

미카도 신사에서는 백제 왕 부자를 맞을 준비를 하고 있습니다. 저녁이 되면 어둠 속에서 웅장한 불기둥이 일어납니다. 이날을 위해 마을사람들이 손수 만든 신령맞이 불입니다. 30개 이상의 불기둥이 일제히 타오를 때 마침내 복지왕이 신사에 도착했습니다. 긴 하루가 끝났습니다.

마쓰리 이틀째, 이른 아침입니다. 혼백의 옷을 갈아입히는 의식에 사용될 물건을 마을 사람들이 봉납합니다. 제관들은 밤에 있을 제례 준비에 들어갑니다.

이 마쓰리 중에서 가장 엄숙한 의식은 혼백을 싸고 있는 종이를 위에서부터 일곱 장째까지 매년 갈아주는 의식입니다. 이 일을 담당하는 사람은 양 신사의 두 명으로 정해져 있습니다. 백제 왕족을 도와준 이 지방 호족에게 예를 올리는 제사도 있습니다.

이 마쓰리로 음력 12월 마을은 활기를 띠었습니다. 특히 주변 마을에서 생산된 생산물의 집산지로서 번성했던 이곳 시장의 활기는 그대로 마쓰리로 이어집니다. 그 기록은 에도시대부터 전해집니다.

신을 즐겁게 하는 가무인 신악(神樂, 가구라)이 봉납되는데 예로부터 밤이 깊을 때까지 신악은 18번이나 봉납됩니다.

사흘째, 이제 헤어질 때가 되었습니다. 사람들은 이별의 슬픔을 감추고자 얼굴에 숯검정을 바릅니다. 아들 복지왕 신위가 멀리 사라질 때까지 마을 주민들은 "오사라바"(살아서 다시 보자)라고 외칩니다. 그 외침이 메아리쳐 돌아옵니다. 1300년의 세월 동안 시와스마쓰리는 지금도 그 모습 그대로 남아 이어지고 있습니다.

동영상이 끝나자 회원들은 잠시 멍하니 허공을 바라보았다. 어떤 여성 회원은 눈물을 훔치고 있었다. 이별의 슬픔을 감추고자 얼굴에 숯검정을 바르는 것은 명장면이었다. 모름지기 이런 진정성있는 축제는 그대로 간직할 일이다.

만약에 미카도 신사 옆에 조그만 전시실을 짓고 이 동영상만 보여주었다면 우리는 여기서 잃어버린 백제를 진하게 느끼고 갔을 것이다. 이것을 테마 공원으로 과장한 것은 옥산궁을 옥산신사가 망가뜨린 것보다 더 변질된 것이다. 유형이든 무형이든 문화유산의 보존에서 절대로 훼손해서는 안 되는 것은 진정성이다.

이 남향촌 백제마을에서 진정성을 갖고 있는 것은 미카도 신사뿐이다. 나는 회원들과 함께 미카도 신사로 올라 조용히 둘러보고 남향촌을 떠났다.

화가들의 그림 부채

남향촌을 떠나 다시 기리시마로 향하니 해는 서쪽에서 역광으로 비친다. 해맑은 아침 햇살에 반짝이던 삼나무의 여린 연둣빛 새순들이 오후의 식어가는 열기 속에 무광택 초록으로 바뀌어간다. 그것은 겸재 정선, 단원 김홍도 같은 산수화의 대가들이 초년의 감각적인 신선한 산수에서 만년의 무르익은 노련함으로 바뀌는 변화 같은 것이었다. 우리는 그 원숙미 넘치는 풍광을 맘껏 즐겼다.

비록 남향촌의 백제마을 자체에선 별다른 감동이 없었지만 시와스마쓰리의 애잔한 동영상을 보았고, 오가는 길에 만난 이 싱그런 풍광이 있었기에 왕복 여덟 시간을 다녀온 수고로움이 하나도 아깝지 않았다. 그래서 나는 또 이렇게 말한다. 거기에 그것이 있기에 나는 갔다 왔다고.

이제 답사를 마무리하기 위하여 화가들에게 낸 숙제를 제출하라고 했다. 김정헌 형은 상허 선생님이 에비노 고원에서 탁족하고 있는 모습을

그려 쌍낙관해서 드렸다. 내가 선생님과 족욕할 때 옆에서 한국악을 그리는 줄로만 알았는데, 선생님과 나를 그렸던 것이다. 동양화풍으로 그린 오후의 햇살 같은 능숙한 필치였다. 선생님은 의젓한데 나는 조폭처럼 험하게 그린 유머도 있다. 상허 선생님은 뜻밖의 선물에 감격해서 자리에서 일어나 두 손으로 받고 평생의 기념으로 삼겠다고 하셨다.

나는 단원의 화조화를 방작(倣作)하여 '봄의 소리'라 제하고 손승철 교수에게 선물했다. 그러자 임옥상이 달려나와 부채를 뺏으며 말했다.

"면허도 없으면서 남의 영역을 무시로 침범해도 좋은 겁니까."

그렇게 농담 섞어 핀잔하고는 부채를 펼쳐보더니 그림을 감성으로 그리지 않고 머리로 그리는 '무면허 화가'의 전형이라며 한껏 깎아내리고서 자신이 그린 부채를 내게 주고 들어갔다.

펼쳐본 순간 나는 깜짝 놀랐다. 무수히 많은 점만 부채 가득 찍어놓았는데 점들이 하나같이 살아서 반짝인다. 회원들에게 펼쳐보이니 모두 강렬한 인상을 받은 표정이다. 그런데 구체적으로 이 그림의 의미는 알지 못하는 것 같았다. 나는 이것은 그냥 조형적 유희로서 점을 찍은 것이 아니라 분명 오늘아침에 우리가 창밖으로 본 그 풍광, 여린 새순에 바스러지는 햇살을 그린 것이라고 설명했다. 회원들은 그제야 그림이 제대로 보인다는 듯 머리를 끄떡였다. 임옥상 곁에 앉은 분은 내 해석을 뒷받침해서 "임화백은 버스에서 내내 창밖을 보면서 점만 찍었어요"라고 했고 임옥상도 내 말이 맞다고 했다. 그러고는 내게 물었다.

| **화가들의 그림 부채** | 맨 위는 김정헌의 「상허 선생 탁족도」, 가운데는 임옥상의 「햇살에 빛나는 신록」, 맨 아래는 필자의 「유어예(遊於藝)」.

"근데 그걸 어떻게 알아냈슈?"

"이 사람, 내 미술평론도 무면허인 줄 알아?"

유어예의 참뜻

회원들마다 그림 부채를 기념으로 그려주고 싶은 마음이야 있지만 시간상 그러기는 힘들다. 그래도 꼭 주고 싶은 분이 있기 마련이어서 나는 즉흥적으로 서예 작품을 하나 만들어 '유어예'라 쓰고 이종철 선배께 드렸다.

내가 '유어예'라 쓴 부채를 보면서 상허 선생님께선 고전에서 참 좋은 구절을 시의적절하게 뽑아냈다고 칭찬을 하셨다. 그래서 우리 회원들을 위해 풀이를 좀 해주십사고 부탁드렸다. 이리하여 상허 선생님의 유어예 강의가 시작되었다.

"공자는 음악의 대가였습니다. 『논어』 '태백' 편에 '흥어시, 입어예, 성어악(興於詩 立於藝 成於樂)'이라 하여 음악에서 학문의 완성을 기(期)하는 '성어악'이라는 표현이 보이고, 또 '술이' 편에선 '지어도 거어덕 의어인 유어예'라 했습니다.

주자의 주석을 빌려 해석하면 유(遊)란 사물을 완상(玩賞)하여 본연의 성정(性情)에 알맞게 함을 말하고, 여기서 예(藝)란 육예(六藝), 곧 예악사어서수(禮樂射御書數)를 말한 것인데 나는 이 '유어예'의 유가 지닌 뜻은 『장자』에 나오는 '소요유(逍遙遊)'의 유의 경지, 더 나아가서는 독일의 철학자 실러가 말한 '관념의 고등 유희'의 경지까지도 포괄해서 해석하고 싶고, 예라는 것도 육예에 국한하지 않고 예술 전반으로 확대 해석하는 것이 가능하다고 생각합니다."

뜻밖의 귀한 고전 강의를 회원들은 진지하게 경청하면서 박수를 보내고 더 듣기를 원했다. 이에 상허 선생님은 맹자, 장자가 음악에 대해 한 말을 소개한 다음 이렇게 끝맺었다.

"지금 우리가 이렇게 어울려 2박 3일 보낸 것도 유어예라 할 수 있습니다."

규슈를 떠나 아스카·나라로 가면서

이제 나는 규슈 답사기를 마무리하고자 한다. 북부 규슈 3박 4일, 남부 규슈 2박 3일의 여정이었다. 길다면 길고 짧다면 짧았다. 나는 여기서 2300년 전 벼농사를 갖고 규슈로 건너와 일본 열도에 야요이시대를 개척해간 조상들의 옛 모습과 임진왜란 때 이곳에 끌려와 결국 일본에 도자기혁명을 일으키고 세계 도자시장을 제패한 우리 도공들과 그 후손의 수고로운 일생을 살펴보았다. 그리고 663년 백촌강 전투에서 패배한 백제 유민들이 수성과 대야성을 쌓고 나당연합군의 침공에 대비했던 자취도 보았다.

그러면 백제와 왜가 얼마나 가까웠길래 백제 부흥 전쟁에 무려 2만 7천 병력이나 지원했던 것인가. 그것을 알기 위해서는 아스카(飛鳥)·나라(奈良)로 가야 한다. 한반도로부터 끊임없이 비춰온 문명의 빛이 아스카시대, 나라시대로 되면 가야에서 전해준 철과 말과 도기 문명, 백제에서 전해준 문자(한자)와 불교문화와 더불어 성숙하고 발전하면서 왜는 마침내 일본이라는 고대국가로 나아가는 기틀을 다졌다.

그래서 아스카·나라 답사는 규슈 답사와 달리 많은 예술작품과 만나게 된다. 법륭사, 흥복사, 동대사 등의 건축과 불상은 유네스코 세계유산에 등재된 당당한 일본의 문화유산이다. 거기에는 정말로 능력있는 많은 한반도 도래인들이 큰 역할을 했다. 국내에는 남아 있지 않은 삼국시대 문화의 자취를 오히려 거기서 볼 수 있다. 그것을 이야기하기 위해 나는 아스카·나라로 떠난다.

답사 일정표와 안내지도

북규슈 · 남규슈

이 책에 실린 글을 길잡이로 직접 답사하실 독자를 위하여 실제 현장답사를
토대로 작성한 일정표와 안내도를 실었습니다. 시간표는 휴일 · 평일에 따라
차이가 있을 수 있습니다.

북규슈 3박 4일

(2013년 3월 30일~4월 2일 현지답사 기준)

첫째날

13 : 15   인천국제공항 출발
14 : 30   후쿠오카(福岡) 공항 도착
15 : 00   답사 출발
16 : 00   요시노가리(吉野ヶ里)
          요시노가리 역사공원
17 : 00   출발
18 : 30   가라쓰(唐津) 도착(숙소 투숙)

둘째날

07 : 00   조식
08 : 30   숙소 출발
09 : 00   히젠 나고야성
          히젠 나고야 성터
10 : 30   출발
11 : 00   가라쓰성
          다카토리(高取) 저택
12 : 00   중식
13 : 00   가라쓰야키 · 무지개 솔밭
          가가미(鏡) 신사
15 : 00   출발
15 : 45   이마리(伊萬里)
          '비요(秘窯)의 마을'
17 : 00   출발
17 : 15   이마리역 광장
          상생교
18 : 00   출발
19 : 00   다케오(武雄) 도착
          (숙소 투숙)

셋째날

07 : 00   조식
08 : 30   숙소 출발
09 : 15   아리타(有田)
          이즈미야마 자석장
          석장(石場)신사
          도산(陶山)신사
          도조(陶祖) 이삼평(李參平) 비
12 : 00   중식
13 : 00   출발
          덴구다니(天狗谷) 가마터
          이삼평 묘소
          규슈 도자문화관
          가키에몬(柿右衛門) 전시관
          법은사 백파선(百婆仙) 비
17 : 00   출발
18 : 00   숙소 도착

넷째날

07 : 00   조식
09 : 00   숙소 출발
10 : 00   다자이후(太宰府)
          덴만궁(天滿宮)
11 : 00   출발
11 : 15   수성(水城)
          다자이후 청사(廳舍) 터
12 : 30   중식
13 : 30   출발
14 : 00   규슈국립박물관
15 : 00   출발
15 : 45   후쿠오카 공항 도착
16 : 45   출발
18 : 10   인천국제공항 도착

시모노세키 下關

이키섬 壹岐島

젠카이나다(현해탄)

후쿠오카현

히젠 나고야성   요부코 呼子
肥前 名護屋城   가카라지마 加唐島   후쿠오카 福岡

가라쓰 唐津   다자이후 太宰府

사가현

다쿠 多久

이마리 伊萬里   요시노가리

아리타 有田

다케오 武雄

구마모토현

나가사키현

구마모토 熊本

나가사키 長崎

20 km   가고시마 鹿兒島

남규슈 2박 3일

(2013년 5월 24일~26일 현지답사 기준)

첫째날

09 : 30 인천국제공항 출발

11 : 05 가고시마(鹿兒島) 공항 도착

12 : 00 중식

13 : 00 출발

13 : 50 구시키노(串木野)
         시마비라(島平) 신사

14 : 30 출발

14 : 45 미산(美山)마을
         심수관 가마
         도고 시게노리 기념관
         옥산(玉山)신사
         박평의 묘

17 : 00 출발

18 : 30 기리시마(霧島) 숙소 도착
         (사카모토 료마 동상 경유)

둘째날

07 : 00 조식

08 : 00 숙소 출발

08 : 30 에비노 고원
         한국악(韓國岳) 조망

09 : 00 출발

11 : 30 미나미 휴가(南日向)
         히라이와(平岩) 도착(중식)

12 : 30 출발

13 : 30 남향촌(南鄉村)
         미카도(神門) 신사
         백제관

14 : 00 출발

18 : 00 기리시마 숙소 도착

셋째날

07 : 00 조식

08 : 30 가고시마로 출발

09 : 30 선암원(仙巖園)
         선암원 · 어전(御殿)
         상고집성관(尙古集成館)

11 : 30 출발

11 : 15 여명관(黎明館) 도착 관람

12 : 00 시내(중식)

13 : 00 출발

13 : 15 고려교(高麗橋)
         '유신의 고향(故鄉)'

14 : 00 출발

15 : 00 가고시마 공항 도착

15 : 55 출발

17 : 30 인천국제공항 도착

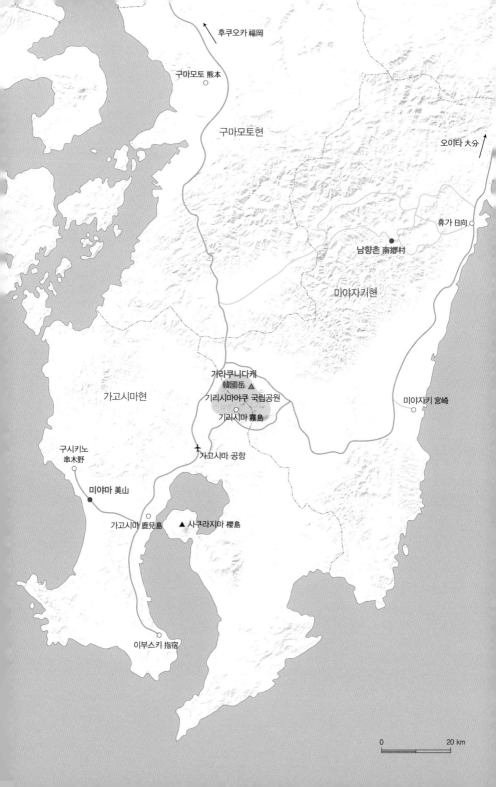

후쿠오카 福岡

구마모토 熊本

구마모토현

오이타 大分

휴가 日向

남향촌 南鄕村

미야자키현

가라쿠니다케
韓國岳
기리시마야쿠 국립공원
기리시마 霧島

가고시마현

미야자키 宮崎

구시키노
串木野

가고시마 공항

미야마 美山

가고시마 鹿兒島

▲ 사쿠라지마 櫻島

이부스키 指宿

0   20 km

주요 일본어 인명·지명·사항 표기 일람

이 책은 국립국어원 외래어 표기규정에 따라 일본어를 표기했다. 아래의 일람에서 괄호 안에 해당 한자와 현지음에 가까운 창비식 일본어 표기를 밝혀둔다.(편집자)

ㄱ

가고시마(鹿兒島, 카고시마)
가라쓰(唐津, 카라쯔)
가라쓰야키(唐津燒, 카라쯔야끼)
가메이 가쓰이치로(龜井勝一郎, 카메이 카쓰이찌로오)
가미노하라 하치만궁(神之原八幡宮, 카미노하라 하찌만궁)
가미카제(神風, 카미까제)
가베시마(加部島, 카베시마)
가스가샤(春日社, 카스가샤)
가시하라(橿原, 카시하라)
가쓰라기(葛城, 카쯔라기)
가쓰라리큐(桂離宮, 카쯔라리큐우)
가와라노미야(川原宮, 카와라노미야)
가와라데라(川原寺, 카와라데라)
가와바타 야스나리(川端康成, 카와바따 야스나리)
가와치(河內, 카와찌)
가와치노아야씨(西漢氏, 카와찌노아야씨)
가이단인(戒壇院, 카이단인)
가카라시마(加唐島, 카까라시마)
가쿠라시마(各羅島, 카꾸라시마)
가키에몬(柿右衛門, 카끼에몬)
가타데(堅手, 카따데)

가토 기요마사(加藤淸正, 카또오 키요마사)
간고지(元興寺, 간고오지)
간논 이케(觀音池, 칸논 이께)
간바야시 아카쓰키(上林曉, 칸바야시 아까쓰끼)
간사이(關西, 칸사이)
간센지(岩船寺, 간센지)
간자키(神崎郡, 칸자끼)
간제온지(觀世音寺, 칸제온지)
간진→감진(중국명)
간토(關東, 칸또오)
감진(鑒眞, 일본명 간진鑑眞) 스님
갑하사→고가지
게이슈엔(慧州園, 케이슈우엔)
게이하(慶派, 케이하)
젠카이(玄海, 겐까이) 국정공원
경파→게이하
계단원→가이단인
계리궁→가쓰라리큐
고가지(甲賀寺, 코오가지)
고교쿠(皇極, 코오교꾸) 여왕
고니시 유키나가(小西行長, 코니시 유끼나가)
고다야키(高田燒, 코오다야끼)
고라이(高麗, 코오라이)
고란샤(香蘭社, 코오란샤)

330

고류지(廣隆寺, 코오류우지)
고마이누(狛犬, 코마이누)
고묘(光明, 코오묘오) 황후
고묘젠지(광명선사光明禪寺, 코오묘오젠지)
고바야시 히데오(小林秀雄, 코바야시 히데오)
고보리 엔슈(小堀遠州, 코보리 엔슈우)
고사기 → 고지키
고야마 슈조(小山修三, 코야마 슈우조오)
고야마 후지오(小山富士夫, 코야마 후지오)
고지키(古事記, 코지끼)
고차완(御茶碗, 고짜완) 가마
고켄(孝謙, 코오겐) 천황
고쿠분니지(國分尼寺, 코꾸분니지)
고쿠분지(國分寺, 코꾸분지)
고타이로(五大老, 고따이로오)
고토 이에노부(後藤家信, 고또오 이에노부)
고토쿠(孝德, 코오또꾸) 왕
고후쿠지(興福寺, 코오후꾸지)
고히키(粉引, 코히끼)
곤슈지(金鐘寺, 콘슈지)
관세음사 → 간제온지
관음지 → 간논 이케
광륭사 → 고류지
광명선사 → 고묘젠지
교야키(京燒, 쿄오야끼)
교기(行基, 교오기) 스님
교토(京都, 쿄오또)
구다라(百濟, 쿠다라)
구로다 나가마사(黑田長政, 쿠로다 나가마사)
구로다 세이키(黑田淸輝, 쿠로다 세이끼)
구마모토(熊本, 쿠마모또)
구판사 → 우아마사카데라
국분니사 → 고쿠분니지
국분사 → 고쿠분지
규슈(九州, 큐우슈우)

귤사 → 다치바나데라
금종사 → 곤슈지
기리시마(霧島, 키리시마)
기토라(キトラ, 키또라) 고분
긴카쿠지(銀閣寺, 긴까꾸지)
긴키(近畿, 킨끼)

ㄴ

나가사키(長崎, 나가사끼)
나고야(名古屋, 나고야)
나라(奈良, 나라)
나라즈케(奈良漬け, 나라즈께)
나베시마 나오시게(鍋島直茂, 나베시마 나
　오시게)
나베시마 시게요시(鍋島茂義, 나베시마 시
　게요시)
나쓰메 소세키(夏目漱石, 나쓰메 소오세끼)
나이토 고난(內藤湖南, 나이또오 코난)
나카네 긴사쿠(中根金作, 나까네 킨사꾸)
나카노오에(中大兄, 나까노오오에)
나카토미노 가마타리(中臣鎌足, 나까또미노
　카마따리)
난고손(南鄕村, 난고오손)
난젠지(南禪寺, 난젠지)
남선사 → 난젠지
남향촌 → 난고손
노보리(登り, 노보리) 가마
니가쓰도(二月堂, 니가쯔도오)
니시노쿄(西ノ京, 니시노꾜오)
니조산(二上山, 니조오산)
니토베 이나조(新渡戶稻造, 니또베 이나조오)
닌토쿠(仁德, 닌또꾸) 왕

ㄷ

다니구치 요시오(谷口吉生, 타니구찌 요시오)
다마야마(玉山, 타마야마) 신사
다쓰노 긴고(辰野金吾, 타쯔노 킨고)
다이묘(大名, 다이묘오)
다이안지(大安寺, 다이안지)
다이카개신(大化改新, 다이까개신)
다이칸다이지(大官大寺, 다이깐다이지)
다자이후(太宰府, 다자이후)
다치바나데라(橘寺, 타찌바나데라)
다카다 료신(高田良信, 타까다 료오신)
다카마쓰(高松, 다까마쯔) 고분
다카무라 고타로(高村光太郎, 타까무라 코
    오따로오)
다카토리 고레요시(高取伊好, 타까또리 고
    레요시)
다카토리 하치잔(高取八山, 타까또리 하찌
    잔)
다카토리야키(高取燒, 타까또리야끼)
다케노우치(竹內, 타께노우찌) 가도
다키 렌타로(瀧廉太郎, 타끼 렌따로오)
단잔(談山, 탄잔) 신사
당초제사 → 도쇼다이지
대관대사 → 다이칸다이지
대안사 → 다이안지
대야성 → 오노조
대정사 → 오바데라
덴구다니(天狗谷, 텐구다니) 가마터
덴리교(天理敎, 텐리교오)
덴만궁(天滿宮, 텐만궁)
덴무(天武, 텐무) 천황
덴지(天智, 텐지) 천황
덴진(天神, 텐진)
덴표(天平, 텐뾰오)

도다이지(東大寺, 토오다이지)
도리(止利, 토리) 불사
도리이 류조(鳥居龍藏, 토리이 류우조오)
도리이(鳥居, 토리이)
도산신사 → 스에야마 신사
도쇼다이지(唐招提寺, 토오쇼오다이지)
도요토미 히데요시(豊臣秀吉, 토요또미 히
    데요시)
도이 반스이(土井晩翠, 도이 반스이)
도지(東寺, 토오지)
도쿄(東京, 토오쿄오)
도쿠가와 이에야스(德川家康, 토꾸가와 이
    에야스)
동대사 → 도다이지
동사 → 도지

ㄹ - ㅂ

라쿠야키(樂燒, 라꾸야끼)
료안지(龍安寺, 료오안지)
마쓰로칸(末盧館, 마쯔로깐)
마쓰오 바쇼(松尾芭蕉, 마쯔오 바쇼오)
마쓰우라(松浦, 마쯔우라)
만엽집 → 만요슈
만요슈(萬葉集, 만요오슈우)
말로관 → 마쓰로칸
몬무(文武, 몬무) 천황
무라타 기요코(村田喜代子, 무라따 키요꼬)
무로마치(室町, 무로마찌) 시대
무로지(室生寺, 무로오지)
미야기(宮城縣, 미야기)
미야모토 무사시(宮本武藏, 미야모또 무사시)
미야자키(宮崎, 미야자끼)
미즈키(水城, 미즈끼)
법륭사 → 호류지

332

법은사 → 호온지
법화사 → 홋케지
법흥사 → 아스카사
벳푸(別府, 벳뿌)
본약사사 → 혼야쿠시지
비젠야키(備前燒, 비젠야끼)

ㅅ

사가(佐賀, 사가)
사루사와이케(猿澤池, 사루사와이께)
사쓰마야키(薩摩燒, 사쯔마야끼)
사이다이지(西大寺, 사이다이지)
사천왕사 → 시텐노지
사카이다 가키에몬(酒井田 柿右衛門, 사까이다 카끼에몬)
사쿠라이(櫻井, 사꾸라이)
사쿠라지마(櫻島, 사꾸라지마)
산가쓰도(三月堂, 산가쯔도오)
산계사 → 야마시나데라
산전사 → 야마다데라
삼월당 → 산가쓰도
상국사 → 쇼코쿠지
상생교 → 아이오이바시
서대사 → 사이다이지
석무대 → 이시부타이
석장신사 → 이시바 신사
세키노 다다시(關野貞, 세끼노 타다시)
세토(瀨戶, 세또) 내해
세토야키(瀨戶燒, 세또야끼)
센노 리큐(千利休, 센노 리뀨우)
소가노 마치(蘇我滿智, 소가노 마찌)
소가노 에미시(蘇我蝦夷, 소가노 에미시)
소가노 우마코(蘇我馬子, 소가노 우마꼬)
소가노 이루카(蘇我入鹿, 소가노 이루까)

소가노 이시카와노마로(蘇我石川麻呂, 소가노 이시까와노마로)
소뵤 하치만궁(宗廟八幡宮, 소오뵤오 하찌만궁)
쇼다이야키(小代燒, 쇼오다이야끼)
쇼무(聖武, 쇼오무) 천황
쇼소인(正倉院, 쇼오소오인)
쇼코쿠지(相國寺, 쇼오꼬꾸지)
쇼토쿠(聖德, 쇼오또꾸) 태자
수성 → 미즈키
스가와라노 미치자네(菅原道眞, 스가와라노 미찌자네)
스슌(崇峻, 스슌) 왕
스에야마(陶山, 스에야마) 신사
스에키(須惠器, 스에끼)
스이코(推古, 스이꼬) 여왕
스즈키 오사무(鈴木治, 스즈끼 오사무)
시가라키노미야(紫香樂宮, 시가라끼노미야)
시라카와(白川, 시라까와)
시로카와(城川, 시로까와) 공동묘지
시마즈 히사나루(島津久徵, 시마즈 히사나루)
시모노세키(下關, 시모노세끼)
시바 료타로(司馬遼太郎, 시바 료오따로오)
시와스마쓰리(師走祭り, 시와스마쯔리)
시텐노지(四天王寺, 시뗀노오지)
실생사 → 무로지
쓰시마(對馬, 쯔시마)
쓰쿠시(筑紫, 쯔꾸시)

ㅇ

아가노야키(上野燒, 아가노야끼)
아리타(有田, 아리따)
아리타야키(有田燒, 아리따야끼)
아마카시(甘堅, 아마까시) 언덕

ㅈ-ㅍ

자광원 → 지코인
자향락궁 → 시가라키노미야
정유리사 → 조루리지
정창원 → 쇼소인
조겐(重源, 초오겐)
조루리지(淨瑠璃寺, 조오루리지)
조메이(舒明, 조메이) 왕
조몬(繩文, 조오몬) 시대
지코인(慈光院, 지꼬오인)
지토(持統, 지또오) 천황
진구(神功, 진구우) 왕후
진무(神武, 진무) 왕
천원궁 → 가와나로미야
천원사 → 가와라데라
춘일사 → 가스가샤

ㅎ

하기야키(萩燒, 하기야끼)
하니와(埴輪, 하니와)
하니하라 가즈로(埴原和郎, 하니하라 가즈로오)
하비키노(羽曳野, 하비끼노)
하시하카(箸墓, 하시하까)
하야시야 세이조(林屋晴三, 하야시야 세이조오)
하이쿠(俳句, 하이꾸)
하지키(土師器, 하지끼)
하치만궁(八幡宮, 하찌만궁)
하카타(博多, 하까따)
하쿠치(白雉, 하꾸찌)
하쿠호(白鳳, 하꾸호오)
하타 쓰토무(羽田務, 하따 쯔또무)

행기 스님 → 교기 스님
향란사 → 고란샤
헤이안쿄(平安京, 헤이안꾜오)
헤이조쿄(平城京, 헤이조오꾜오)
헤이조큐(平城宮, 헤이조오뀨우)
혜주원 → 게이슈엔
호류지(法隆寺, 호오류우지)
호온지(法恩寺, 호오온지)
혼마루(本丸, 혼마루)
혼야쿠시지(本藥師寺, 혼야꾸시지)
홋카이도(北海道, 홋까이도오)
홋케지(法華寺, 홋께지)
후소샤(扶桑社, 후소오샤)
후지노키(藤ノ木, 후지노끼) 고분
후지와라 가마타리(藤原鎌足, 후지와라 카마따리)
후지와라쿄(藤原京, 후지와라꾜오)
후카가와 로쿠스케(深川六助, 후까가와 로꾸스께)
후쿠오카(福岡, 후꾸오까)
후쿠자와 유키치(福澤諭吉, 후꾸자와 유끼찌)
휴가(日向, 휴우가)
흥복사 → 고후쿠지
히가시야마 가이이(東山魁夷, 히가시야마 카이이)
히노쿠마(檜隈, 히노꾸마)
히미코(卑彌呼, 히미꼬)
히에코바(稗古場, 히에꼬바)
히젠 나고야성(肥前 名護屋城, 히젠 나고야성)

사진 제공

가고시마현	235, 304, 305면
가라쓰시 교육위원회	102, 107, 110면
김정헌	96, 97면
김준연	320면
김혜정	53, 94, 208, 217면
미후네산 낙원	198면
박효정	51, 75, 223, 225, 226면
미야자키현 미사토정	314~17면
전영광	307면
조문주	195면
Landsat	28면
Polypterus	128면
Reggie Thompson	256, 261면
본문 지도 김경진	

사진 출처

『요시노가리 유적, 일본 최대의 환호취락터』, 사가현 교육위원회 2000

『요시노가리, 일본 속의 고대 한국』, 국립중앙박물관 2007

『古伊萬里の道』, 九州陶磁文化館 2000

『舊高取邸―舊高取邸家主宅』, 唐津市敎育委員會 2010

『唐津市の文化財』, 唐津市敎育委員會 1997

『黎明館―常設展示綜合案內』, 黎明館 1996

『名品茶碗』, 世界文化社 1986

『目でみる太宰府』, 古都太宰府保存協會 2007

『倭國―邪馬臺國と大和王權』, 每日新聞社 1993

『要覽』, 肥前名護屋城博物館

『原始·古代―見る·讀む·わかる日本の歷史』, 朝日新聞社 1992

『日本の國寶 23』, 朝日新聞社 1997

『日本の美術 136』, 至文堂 1977

『日本の美術 19―南蠻美術』, 平凡社 1965

『日本の美術百選』, 朝日新聞社 1999

『日本やきもの史』, 荒川正明·金子賢治·伊藤嘉章·佐々木秀憲, 美術出版社 1998

『日本美術館』, 小學館 1997

『將軍家獻上の鍋島·平戶·唐津』, 九州陶磁文化館 2012

『精品選集』, 九州國立博物館 2005

『朝鮮王朝の繪畵と日本』, 讀賣新聞 2008

『佐賀縣立名護屋城博物館綜合案內』, 佐賀縣立名護屋城博物館 1999

『珠玉の九州陶磁展』, 九州陶磁文化館 2010

『沈家傳世品收藏庫』, 美術出版社 2013

『特別展日本の考古學―その歩みと成果』, 東京國立博物館 1988

유물 소장처

가가미 신사 114면 / 개인소장 123, 131, 188, 245면 / 고베시립박물관 45면 /
고토 미술관 119면 / 구로다 세이키 기념관 264면 / 국립진주박물관 37면 /
국학원대학 고고학자료관 35면 / 궁내청 산노마루 상장관 228면 /
규슈국립박물관 131면 / 규슈 도자문화관 131, 188면 / 대덕사 고봉암 123면 /
도쿄국립박물관 35면 / 리스본 국립고대미술관 205면 / 사가현 교육위원회 37, 45면 /
시마네현 매장문화재조사센터 42면 / 심가전세품수장고 277, 278, 281면 /
일본민예관 119면 / 토치기현립박물관 179면 / 후지타 미술관 123면 /
후쿠오카시 55면 / 후쿠오카현 구리타 유적 38면 / 후타미가우라콜렉션 188면 /
히젠 나고야성 박물관 72면

*위 출처 외의 사진은 저자 유홍준이 촬영한 것이다.

나의 문화유산답사기

일본편 1 규슈

빛은 한반도로부터

초판 1쇄 발행 2013년 7월 25일
초판 19쇄 발행 2019년 5월 7일
개정판 1쇄 발행 2020년 9월 20일
개정판 2쇄 발행 2023년 12월 20일

지은이 / 유홍준
펴낸이 / 염종선
책임편집 / 황혜숙 최지수
디자인 / 디자인 비따 김지선 성지현
펴낸곳 / (주)창비
등록 / 1986년 8월 5일 제85호
주소 / 10881 경기도 파주시 회동길 184
전화 / 031-955-3333
팩시밀리 / 영업 031-955-3399 편집 031-955-3400
홈페이지 / www.changbi.com
전자우편 / nonfic@changbi.com